岩波現代文庫／学術 370

新版 漱石論集成

柄谷行人

岩波書店

目 次

漱石試論 III

講演その他

漱石試論 I

意識と自然

1

漱石の長篇小説、とくに『門』『彼岸過迄』『行人』『こゝろ』などを読むと、なにか小説の主題が二重に分裂しており、はなはだしいばあいには、それらが別個に無関係に展開されている、といった感を禁じえない。たとえば、『門』の宗助の参禅は彼の罪感情とは無縁であり、『行人』は「Hからの手紙」の部分と明らかに断絶している。また『こゝろ』の先生の自殺も罪の意識と結びつけるには不充分な唐突ななにかがある。われわれはこれをどう解すべきなのだろうか。まずここからはじめよう。

むろんこれをたんに構成的破綻とよんでしまうならば、不毛な批評に終るほかはない。ここには、漱石がいかに技巧的に習熟し練達した書き手であったとしても避けえなかったにちがいない内在的な条件があると考えるべきである。この点に関して私が想起するのは、T・S・エリオットが『ハムレット』を論じて、この劇には「客観的相関物」が欠けているため失敗していると指摘したことである。エリオットはこういっている。

ハムレットを支配している感情は表現することができないものなのであり、なぜならそれは、この作品で与えられている外的な条件を越えているからなのである。そしてハムレットはシェークスピア自身なのだということがよくいわれるが、それはこういう点で本当なので、自分の感情に相当する対象がないためのハムレットの困惑は、彼が出てくる作品を書くという一つの芸術上の問題を前にしての、シェークスピアの困惑を延長したものにほかならない。ハムレットの問題は、彼の嫌悪がその母親によって喚起されたものでありながら、その母親がそれに匹敵しないで、彼の嫌悪は母親に向けられるだけではどうにもならないということにある。それゆえにそれは、彼には理解できない感情であり、彼はそれを客観化しえず、したがってそれが彼の存在を毒し、行動することを妨げる。どんな行動もこの感情を満足させるにはいたらず、そしてシェークスピアにしても、どのように筋を仕組んでも、そういうハムレットを表現するわけにはいかないのである。（中略）われわれはただシェークスピアが、彼の手に余る問題を扱おうとしたと結論するほかない。なぜ彼がそんなことをしたかは、解きようがない謎であって、彼がどういう種類の経験をした結果、表現することなどできない恐しいことに表現を与えることを望んだか、われわれには知るすべがない。

(T・S・エリオット「ハムレット」傍点引用者)

まったくおなじことが漱石についていえよう。たとえば、『門』における宗助の参禅は、三角関係によって喚起されたものでありながら、その三角関係が宗助の内部の苦悩に匹敵しないで別の方向に向けられるほかないというところに起因している。したがって、「どのように筋を仕組んでも、そういう宗助を表現するわけにはいかない」のであって、やはり漱石も「彼の手に余る問題を扱おうとしたと結論する」ことができると私は思う。それにしても、漱石は「どういう種類の経験をした結果」そのような問題をかかえこむにいたったのか、そしてそこにはどんな本質的意味があるのか。これから私が論じようとすることはすべてこういう謎にかかわっているといってよいのである。

『それから』の代助は、かつて友人(平岡)のために譲った女(三千代)を奪いかえすとき、次のようにいう。

矛盾かも知れない。然し夫《それ》は世間の掟と定めてある夫婦関係と、自然の事実として成り上がつた夫婦関係とが一致しなかつたと云ふ矛盾なのだから仕方がない。僕は世間の掟として、三千代さんの夫《をつと》たる君に詫《あや》まる。然し僕の行為其物に対しては矛盾も何も犯してゐない積《つもり》だ。

(『それから』)

平岡、僕は君より前から三千代さんを愛してゐたのだよ。(中略)君から話を聞いた時、僕の未来を犠牲にしても、君の望みを叶へるのが、友達の本分だと思つた。それが悪かつた。今位頭が熟してゐれば、まだ考へ様があつたのだが、惜しい事に若かつたものだから、余りに自然を軽蔑し過ぎた。僕はあの時の事を思つては、非常な後悔の念に襲はれてゐる。(中略)僕が君に対して真に済まないと思ふのは、今度の事件より寧ろあの時僕がなまじひに遣り遂げた義侠心だ。君、どうぞ勘弁して呉れ。僕は此通り自然に復讎《かたき》を取られて、君の前に手を突いて詫まつてゐる。

(同前)

ここに漱石が『虞美人草』以後長篇小説の骨格にすえた「哲学」が端的に示されている。人間の「自然」は社会の掟(規範)と背立すること、人間はこの「自然」を抑圧し無視して生きているがそれによって自らを荒廃させてしまうほかないこと、代助がいっているのはこういうことだ。注意すべきなのは、漱石が「自然」ということばをきわめて多義的にもちいていることであり、逆にいえば今日のわれわれならさまざまなことばでいいあらわすものを「自然」というただ一つのことばに封じこめていることである。そのこと自体は、おそらく漱石に固有の時代的教養の産物といってよい。

たとえば、思想史家ラヴジョイは、十七、八世紀の思想・文学において、natureということばは、変幻自在、おそろしく多義的で、あらゆるものを指示しうる切り札であったと述べている。漱石は十八世紀の作家ではない。当人がいうように、「二十世紀の人間」である。しかし彼がイギリスのなかでも十八世紀の文学に深い親近感をおぼえていたのはなぜか。十九世紀においては、「自然」は思想原理としての力をうしない、自然科学や自然主義のようなみすぼらしい地位に転落してしまっている。漱石が日本の同時代の「自然主義」にかこまれながら、「自然」という概念を多義的にもちいたのは、十八世紀の思想・文学に通じていただけでなく、現代すなわち十九世紀の思想的原理に対して根底的に対決するためにはあのプレグナントな「自然」概念にたちかえる必要があったからだ。「自由」ではなく、あくまで「自然」ということばが必要だったのである。代助の述べている「自然」はルソー的なものであるかにみえる。すなわち「自然」に一種の規範性を与えているかのようにみえる。しかし、漱石は代助の弁説の背後に、邪悪な「自然」をのぞきみていたのである。

二個の者がsame spaceヲoccupyスル訳には行かぬ。甲が乙を追ひ払ふか、乙が甲をはき除けるか二法あるのみぢや。甲でも乙でも構はぬ強い方が勝つのぢや。理も非も入らぬ。えらい方が勝つのぢや。上品も下品も入らぬ図々敷方が勝つのぢや。賢も不肖も入らぬ。人を馬鹿にする方が勝つのぢや。礼も無礼も入らぬ。鉄面皮なのが勝つのぢや。人情も冷酷もない動かぬのが勝つのぢや。文明の道具は皆己れを節する器械ぢや。自らを抑へる道具ぢや、我を縮める工夫ぢや。人を傷けぬ為め自己の体に油を塗りつける〔の〕ぢや。凡て消極的ぢや。此文明的な消極な道によつては人に勝てる訳はない。――夫だから善人は必ず負ける。君子は必ず負ける。徳義心のあるものは必ず負ける。清廉の士は必ず負ける。醜を忌み悪を避ける者は必ず負ける。礼儀作法、人倫五常を重んずるものは必ず負ける。勝つと勝たぬとは善悪、邪正、当否の問題ではない――power である――will である。

（「断片」明治三十八―三十九年）

これはほぼホッブズの「自然」概念に近い。ところで、われわれは漱石が「二個の者が same space ヲ occupy スル訳には行かぬ」と書いていることに注意すべきであろう。このとき、彼は人間と人間の関係を、どんな抽象(観念)的な媒介によってもみていないので、肉体的な空間 space においてむき出しにされた裸形の関係としてみているのである。「夢十夜」の第三夜に、盲目の子供を背負って歩いていると、百年前にお前はおれを殺したなといわれ、そういうことがあったなと思い出した途端、背中の子供が重くなるという話がある。もしこれが「原罪」的なものを暗示しているのだとすれば、漱石が

「原罪」をキリスト教的な意識の原罪とはまったく違ったものとして把握していることに注目すべきだ。つまり、漱石は人間の「原罪」を、背中の子供をかつて殺し今度はその子供が石地蔵のように重くなって彼を圧迫するというような、きわめて肉感的なイメージによってとらえているのである。

漱石の小説に関して、「自己本位」（エゴイズム）や自意識の相克をみることは、これまでの一般的な見解である。だが、漱石は人間と人間の関係を意識と意識の関係としてみるよりも、まず互いが同じ空間を占めようとして占めることができないというふうな、なまなましい肉感として、いいかえれば存在論的な側面において感受していたのだ。「文明の道具」は「自らを抑へる道具」であり「我を縮める工夫」だと漱石はいう。漱石の生をたえず危機に追いこんでいたのは、彼自身の存在の縮小感である。おそらくこれは自意識の問題ではなく、また彼の意識はこういう存在の縮小感のもとでどうすることもできなかったのである。そして、漱石は長篇小説のなかでは、そういう感覚に手応えのある表現を与えることができなかった。それはむしろ「夢十夜」や「倫敦塔」など初期短篇において濃密に表現されている。また、『道草』や『明暗』においても、われわれは図式をはぎとった漱石の存在感覚がふたたび濃密に露出してくるのを見出すことができる。

「彼がどういう種類の経験をした結果、表現することなどできない恐しいことに表現を与えることを望んだか」、私は漱石に関してそういう問いにまともに答えられるとは思っていない。しかし、先にあげたような漱石の長篇小説の人物たちが、漱石自身がおちこんでいる存在的危機に充分に匹敵することができないものであることは疑いがない。

漱石が長篇小説を本格的に書こうとしたのは、朝日新聞に入社してその第一作『虞美人草』を書いたときである。それは、これまで漱石が内的な声の自由な流露にしたがって書いていたものとは異らざるをえない。「最後に哲学をつける。此哲学は一つのセオリーである。僕は此セオリーを説明する為めに全篇をかいてゐるのである」(小宮豊隆宛書簡、明治四十年)というようなことは、これまでの漱石には無縁だったはずである。「もし自然の法則に背けば虞美人草は成立せず。従つて誰がどう云つてもゾラが自然派でフローベルが何とか派でも其他の人が何とか蚊とか云つてもどうしても自然の命令に従つて虞美人草をかいて仕舞はねばならぬ」(鈴木三重吉宛書簡、明治四十年)。

このセオリー、すなわち「自然の法則」は、「道義の観念が極度に衰へて、生を欲する万人の社会を満足に維持しがたき時、悲劇は突然として起る。是に於て万人の眼は悉く自己の出立点に向ふ。始めて生の隣に死が住む事を知る」(『虞美人草』)というものである。だが、ここでいわれている「自然」はある意味で「天」に近い。藤尾の死はほとんど「天誅」といっていいのである。つまり、漱石はこの「自然」概念を、儒学的な伝統のなかで踏襲しているので、それは凝りに凝った『虞美人草』の文章を書くために『文選』を読みかえしたという事実などにも対応している。

丸山眞男によれば、「朱子学の理は物理であると同時に道理であり、自然であると同時に当然である。そこに於ては自然法則は道徳規範と連続してゐる」(『日本政治思想史研究』)。自然から逸脱したものは当然自然によって復讐される、『虞美人草』のセオリーとはこういうものである。だが、ここには「自然」というものの邪悪な、しかも善悪の彼岸にあるような衝動は存在する余地がない。われわれの生の感触とじかに結びついた、どろりとした感覚がはいる余地はないのだ。

むしろ、それは古典悲劇をはみだした『ハムレット』を考えてみれば明白となろう。たとえばハムレットが初期シェークスピアの一群の史劇の主人公のように躊躇なく行動して死んだとすれば、この劇にはエリオットの指摘するような虚無はなかったはずである。この劇をつらぬいている「セオリー」をとりだせば、亡王とその王子ハムレットが代表する中世的な「規範」と、王位を簒奪する叔父とその妻になる母王妃を是とする近世的な「自然」の対立であり、この対立はシェークスピアの悲劇のいずれにも存在する。つまり、それはこの時代の世界像の転換そのものに根拠をおいているのであり、かくあるべきだという規範(当然)が人間の行動倫理だけではなく社会秩序から宇宙体系にいたるまで整備されていた時代思潮のなかに、「自然」の衝動を是とするアナーキーな傾向性が浸透してきたことを意味しているのである。たとえば、『リア王』のなかで、私生児(英語でそれを natural son ということに注意)エドマンドは、「僕は自然の女神、自然の法則に従う」といい、「われわれは人眼を忍ぶ野性の楽しみの中でできた子」であり、「猛烈な精力」を継いでいるのだから、「おざなりの飽き飽きする寝床の中で」できた嫡子より優れているのだと主張する。

これは『それから』の代助が、「世間の掟と定めてある夫婦関係」より「自然の事実として成り上がつた夫婦関係」の方が正当なのだというのと同じことである。しかし、ハムレットが立っていたのは、規範(秩序)が疑わしいとなれば、自然(叔父や王妃の行為は自然的であり正当である)も疑わしい、というような自意識の世界である。彼の自意識は、あるときは規範に傾き、あるときは自然に傾きながら、しかもそこにどんな必然性も発見しえないでいる。エリオットがいうように、シェークスピアは「規範」と「自然」の間隙に分泌される虚無に眼をふさいで、この復讐劇を強引に完了させたのである。

シェークスピアにこのとき視えていたのは、「規範」の秩序とその逆の「自然」の秩序とのクレヴァスにひろがる醜悪でグロテスクな存在そのものである。それは自意識の懐疑というより、もっと深いところで彼の生をおびやかしている危機感である。「表現することなどできない恐しいこと」とは、まさにそういう生そのものの危機にほかならない。

『虞美人草』の図式は、漱石が生の内側でかかえていた危機感とはまったくかけはなれたところに存在している。とはいえ、漱石にとってこの図式は、たんに観念的なものではなく、この世界にあるべき秩序を回復させようとする欲求に発している。あるべき秩序とはなにか。それは自然＝当然であるような世界である。それは朱子学とか陽明学というようなものではなく、維新前に生れた漱石が西欧の思想・文学に触れる前に漠然と抱いていた秩序の感覚である。むしろ漱石はそういう男だったからこそ、大正ヒューマニズムが朱子学にかわって築きあげた合理的体系に対しても、自然主義的な体系に対しても、ただその底にひろがるグロテスクな存在をかりそめに弥縫したものでしかないように感じたのである。どんなことが起るかわからぬ、と漱石は執拗に語った。事実大正ヒューマニズムやモダニズムは、地下水脈のように流れている非合理な「自然」の奔出によって崩壊するほかなかったのだ。われわれもまた「戦後民主主義」という一種の合理的な体系の下に、漱石がのぞきみた非合理で醜悪な「自然」の衝動を抑圧しているのだが、ただわれわれにはそれが見えないだけだ。漱石にそれが見えたのは、彼が自然＝当然であるような世界を確実に経験しており、それゆえその崩壊がなにをもたらすかを見てしまわざるをえなかったからである。

　むろん、そういう秩序は実際にあったわけではなく、漱石が漠然とつくりあげた神話にすぎない。だが、この神話はなにがしかの実質的な体験と結びついている。たとえば、『坊っちゃん』にあるのは、正義が世界の秩序を回復させるという感覚であり、きわめて素朴な感覚である。「野分」のばあい、白井道也は義の人であるが、ここでは「義」そのものに対する一片の懐疑もない。「どうにかして夫を自分の考へ通りの夫にしなくては生きて居る甲斐がない」という妻や兄たちによって相対化されながら、「義人の不幸」に耐えている男がいるのみだ。いうまでもなく、これは『道草』を書いた漱石の相対的な眼をもっていない。「義」が直接的に信じられており、それが白井道也を自己絶対的な人間にしているのだが、われわれにはあまり共感を与えないばかりか、いい気なもんだという揶揄さえ与えたくなるようにさせるのである。

それに比べると、『坊つちやん』は白井道也のように深刻な知識人ではない。われわれはまず坊っちゃんのなかにいきいきと生きている素朴な正義感のなかに、どんな自意識をも排除されて入りこむことになる。坊っちゃんとはドン・キホーテである。すなわち、女中のお清との間にのみ存在しえた「正義」や「秩序」を、現代社会のなかでなんの疑いもなく生きようとするドン・キホーテである。もとより、坊っちゃんのなかにあるものがすでに神話にすぎないことを漱石が心得ていることは明らかなので、『坊つちやん』が今もわれわれにとって魅力をもつのは漱石の痛切な自己認識によるのである。

坊っちゃんの行動に驚くのは、赤シャツや野だいこだけではない、唯一の同志山嵐にしてもそうである。坊っちゃんに山嵐のような智謀はない、彼のなかには意識と存在に一分の遊離もないのだ。天誅ということばがなんの邪念もなく生きているのはただ坊っちゃんにおいてのみで、「野分」の道也のなかでは自己を絶対化しようとする醜悪な自意識が「義」にまといついている。しかもそのことに気づいていないということが、われわれを不快にするのである。

坊っちゃんをとりまく連中は、現実のなかでなんらかの分裂を余儀なくされて生きるほかない。漱石をふくめて、日本の知識人は大なり小なり、赤シャツ、野だいこ、うらなり、山嵐として生きているのだ。要するに、われわれにとって、存在と意識の乖離はどうすることもできないのである。そして、それは『虞美人草』に書かれた「自然法則」のように単純明快なものではありえない。われわれが存在(自然)から遊離しているとしても、その遊離のしかたは複雑に入り組んだもので機械的に考えらるべきものではない。のちに述べるように、漱石は『こゝろ』のなかで、誠実たらんとする男がそのことによって欺瞞におちこむほかなかったプロセスを綿密にとらえた。それは『それから』の代助のように、突然自己の「自然」を発見するというような機械的な図式ではない。いずれにせよ、小説家としての漱石の成熟は、『虞美人草』に書かれたようなセオリーを自ら破っていくところにしかありえなかったのである。そしてその第一歩は次に書かれた『坑夫』において始められたといってよい。

2

人間のうちで纏つたものは身体《からだ》丈である。身体が纏つてるもんだから、心も同様に片附いたものだと思つて、昨日と今日と丸で反対の事をしながらも、矢張り故《もと》の通りの自分だと平気で済ましてゐるものが大分ある。のみならず一旦責任問題が持ち上がつて、自分の反覆を詰《なじ》られた時ですら、いや私の心は記憶がある許りで、実はばら〳〵なんですからと答へるものがないのは何故だらう。かう云ふ矛盾を屡《しば》〳〵経験した自分ですら、無理と思ひながらも、聊《いさゝ》か責任を感ずる様だ。して見ると人間は中々重宝に社会の犠牲になる様に出来上つたものだ。　（『坑夫』）

漱石はここで「無性格論」を展開しているのではない。そうではなくて、私が「いまここに」あることと、次に私が「いまここに」あるということの間にいかなる同一性も連続性も感じられぬ心的な状態を語っているのだ。『坑夫』の自分は、自分自身に対しても外界に対してもたしかな現実感をもつことができないのである。

まだふわ〳〵してゐる。少しも落ち附いてゐない。だから此の世にゐても、此の汽車から降りても、此の停車場《ステーション》から出ても、又此の宿の真中に立つても、云はゞ魂がいや／＼ながら、義理に働いてくれた様なもので、決して本気の沙汰で、自分の仕事として引き受けた専門の職責とは心得られなかつた位、鈍い意識の所有者であつた。そこで、ふらついてゐる、気の遠くなつてゐる、凡てに興味を失つた、かなつぼ眼を開いて見ると……

（『坑夫』）

この自分をおそっている非現実感の正体、すなわち「此の正体の知れないもの」とはなんであろうか。たとえば、われわれは事物を感覚し、概念として認識するのだが、それを根源的に統覚しているのは「(私)がいまここに(ある)」という時間性と空間性である。「いま」といっても対象としてとらえられるものではなく、「ここ」といっても対象としてとらえられるものではない。そういう対象的認識そのものが成り立つのは、すでに「いまここに」あるという時間性と空間性においてである。それゆえ、漱石がここで述べている自己の同一性と連続性の問題は、対象としての自己(たとえば容貌とか名前とかいったもの)の同一性・連続性の問題ではなく、対象的知覚を統覚する「私」の同一性・連続性の問題なのである。すなわち、対象としての私ではなく、対象化しえぬ「私」の同一性・連続性を漱石は問題にしているのだ。

『坑夫』の自分がいっているのは、自分が自分でないような気がすることと、外界が現実のように感じられぬことである。このことは、べつに彼の反省や知覚までをそこなうわけではない。ものを知覚しているが、どうもそれが現実のように感じられず、自分も明らかに自分なのだが、自分自身のように感じられないだけだ。だから、手配師の長蔵の誘うままに、ふわふわと坑山までついていってしまうのである。自意識はむしろ活潑に猜疑的なまでにつづいているが、自己自身と外界から剝離されてしまっているのだ。彼はいろいろ出会った人やものについて批評したり反省したりするのだが、そのことは彼自身がふわふわと地底に降りていってしまう現実の行動とは結びつくことはない。

自分に、あるいは漱石に生じている自己自身と外界からの剝離感はしたがって反省的意識によってはとらえられない。反省的に対象化できないような「私」の次元において生じたものだからだ。ばあいによっては、それは対象的知覚そのものを変容させ、妄想を生じさせる。漱石の迫害妄想は、対象化しえぬ「私」の次元における縮小感が外界の他者を迫害者のように変容させたにすぎない。漱石は、意志によってはどうすることもできないこの種の変容をさまざまなかたちで述べている。

> 吾人の心中には底なき三角形あり、二辺並行せる三角形あるを奈何《いかん》せん、（中略）不測の変外界に起り、思ひがけぬ心は心の底より出で来る、容赦なく且乱暴に出で来る、海嘯《つなみ》と震災は、啻《たゞ》に三陸と濃尾に起るのみにあらず、亦自家三寸の丹田中に

あり、険呑なる哉

（「人生」明治二十九年）

此の正体の知れないものが、少しも自分の心を冒さない先に、劇薬でも注射して、悉く殺し尽す事が出来たなら、人間幾多の矛盾や世上幾多の不幸は起らずに済んだらうに。

（『坑夫』）

君の恐ろしいといふのは、恐ろしいといふ言葉を使つても差支ないといふ意味だらう。実際恐ろしいんぢやないだらう。つまり頭の恐ろしさに過ぎないんだらう。僕のは違ふ。僕のは心臓の恐ろしさだ。脈を打つ活きた恐ろしさだ。

（『行人』）

だが、漱石はこのことをうまく表現することができない。「表現することなどできない恐しいこと」だからだ。したがって、小説では「二十世紀の自意識」の問題であるかのように書いている。だが、それは結局「頭の恐ろしさ」にすぎないので、漱石の小説は「心臓の恐ろしさ」に触れようとすることによって、ある突発的な不可解な場面に転換させられてしまうのである。それを構成的破綻とよぶわけにいかぬことは明瞭であろう。むしろわれわれは、自意識や他者との倫理的葛藤を主題とした(とみなされている)これらの長篇小説を、裏側からすなわち存在論的な側から読みなおしてみる必要がある。

さて、『坑夫』の自分は迷路のような地点をさまよい歩くが、どうしても出口が見つからない。

行く先は暗くなつた。カンテラは一つになつた。気は益《ます〱》焦慮《いら》つて来た。けれども中々出ない。たゞ道は何処迄もある。右にも左にもある。自分は右にも這入つた、又左にも這入つた、又真直にも歩いて見た。然し出られない。愈《いよ〱》出られないのかと、少しく途方に暮れてゐる鼻の先で、かあん〱と鳴り出した。五六歩で突き当つて、折れ込むと、小さな作事場があつて、一人の坑夫がしきりに槌を振り上げて鑿《のみ》を敲《たゝ》いてゐる。敲くたんびに鉱《あらがね》が壁から落ちて来る。其の傍に俵がある。是はさつきスノコへ投げ込んだ俵と同じ大きさで、もう一杯詰つてゐる。掘子が来て担いで行く許りだ。自分は今度こそこいつに聞いて遣らうと思つた。が肝心の本人が一生懸命にかあん〱鳴らしてゐる。おまけに顔もよく見えない。（『坑夫』）

これはほとんど「夢十夜」をおもわせる世界だ。彼はどこへ出ようとしているのか。たんに地上の明るい所ではない。それは剥離された外界を、あるいは自己自身を現実的にとりもどすことを意味しているのである。彼がこのように懸命に出口を探し求めているのに、他者は無関心に疎遠なままで立っているだけだ。これは荒涼たる心的風景というべきであろう。

たとえば、『行人』の一郎が妻を疑うのは、妻がこの地底の坑夫のように無関心に立っていると感じられたからである。だが、妻だけでなく誰が一郎の世界に入りこむことができるだろうか。一郎自身が他者との間に血の通うルートを絶たれてしまっているのだ。私はこれを根源的な関係性 relatedness とよぼう。一郎は自己に対しても他者に対しても、根源的な関係性を絶たれている。彼は他者を意識することはできる。というより激しい猜疑心で苦しんでいる。しかし他者を感じることはできない。そして、その苦痛は「心臓の恐ろしさ」としかいいようのないものである。一郎が妻と弟二郎を一緒に旅行させて貞操を試みるというような行為は異様というほかはない。しかしその異様さは一郎が妻(妻を通して世界)との関係性を回復せんとする衝迫の切実さにもとづいているのだ。

たとえば、エドワード・オルビーの『動物園物語』に次のような会話がある。「人間はなにかと関係しえなくてはならないんです。人間とでなければ……人間とでなければ……なにかのものと。ベッドと、油虫と、鏡と、いやこれは堅すぎる、これは最後の手段だ。……」。

この男は公園のベンチに坐っていた無関心な他者をついに憤激させ殺させるようにしむけて成功する。相手にナイフで刺し殺されたとき、男ははじめて関係性を回復しえたのである。一郎の行為の異様さは、この男の行為の異様さと類似している。なぜなら、一郎のやることは自殺的行為だからだ。しかし、一郎はそうまでしても他者(現実)を回復したいという飢渇に促されているのである。

『行人』の前半では、われわれはいまにも三角関係が行きつくところまで行くようなスリルを感じる。しかし、なにごとも起らないばかりか、弟の二郎の方も「自己と周囲と全く遮断された人の淋しさを独り感じ」る男になっている。小説は唐突に一郎の内的世界に移行してしまい、嫂の問題は忘れ去られてしまうのである。これは『門』の宗助が妻をそっちのけにして参禅してしまうのと同じことである。『夏目漱石』のなかで、江藤淳はそれを他者からの遁走であり、自己抹殺＝自己絶対化の論理であると批判している。だが、事実はそうではない。これらの小説の主人公たちは、元来倫理的な相対的な場所にいたのだが、ある時点から漱石固有の問題をかかえこんでしまい、まったく異質の世界に移行してしまったのだ。彼らは倫理的に他者にむかうことを放棄したが、ひとは倫理的であるためにはまず自己の同一性・連続性をもちえていなければならない。

たとえば、小松川事件の犯人李珍宇《イジヌ》は書簡集のなかで次のように述べている。「私の頭にいつも残っていた問題は、体験が「夢」のように感じられることだった。若しも私達が何か或ることをして、それが過去になると同時に「夢のように」感じるとしたら、それに対して何か現実的な感情を持てと云われても困ってしまうにちがいない」(李珍宇

『罪と死と愛と』)。

李珍宇は彼が在日朝鮮人であるという事実性を否定してしまった。反省的レベルで否定したのではない。彼は在日朝鮮人であることをむろんよくわかっていたのだが、それは「私」自身からは疎遠な他者としての私としか感じられなかったのである。彼が拒否したのは現実ではなく、現実を現実として成り立たしめるような彼自身の同一性・連続性である。彼には他者はいるが、他者を感じることができない。だから殺した相手のことは知ってはいても、感じることができないのであり、こういう人間に罪悪感を要求しても「困ってしまう」ほかないのである。

『坑夫』の自分は地底で安さんという坑夫に出会う。自分が「現実感」をとりもどすのは、地底の一日ばかりの痛苦や恐怖によってではなく(それは結局「夢のように」しか感じられない)、安さんという男との関係を通してであり、「安さんが生きてる以上は自分も死んではならない」と考えるときである。一人の人間との関係を現実的にもちうることによって全現実をとりもどすということは、たとえば李珍宇が文通者との愛の関係においてはじめて被害者を現実的に感じられるようになったという手紙にも示されている。そのとき李珍宇は一挙に「世界」をとりもどし、同時に民族的アイデンティティをも回復するとともに、また現実的な罪の意識をもつことになり、今度はあらためて倫理的な問題に直面したわけである。

漱石の小説の人物たちは、おおむねこういうプロセスとは逆をいっている。『門』の宗助はかつて女を友人から奪ったという罪悪感に苦しんでいるが、それはある一般的な（漱石に固有の）「不安」に転化していき、それを解決するために宗助は参禅するのだ。「彼の頭を掠《かす》めんとした雨雲は、辛うじて、頭に触れずに過ぎたらしかつた。けれども、是に似た不安は是から先何度でも、色々な程度に於て、繰り返さなければ済まない様な虫の知らせが何処かにあつた」。

この小説が途中から妻を無視してしまっているのは、その「不安」が罪悪感からきた明瞭なものではなくて、「正体の知れないもの」だったからである。また、他者との関係における疎隔や確執が、他者に原因があるからではなく彼自身に原因があるからだということを確認しないわけにいかなかったからである。このことを、『坑夫』の主人公は次のように述べている。「やつと気がついた。つまり自分が苦しんでるんだから、自分で苦しみを留めるより外に道はない訳だ。今迄は自分で苦しみながら、自分以外の人を動かして、どうにか自分に都合のいゝ様な解決があるだらうと、只管《ひたすら》に外のみを当にしてゐた」。

「自分で苦しみを留める」にはどうすべきか。「死ぬか、気が違ふか、夫《それ》でなければ宗教に入るか。僕の前途には此三つのものしかない」と『行人』の一郎はいう。一郎のいい方を借りれば、漱石は宗教を『門』に、狂気を『行人』に、自殺を『こゝろ』に求めたといってよい。のちに述べるが、『こゝろ』の隠された主題は自殺であり、友人への裏切り、乃木将軍の殉死などの理由立ては、ともかく自殺が前提となった上で導入されたのである。にもかかわらず、『こゝろ』には『それから』、『門』、『行人』における唐突で露骨な構造的亀裂がうかがわれない。その意味で、『こゝろ』は均斉がとれ夾雑物の少ない佳作であるといえるが、『こゝろ』の先生がなぜ死ななければならないのかということは、おそらく作品そのものからは理解できないはずだ。先生の心理はこれまでの作品の図式性に比べると無理なく丹念に追われているのだが、自殺だけはやや不可解な短絡反応といわざるをえないのである。『門』の宗助と同じように、妻を放っておいたまま自殺するのは、けっして倫理的行為ではない。江藤淳のいい方を借りれば、それがむしろ自己抹殺＝自己絶対化であることに変りはないのである。

ところで、『門』の宗助はその名の示唆するように宗教を求めた。「自分は門を開けて貰ひに来た。けれども門番は扉の向側にゐて、敲いても遂に顔さへ出して呉れなかつた」。この「門番」はカフカの短篇の門番のようなもので、他者ではなく自己自身に関係する自己である。この「門番」は、門を開けてもらおうとすることそのものによって門を閉ざすというふうに存在している。キルケゴールが「絶望的に自己自身であろうとすること——反抗」とよんでいるのはこのことである。

自分自身によって、それもひとえに自分自身だけによって、絶望を取りのぞこうとするならば、彼はやはり絶望のうちにあるのであって、自分ではどれほど奮闘したつもりでも奮闘すればするほど、ますます深く絶望の淵に沈むばかりである。絶望というそごは単純なそごではなく、自分自身に関係するところの、また他者から置かれたものであるところの関係におけるそごであり、したがって、さきに自分ひとりを相手にした関係のなかでのそごは、同時に自己という関係を置いた力に対する関係のなかに無限に反映するわけである。

（キルケゴール『死に至る病』）

けれども、キルケゴールがここで「他者」といっているのは神のことである。それゆえ彼の論理は、自己自身であろうとすることから信仰へと質的に飛躍するのであり、また彼の著書はすべてその飛躍を説いている。だが、宗助や一郎が求めているのはいわば生身の他者である。彼らをおびやかしている生の危機はたしかに「自己自身との関係のそご」にもとづくのであるが、たんに自意識の問題ではない。身体そのものからくる名状しがたい「不安」である。キルケゴールの不安はいわば「頭の恐ろしさ」であるが、彼らの不安は「心臓の恐ろしさ」である。それゆえ、彼らにとって宗教（信仰）による救済などはありえなかったのだ。

『坑夫』の主人公は地底で安さんという男に会うのだが、彼は「二十三の時に、ある女と親しくなつて――詳しい話はしないが、それが基《もと》で容易ならん罪を犯した。罪を犯して気が附いて見ると、もう社会に容れられない身体《からだ》になつてゐた」という男である。つまり、安さんとは『それから』の代助、『門』の宗助、『こゝろ』の先生と同じような男なのである。自分はこう考える。

安さんを贔屓《ひいき》にする所為か、どうも安さんが逃げなければならない罪を犯したとは思はれない。社会の方で安さんを殺したとして仕舞はなければ気が済まない。其の癖今云ふ通り社会とは何者だか要領を得ない。たゞ人間だと思つてゐた。其人間が何故安さんの様な好い人を殺したのか猶更分らなかつた。だから社会が悪いんだと断定はして見たが、一向社会が憎らしくならなかつた。唯安さんが可哀想であつた。出来るなら自分と代つてやりたかつた。自分は自分の勝手で、自分を殺しに此処まで来たんである。厭になれば帰つても差支ない。安さんは人間から殺されて、仕方なしに此処に生てゐるんである。帰らうたつて、帰る所はない。どうしても安さんの方が気の毒だ。

（『坑夫』傍点引用者）

こうしてみると、安さんは社会に追放された男であり、自分は社会を追放した――社会を社会として現実的に感じられぬというかたちで社会を追放した――男である。安さんには痛切な倫理感があるが、自分にはそもそも外界というものがただ疎遠にしか感じられない。つまり、『坑夫』のこの二人の人物は、『門』、『こゝろ』などの主人公の分裂の意味を示しているといってよい。『それから』の代助が、最初は自分としてあらわれのちに安さんに転じたものとすれば、『門』の宗助は最初は安さんとしてあらわれやがて自分に転じたのである。

要するに、漱石の小説は倫理的な位相と存在論的な位相の二重構造をもっている。それはいいかえれば、他者(対象)としての私と対象化しえない「私」の二重構造である。他者としての私、すなわち反省的レベルでの私を完全に捨象してしまったとすれば、そして純粋に内側から「私」を了解しようとすればどうなるか。それを示しているのが「夢十夜」だ。この「夢」は漱石の存在感覚だけを純粋に暗示するのだが、われわれは漱石のどの作品にもこういう「夢」の部分を、すなわち漱石の存在感覚そのものの露出を見出すことができるのである。『坑夫』の出口のない地底の迷路もそうだし、『それから』の冒頭と最後にあらわれる「赤」の幻覚にしても然りである。

「倫敦塔」では「夢」の部分と「現実」の部分がともに存在する。しかしいずれかといえば、明らかに「夢」が勝っている。現実の塔は空無化され、象徴的な「塔」が漱石の固有の存在感をうつしだす鏡となるのである。それゆえ漱石は、次のように書いている。

……余はどの路を通つて「塔」に着したか又如何なる町を横ぎつて吾家に帰つたか未だに判然しない。どう考へても思ひ出せぬ。只「塔」を見物した丈は慥かである。「塔」其物の光景は今でもありくと眼に浮べる事が出来る。前はと問はれると困る、後はと尋ねられても返答し得ぬ。只前を忘れ後を失したる中間が会釈もなく明るい。恰《あたか》も闇を裂く稲妻の眉に落つると見えて消えたる心地がする。倫敦塔《ロンドン》は宿世《すくせ》の夢の焼点の様だ。

（「倫敦塔」）

これは「塔」の世界が現実の世界とは異質の、異次元のものであることを示している。漱石において、倫理的な位相と存在論的な位相は順接するのではなく逆接するのだ。『漾虚集』では内側からみた私と外側からみた私がバランスを保っているが、長篇小説においてはそのバランスは完全に壊れている。主人公たちは本来倫理的な問題を存在論的に解こうとし、本来存在論的な問題を倫理的に解こうとして、その結果小説を構成的に破綻させてしまったのである。

3

『こゝろ』の隠された主題は自殺である、と私は先に述べた。それは、先生の自殺が作品の構成的必然としてでなく、作者の願望のあらわれとしてあるということである。友人を裏切ったという罪感情が、あるいは明治は終ったという終末感が、この作品をおおっている暗さや先生の自殺決行に匹敵しないことは明瞭だからだ。先生は「倫理的人間」である。だが、同時に彼は「内部の人間」(秋山駿)なのである。にもかかわらず、この小説では『門』や『行人』のようなあらわな分裂がなく、それらが重なりあって暗喩的な像を形成している。

私に乃木さんの死んだ理由が能く解らないやうに、貴方にも私の自殺する訳が明らかに呑み込めないかも知れませんが、もし左右《さう》だとすると、それは時勢の推移から来る人間の相違だから仕方がありません。或は箇人の有つて生れた性格の相違と云つた方が確かも知れません。私は私の出来る限り此不可思議な私といふものを、貴方に解らせるやうに、今迄の叙述で己れを尽した積です。(『こゝろ』)

「不可思議な私」とはなにか。それは、他者としての私(外側からみた私)と他者として対象化しえない「私」(内側からみた私)を同時に意味している。人間がもし他者としての私にすぎないならば、彼はたとえば赤シャツであり、野だいこであり、要するに単純明快であろう。「自然主義」とはそういう認識にほかならない。

たとえば、先生は「金さ君、金を見ると、どんな君子でもすぐ悪人になるのさ」という。しかし、『こゝろ』はそういう自然主義的認識を書いているのではない。先生自身は金によって動きはしなかったが、女によって動いた。とすれば、「女さ君、女を見ると、どんな君子でもすぐ悪人になるのさ」といったようなことが書かれているのだろうか。むろんそんなはずがないのだ。

先生は誠実であり、誠実たることを苦い経験からほとんど決意のようにつらぬこうとした男である。これを忘れてはならない。にもかかわらず、誠実たらんとするまさにそのことが、彼の誠実さを裏切る。ここにはなにがあるか。われわれは自己(エゴ)をつらぬくことが誰かを犠牲にするほかない人間の関係を見るべきであろうか。そうではないのだ。漱石が見ていたのは、そういう自明の理ではない。それでは、彼がなぜ「こゝろ」という題名を付したのかはわからないのである。また、そういう理解は漱石をありふれた倫理学者におし下げるものでしかない。たとえば、実際に先生が友人Kにある時期に告白しておけば、さしたる問題は生じなかったであろう。このばあいでも、先生が友人Kを傷つけたことにまちがいはない。ところが、先生はKの自殺が恋愛問題によるかどうかをのちになって疑っている。同じように、先生の自殺も、友人Kを死なしめた罪悪感からではないといえるのである。したがって、『こゝろ』は人間のエゴイズムとエゴイズムの確執などというテーマとは実は無縁である。漱石が凝視していたのは、依然として「正体の知れないもの」なのであって、さもなければ先生が奥さんに対して冷淡であったこと、奥さんをおいて自殺したことは、またしてもエゴイズムであると非難されねばならないはずだ。

Ｋに対する私の良心が復活したのは、私が宅の格子を開けて、玄関から座敷へ通る時、即ち例のごとく彼の室を抜けやうとした瞬間でした。(中略)彼は「病気はもう癒《い》いのか、医者へでも行つたのか」と聞きました。私は其刹那《せつな》に、彼の前に手を突いて、詫《あや》まりたくなつたのです。しかも私の受けた其時の衝動は決して弱いものではなかつたのです。もしＫと私がたつた二人曠野の真中にでも立つてゐたならば、私は屹度《きつと》良心の命令に従つて、其場で彼に謝罪したらうと思ひます。然し奥には人がゐます。私の自然はすぐ其所で食ひ留められてしまつたのです。さうして悲しい事に永久に復活しなかつたのです。（『こゝろ』）

これは後悔である。そして、『こゝろ』の遺書の部分はすべて、なぜあのとき真実をいわなかったのかという後悔にみちている。だが、われわれはむしろこういうべきではないか、真実というものはつねに、まさにいうべき時より遅れてほぞをかむようなかたちでしかやってこないということを。そして、このずれにはなにか本質的な意味があるということを。

真実を語るとは告白するということだ。誰でも口にしうる真実などというものは真実ではない。そして、告白するということは、身を裂くような、そして、それを書きつけたならば紙が燃えあがる(E・A・ポー)ような行為である。先生は告白できなかった。なぜなら告白がたえず一瞬遅れたからである。というより、われわれはつねに告白において一瞬遅れるほかないというべきだ。いかにわれわれが真実であろうとしても、そこにはわずかのずれが生じる。このずれがわれわれの自己欺瞞の産物でないとしたら、いったいなにによっているのか。

先生の告白はずるずると遅れていく。だが、たんに遅れるのではない。むしろ告白すべきことが生じたために、お嬢さんへの愛が深化していったという事情がともなっているからだ。これはもはやどうしようもないプロセスである。たとえば、『それから』の代助も告白した。が、その告白は唐突であり機械的である。彼はそれまで自己欺瞞によって無自覚だった「自然」(真実)をさとって、かつて友人に譲った女を奪いかえす。しかし、ここにあるのは単純な図式にすぎない。つまり、自分の本心(自然)と自己欺瞞(人工)の二元的な図式があるにすぎない。

ところが、『こゝろ』では『それから』のような木に竹を接いだ唐突さ、図式性がない。こうしようとしながら別なふうにやってしまう人間の、どうすることもできない心の動きが無理なくとらえられているからだ。本心と欺瞞という図式はここでは成立しない。無意識と意識という図式は成り立たぬ。われわれは晩年のフロイトが言語の問題に関心を移したことを考えてみればよい。彼は意識と無意識についての機械的な図式では解くことのできない、一瞬のずれを解明しようとしたのである。「超自我」なるものがわれわれの「自然」を抑圧している、などということは冗談にもならない。告白の不可能性を探っていけば、われわれは欺瞞や自尊心のかわりに、この世界で人間が存在するあり方そのものに眼を転ずるほかないのだ。いいかえれば、われわれがこの世界で存在するありようそのものがわれわれを真実(自然)から疎隔(ずれ)させているのではないのか。「不可思議な私」とは、そのように存在するほかない人間の不可思議さである。

漱石は告白をいささかも信じてはいなかった。だが、たとえば、島崎藤村の『破戒』では、告白が単純に信じられている。瀬川丑松が告白できなかったのは、自尊心や虚栄心のためであって、それを棄てれば告白とは事実を述べることにすぎなかったのである。『罪と罰』を下敷きにしたといわれるこの作品には、まったくドストエフスキー的問題は存在しない。藤村以後、日本の小説は自然主義的な「真実」をいかに自尊心を棄ててリアルに「告白」するかという一点に関心がそそがれる。彼らからみれば、漱石などは「余裕派」にすぎず嘘しか書いていないことになる。だが、告白しうる真実などはとるにたらない。漱石が告白しなければならないがゆえに告白しえない何ものかを所有していたことは明らかである。それが何であるか、私は知らないし、知りたいとも思わない。ネタが割れたとしても、たかだか自然主義的な「真実」にすぎまい。だが、漱石が、あるいはわれわれがかかえている真実とはそんな単純なものではないはずだ。『こゝろ』を読んだ者にはすでに明瞭であろう。漱石の眼が人間の心理をあばいて得意になる類のものではなく、われわれの生存を不可避的に強いている何ものかに向けられていることが。そして、こういうときに、漱石は人間の孤独というものを凝視するほかなかったのである。

私は妻から何の為に勉強するのかといふ質問を度々受けました。私はたゞ苦笑してゐました。然し腹の底では、世の中で自分が最も信愛してゐるたつた一人の人間すら、自分を理解してゐないのかと思ふと、悲しかつたのです。理解させる手段があるのに、理解させる勇気が出せないのだと思ふと益《ます〳〵》悲しかつたのです。私は寂寞でした。何処からも切り離されて世の中にたつた一人住んでゐるやうな気のした事も能くありました。

同時に私はKの死因を繰り返し〳〵考へたのです。其当座は頭がたゞ恋の一字で支配されてゐた所為《せゐ》でもありませうが、私の観察は寧《むし》ろ簡単でしかも直線的でした。

Kは正しく失恋のために死んだものとすぐ極めてしまつたのです。しかし段々落ち付いた気分で、同じ現象に向つて見ると、さう容易《たやす》くは解決が着かないやうに思はれて来ました。現実と理想の衝突、――それでもまだ不充分でした。私は仕舞にKが私のやうにたつた一人で淋《さむ》しくつて仕方がなくなつた結果、急に所決したのではなからうかと疑がひ出しました。さうして又慄《ぞつ》としたのです。私もKの歩いた路を、Kと同じやうに辿つてゐるのだといふ予覚が、折々風のやうに私の胸を横過《よこぎ》り始めたからです。

（『こゝろ』）

先生は「明治の人間」として死ぬのではない、「慄《ぞつ》とする」ような荒涼たる風景のなかで死ぬのだ。むろん、彼がそういう風景を見てしまったのは「明治の人間」だったからである。しかし漱石はいささかも自分が「古い人間」だとはいってはいないので、ただ「新しい人間」たちに、彼が見なければならなかったものを、そして白樺派の青年たちが見ないでいるものを、伝えようとしているのだ。漱石の倫理感は歴史的なものだが、彼の人間存在に対する洞察はわれわれにとって切実である。彼が見たのは、人間の「原罪」であろうか。私の知る範囲では共観福音書のなかに「原罪」という概念はみあたらない。つまり「原罪」という観念は神学者がデッチ上げた空疎な観念にすぎない。荒正人は『こゝろ』を「恥の文化」（ルース・ベネディクト）である日本人の心性と結びつけようとしている。逆に滝沢克己は『こゝろ』を福音書になぞらえ、先生をイエスになぞらえている。だが、それらは『こゝろ』の本質についてなにもいったことにはならないのである。西欧人には原罪の観念があり日本人にはない、まさに単純にして明快な見方だ。しかし、人間と人間が関係づけられて存在するとき、われわれにどうすることもできない虚偽や違和が生じるということ、それは観念や心理の問題などではない。われわれの生存条件の問題にほかならないのだ。先生をイエスといっても別に悪くはない。だが、キリストなどではけっしてありはしないのだ。いわんやキリスト教とはなんの関係もなく、また関係づけねばならぬいわれもないのである。

『こゝろ』は人間の「心」を描いたが、心理小説ではない。それは、ドストエフスキーの小説が無限に人間の心理を剔抉しながら心理小説でないのと同じである。人間の心理、自意識の奇怪な動きは、深層心理学その他によっていまやわれわれには見えすいたものとなっている。だが、『こゝろ』の先生の「心」は見えすいたものであろうか。見えすいたものが今日のわれわれを引きつけるはずがないのだ。おそらく、漱石は人間の心理が見えすぎて困る自意識の持主だったが、そのゆえに見えない何ものかに畏怖する人間だったのである。何が起るかわからぬ、漱石はしばしばそう書いている。漱石が見ているのは、心理や意識をこえた現実である。科学的に対象化しうる「現実」ではない。対象として知りうる人間の「心理」ではなく、人間が関係づけられ相互性として存在するとき見出す「心理をこえたもの」を彼は見ているのだ。

人間は死と太陽をみつめていられない、とラ・ロシュフコーは書いた。あるいは、人間は虚栄心のためなら何でもする、と書いた。あらゆる心理(小説)家が依拠しているのはこの種の素朴な前提にすぎない。だが、人間はある現実的な契機に強いられたときには、太陽をみつめることもありうるのだ。ありうるということの恐しさを、漱石は「慄《ぞっ》とする」ような孤独において思い知ったのだった。「精神界も全く同じ事だ。何時どう変るか分らない。さうして其変る所を己は見たのだ」(『明暗』(二))。漱石が何を見てしまったのか、詮索するには及ばない。だが、彼が生涯この驚きにとらわれた男であったことだけは記憶に値するであろう。

4

健三が遠い所から帰つて来て駒込の奥に世帯を持つたのは東京を出てから何年目になるだらう。　(『道草』)

『道草』のこういう書き出しは象徴的である。ロンドンとは書かずに、「遠い所」と書くことによって、健三はたんに場所的に遠い所からだけでなく観念的にも遠い所から帰ってきたことになるからである。だが、この書き出しが全体のなかでもっている意味はそれだけではない。たとえば「今の自分は何うして出来上つたのだらう」(九十二)という問いがたえまなく発せられている。つまり、「遠い所」ということばは、空間的というより時間的に遠い所を意味しており、いいかえれば「わたしはどこから来たか、わたしは何であり、どこへ行くのか」という問いを暗示しているのである。

冒頭の章で象徴的なのは、健三が散歩の途中に「帽子を被らない男」に出会い、それによってある不安な感情を抱くようになる条《くだ》りである。

其時健三は相手の自分に近付くのを意識しつゝ、何時もの通り器械のやうに又義務のやうに歩かうとした。けれども先方の態度は正反対であつた。何人《なんびと》をも不安にしなければ已《や》まない程な注意を双眼に集めて彼を凝視した。隙さへあれば彼に近付かうとする其人の心が曇《どん》よりした眸《ひとみ》のうちにあり〳〵と読まれた。出来る丈容赦なく其傍を通り抜けた健三の胸には変な予覚が起つた。

「とても是丈では済むまい」

然し其日家へ帰つた時も、彼はついに帽子を被らない男の事を細君に話さずにしまつた。

(『道草』)

その男はかつての健三の養父で、今は彼に金をせびりにくる島田である。だが、健三の「変な予覚」はただごとではない。健三が出会ったのは島田ではなく、「帽子を被らない男」であることに注意せねばならない。健三の妻がいうように養父母の問題は金で「片付く」事務的な問題にすぎないが、終章で健三が「世の中に片付くなんてものは殆んどありやしない」と呟くように、「帽子を被らない男」が与えた不安は生活上の厄介さとは異質のなにかなのである。それは、「もし帽子を被らない男が突然彼の行手を遮らなかつたなら、彼は何時もの通り千駄木の町を毎日二返規則正しく往来する丈で、当分外の方角へは足を向けずにしまつたらう」といえるようなものである。

ここで健三をとらえた不安は、知識人としての不安ではなく、裸形の人間としての不安である。「帽子を被らない男」は、彼に「おまえはどこから来たのか」という問いを不意に迫りはじめるのだ。私が思い浮かべるのは、ソフォクレスの劇『オイディプス王』においてあらわれオイディプスを不安にさせる予言者である。オイディプスはその予言者を黙殺し、また彼の出生の秘密にかかわった証人たちを黙殺することができたであろう。あるいは彼に「おれの素姓を底の底まで探ってみせるぞ」という恐るべき意志がなければ、ことは明るみには出なかったであろう。健三にしても同様である。

最初の章において、われわれは健三が「帽子を被らない男」の出現によって不可避的に生じる問いに迫られているのを見出すのだが、むろん『道草』という小説の表層においては、島田という男があらわれるだけであり、それによってささやかな日常的もめごとが生じるにすぎない。だが、小説の深層においては「帽子を被らない男」があらわれ、健三を「おまえは何者か、どこから来てどこへ行くのか」という不安な問いにひきこむのである。したがって、『道草』は自然主義的な表層と、「夢十夜」につながる深層との二重の構造から成り立っている。


「世の中に片付くなんてものは殆んどありやしない。一遍起つた事は何時迄も続くのさ。たゞ色々な形に変るから他《ひと》にも自分にも解らなくなる丈の事さ」

健三の口調は吐き出す様に苦々しかつた。細君は黙つて赤ん坊を抱き上げた。

「おゝ好い子だ〳〵。御父さまの仰やる事は何だかちつとも分りやしないわね」

細君は斯う云ひ云ひ、幾度《いくたび》か赤い頬に接吻した。

（『道草』）


『道草』の最後の条りについて、「これは日常生活の側の完全な勝利の容認である」と江藤淳は書いている。つまり、知識(観念)という「遠い所」から帰ってきて、細君＝生活者の論理を受容する知識人の姿と考えてもよい。だが、健三の「苦々しさ」は細君の論理に屈服するところにのみあるのではない。健三にとって島田の問題は片づいたとしても帽子を被らない男の問題は片づかないのである。

『道草』の表層では、健三という知識人は、「知識」というものが何の力も発揮しえない場所、すなわち家族のなかで徹底的に相対化されて、一個の夫であり父であり子であるような存在に還元される。社会的に存在するということは、自らを他者として生きることだ。そこでは、健三は健三という名をもち健三という名がかかえこむもろもろの人間関係を余儀なく生きるほかない。しかし、一方で健三は無名の存在として「片付かない」問題を前にして震え憤り怖えているのである。

漱石はこれまでそれを「夢」あるいは「幻影」の世界としてとらえてきた。そして、それがリアリズムを基調とする長篇小説では主人公の唐突な現実離脱として作品を分裂させてきたことはすでに述べたとおりである。『道草』にはそのような分裂はない。にもかかわらず、われわれは『道草』のリアリズムを浸している黒々とした闇を感じざるをえないのだ。『道草』とはいってみれば、「倫敦塔」の世界を逆様にしたようなものである。健三の日常的な社会生活の背後に、入口も出口もわからぬような内部の世界がある。つまり「塔」の世界がある。健三は塔＝島田と現実に向いあいながら、同時に「塔」＝「帽子を被らない男」に向いあっているのである。それゆえ、島田夫婦の問題は事務的に片づいたとしても、健三は「片付かない」問題から逃れるわけにいかないのだ。

健三(漱石)はどこから来たか。これはたとえば漱石が、慶応三年旧暦一月五日江戸牛込馬場下の名主の家に生れたという客観的事実とはなんの関係もない問いである。その種の事実は他者から知らされることであり、「他者としての私」でしかない。その証人たちが嘘をついているとすれば——現に漱石が生みの両親を知ったのは、養父母の家から帰されたのち女中からうちあけられたときである——、なんら彼自身のアイデンティティを保証しないのである。

事件のない日が又少し続いた。事件のない日は、彼に取つて沈黙の日に過ぎなかつた。

彼は其間に時々己れの追憶を辿るべく余儀なくされた。自分の兄を気の毒がりつゝも、彼は何時の間にか、其兄と同じく過去の人となつた。

彼は自分の生命を両断しやうと試みた。すると綺麗に切り棄てらるべき筈の過去が、却《かへ》つて自分を追掛けて来た。彼の眼は行手を望んだ。然し彼の足は後へ歩きがちであつた。

さうして其行き詰りには、大きな四角な家が建つてゐた。家には幅の広い階子段のついた二階があつた。其二階の上も下も、健三の眼には同じやうに見えた。廊下で囲まれた中庭もまた真四角であつた。

不思議な事に、其広い宅《うち》には人が誰も住んでゐなかつた。それを淋《さみ》しいとも思はずにゐられる程の幼ない彼には、まだ家といふものゝ経験と理解が欠けてゐた。

がらんとした淋しい光景がある。そしてその向うにはなにもない。この「淋しさ」は、ほとんど『こゝろ』の先生をおそった「淋しさ」と同質であろう。それは人がいない淋しさではない、人間が生存しているということの理由もない孤独である。「幼ない彼」はそれを「淋《さみ》しいとも思はず」にいた。というより、「幼ない彼」は理由もなく「広い宅《うち》」のなかに投げ出されていたのだ。健三の記憶にフラッシュのように浮かぶこの風景は、漱石が自己の生についてもつ固有のイメージにほかならない。健三(漱石)がこういう幼時の記憶を保持しているのは、そこになんらかの意味を与えたからだが、その「意味」とは、理由もなくすでに生存しているという存在感覚である。

(『道草』)

或日彼は誰も宅《うち》にゐない時を見計つて、不細工な布袋竹の先へ一枚糸を着けて、餌と共に池の中に投げ込んだら、すぐ糸を引く気味の悪いものに脅かされた。彼は水の底に引つ張り込まなければ已まない其強い力が二の腕迄伝つた時、彼は恐ろしくなつて、すぐ竿を放り出した。さうして翌日静かに水面に浮いてゐる一尺余りの緋鯉を見出した。彼は独り怖がつた。……

(『道草』)

これはたんに存在しているということを、対自的にとらえた瞬間の恐怖にほかならない。おそらくそれは原始人における宗教の発生を暗示するといえるだろう。自然が脅威に感じられたから、宗教が発生したのではない。動物にも恐怖はあるからだ。緋鯉に対して彼が感じた恐怖は、彼が彼自身の存在(自然)とは乖離し違和として存在するという了解の投射である。対象としての緋鯉はなんでもないものだが、そのとき彼が感じている不安は対象性をもたない。私が漱石の「夢」の世界と呼んだのは、このように対象性をもたない「私」自身の世界であって、漱石の作品の二重構造はたとえていえば、たんなる緋鯉とそれが対応(匹敵)しそうもない恐怖の二重性にもとづいているのである。

「健三は自分の背後にこんな世界の控へてゐる事を遂に忘れることが出来なくなつた」。しかし、背後だけではない。「どこへ行くのか」という問いが生じたとき、彼はやはり闇のなかをのぞきこむほかはないのだ。

三番目の子丈が器量好く育たうとは親の慾目にも思へなかつた。

「あゝ云ふものが続々生れて来て、必竟何うするんだらう」

彼は親らしくもない感想を起した。その中には、子供ばかりではない、斯ういふ自分や自分の細君なども、必竟何うするんだらうといふ意味も朧気に交つてゐた。

(『道草』)

「然し他事《ひとごと》ぢやないね君。其実僕も青春時代を全く牢獄の裡で暮したのだから」

青年は驚ろいた顔をした。

「牢獄とは何です」

「学校さ、それから図書館さ。考へると両方ともまあ牢獄のやうなものだね」

青年は答へなかつた。

「然し僕が若し長い間の牢獄生活をつゞけなければ、今日の僕は決して世の中に存在してゐないんだから仕方がない」

健三の調子は半ば弁解的であつた。半ば自嘲的であつた。過去の牢獄生活の上に現在の自分を築き上げた彼は、其現在の自分の上に是非共未来の自分を築き上げなければならなかつた。それが彼の方針であつた。さうして彼から見ると正しい方針に違なかつた。けれども其方針によつて前へ進んで行くのが、此時の彼には徒らに老ゆるといふ結果より外に何物をも持ち来さないやうに見えた。

「学問ばかりして死んでしまつても人間は詰らないね」

「そんな事はありません」

彼の意味はつひに青年に通じなかつた。彼は今の自分が、結婚当時の自分と、何んなに変つて、細君の眼に映るだらうかを考へながら歩いた。其細君はまた子供を生むたびに老けて行つた。髪の毛なども気の引ける程抜ける事があつた。さうして今は既に三番目の子を胎内に宿してゐた。（同前）

健三の妻、姉、養父母らはまったく無意味に生を蕩尽しているだけだ。だが、「生きてゐるうちに、何か為終《しおほ》せる、又仕終せなければならないと考へる男」健三にしても、結局例外ではない。子を産み、年老いていく自然過程には意味もなければ目的もない。人間は動物と同じように、たんに「自然の一部」として存在しているにすぎない、それなら、生に意味を与えるということは何を意味するのか。

たとえば、健三は赤ん坊が生れたとき、赤ん坊がどこかで一人生れれば年寄りが一人どこかで死ぬものだというような「統計上」の理窟を考える。「「つまり身代りに誰かが死ななければならないのだ」（中略）何の為に生きてゐるか殆んど意義の認めやうのない此年寄（島田）は、身代りとして最も適当な人間に違なかつた」。この「想像の残酷さ」は、ある人間の生は別の人間の死をひきかえにするという一般的事実ではなく、特定の人間が死ぬべきだと考えるところからくる。健三が死ぬかわりに、島田が死ぬべきだと考えるところからくるのである。しかし、そんな根拠や特権はだれにも与えられていない。

こういうとき、漱石は無常観とは程遠いところにいる。彼は何をやっても空しいといっているのではない。彼は彼自身を、「何の為に生きてゐるか」わからぬような他者たちと対等な存在として考えるほかないのだ。そして、「自然」のこういう非情な平等性を見出したとき、彼ははじめて周囲の他者を対等な存在としてみとめたのである。それは「人間の平等」というような空想的な観念からきたものではない。『道草』を可能にしたのは、いいかえれば知識人漱石の徹底的な相対化を可能にしたのは、こういう「自然」の非情な眼を所有しえたことによってである。

ある人間が生きるということは他の人間の死をひきかえることによってだというような酷薄な認識から出発した漱石が対等なる他者を発見し、「人間の平等」というヒューマニスティックな観念から出発した文学者がその逆に大衆に犠牲を要求して当然であるかのように考えるのは、皮肉というよりない。『道草』において、「大衆存在」はどんな理想化も理念化もほどこされていない。しかし、一方的に卑小化されているわけでもない。要するに、彼らはただ確固として生きており、健三のみがいいようのない不安にさいなまれ、その不安を外界に投射しているにすぎないのである。

したがって、彼の不安には、『それから』の代助のような特権的な性格はすこしもない。ただの個人としての不安にすぎないのだ。また、それは現実から遊離した激烈な不安とも異る。たとえば、ヒステリー発作のあと眠ってしまった妻に対して、健三は次のような不安におそわれる。

然し其眠りがまた余り長く続き過ぎると、今度は自分の視線から隠された彼女の眼が却《かへ》つて不安の種になつた。つひに睫毛《まつげ》の鎖してゐる奥を見るために、彼は正体《たわい》なく寐入つた細君を、わざ〳〵揺り起して見る事が折々あつた。細君がもつと寐かして置いて呉れゝば好いのにといふ訴へを疲れた顔色に現はして重い瞼を開くと、彼は其時始めて後悔した。然し彼の神経は斯んな気の毒な真似をして迄も、彼女の実在を確かめなければ承知しなかつたのである。

（『道草』傍点引用者）

気の毒だと思うのは彼の理性だが、細君の「実在」を確かめずにいられないのは彼の「神経」である。この「神経」は他者が遠のいていってしまう不安神経にほかならないが、すでに『行人』の一郎のような異様な激しさをもっていない。しかし、むしろわれわれが注目すべきなのは、自然主義的リアリズムと目されているこの作品に、一郎のような「不安」が目立たないかたちで浸透しているということなのである。健三にとって、「実在」はどのようにあらわれるか。たとえば、健三が妻の出産の際産婆が遅れたために、自分で赤ん坊をとりだす条りがある。

其時例の洋灯《ランプ》は細長い火蓋《ほや》の中で、死のやうに静かな光を薄暗く室内に投げた。

健三の眼を落してゐる辺は、夜具の縞柄さへ判明《はっきり》しないぼんやりした陰で一面に裹《つゝ》まれてゐた。
彼は狼狽した。けれども洋灯《ランプ》を移して其所を輝《てら》すのは、男子の見るべからざるものを強ひて見るやうな心持がして気が引けた。彼は已を得ず暗中に摸索した。彼の右手は忽ち一種異様の触覚をもつて、今迄経験した事のない或物に触れた。其或物は寒天のやうにぷり〳〵してゐた。さうして輪廓からいつても恰好の判然しない何かの塊に過ぎなかつた。彼は気味の悪い感じを彼の全身に伝へる此塊を軽く指頭で撫でゝ見た。塊は動きもしなければ泣きもしなかつた。たゞ撫でるたんびにぷり〳〵した寒天のやうなものが剥げ落ちるやうに思へた。若し強く抑へたり持つたりすれば、全体が屹度《きつと》崩れて仕舞ふに違ないと彼は考へた。彼は恐ろしくなつて急に手を引込めた。

（『道草』）

健三がこのとき感じた恐怖は、幼年期の緋鯉に引きずりこまれた経験にひとしく、ほとんど漱石固有の存在感覚といってよい。それはサルトルが「吐き気」とよんだものとさしてちがいはない。健三の恐怖は、彼の意識がものにひきよせられ、ものに同化してしまいそうになるところにある。そのものは不気味で醜悪で「寒天のやうにぷり〳〵し」たものだ。むろんそれは、赤ん坊でもなければ緋鯉でもない。そういうフィジカルなものではなくて、むしろ非存在である。『道草』の隅々に存在しているのは、かかる非存在なのだ。

健三の生活はそれから「手を引込めた」ところに成り立っている。「無信心な彼は何うしても、「神には能く解つてゐる」と云ふ事が出来なかつた。もし左右いひ得たならば、どんなに仕合せだらうといふ気さへ起らなかつた。彼の道徳は何時でも自己に始まつた。さうして自己に終るぎりであつた」(傍点引用者)。しかし、「神」という概念は『道草』では不要だ。また、『道草』のなかでは、すでに天とか自然とかいったことばはけっして超越的な概念として用いられてはいない。『道草』にはどこにも超越性はない、まったくフィジカルな世界に終始しているからだ。にもかかわらず、フィジカルなものが、「帽子を被らない男」のようにそのままメタフィジカルなものに変容するのである。

「自分に始まり自分に終る」健三の意識を否定するのは、妻や姉や島田のような他者だけではない。それだけなら『道草』の世界は自然主義的にフィジカルなだけだ。健三の自己完結的な意識をうちやぶり彼を曖昧模糊とした存在たらしめるのは、「自然」である。もとより、この「自然」は概念的に書かれてはいない。それはフィジカルなものを通してしかあらわれないのである。

意識にとって自然とはなにか、漱石はこういう問いをもはやどんな抽象的な概念によっても問うてはいない。「自然」は自分に始まり自分に終る「意識」の外にひろがる非存在の闇だが、漱石はそれを神とも天ともよばない。あくまでそれは「自然」なのだ。なぜなら、漱石は超越性を、ものの感触いいかえれば生の感触を通してしか見出そうとしなかったからである。

健三と細君の争いは、お互いが「自分に始まり自分に終る」論理を貫徹することによってはてしなく持続する。にもかかわらず、そこに一定の和解と愛が僥倖のように訪れるのだが、それは何によってであろうか。

斯ういふ不愉快な場面の後には大抵仲裁者としての自然が二人の間に這入つて来た。二人は何時となく普通夫婦の利《き》くやうな口を利き出した。（『道草』）

幸にして自然は緩和剤としての歇斯的里《ヒステリー》を細君に与へた。発作は都合好く二人の関係が緊張した間際に起つた。（中略）

そんな時に限つて、彼女の意識は何時でも朦朧として夢よりも分別がなかつた。瞳孔が大きく開いてゐた。外界はたゞ幻影《まぼろし》のやうに映るらしかつた。

枕辺に坐つて彼女の顔を見詰めてゐる健三の眼には何時でも不安が閃めいた。時としては不憫の念が凡《すべ》てに打ち勝つた。彼は能く気の毒な細君の乱れかゝつた髪に櫛を入れて遣つた。（同前）

それでも護謨紐《ごむ》のやうに弾力性のある二人の間柄には、時により日によつて多少の伸縮《のびちゞみ》があつた。非常に緊張して何時切れるか分らない程に行き詰つたかと思ふと、それがまた自然の勢で徐々《そろ〳〵》元へ戻つて来た。　（同前）

彼らの関係は「自然」が与えるヒステリーによって緩和される。考えてみれば、細君のヒステリーは彼らの不和から生じているにすぎないが、その発作に頼るほか親和を回復しえないのだ。彼らの意志ではどうすることもできない不和を前にして、健三はほとんど祈るように何かをあてにするほかない。彼はヒステリーとは何かを科学的に考えられるような場所には立っていない。かりに、彼がフロイトを読んでいたとしても、そんなことはなんの意味もないことだ。ヒステリーであろうが何であろうが、健三にとって夫婦は「護謨紐《ごむ》」のような関係にあり、すでにお互いの意志だけではどうすることもできないような相互規定性としてあったのだから、その伸縮を支配するものに対して怖え、また頼りにするほかなかったのだ。それを漱石は「自然」とよんだが、いうまでもなくそれは『虞美人草』に書かれたような自然とはかかわりがない。

『道草』において、健三はもはや「自分に始まり自分に終る」個人ではありえない。彼の意志ではどうにもならぬところに他者が立っているからであり、さらに、彼と他者との関係ですら、彼ら自身ではどうすることもできないものに支配されている。すなわち、『道草』のフィジカルな世界はメタフィジカルなものの感触にとりかこまれており、「始まり」と「終り」が大きな闇のなかに溶けこんでしまっているのである。『明暗』を浸しているのはそういう闇だ。くりかえしていえば、『道草』は二重の構造をもっているが、これまでの作品のようなあからさまな分裂をもたない。そして、次節で述べるように、『明暗』はあらゆる意味で『道草』という作品を通過することなくしてありえなかったということができるのである。

5

医者は探りを入れた後で、手術台の上から津田を下した。

「矢張《やっぱり》穴が腸迄続いてゐるんでした。此前探つた時は、途中に瘢痕の隆起があつたので、つい其所が行き留りだとばかり思つて、あゝ云つたんですが、今日疎通を好くする為に、其奴《そいつ》をがり〳〵掻き落して見ると、まだ奥があるんです」

（『明暗』(一)）

行きどまりの先にまだ奥がある、こうした書き出しのなかに『明暗』のモチーフがいい尽されている。ついでにいえば、全般に漱石の小説の書き出しはシンボリックであって、『それから』、『道草』についてはすでに述べたが、たとえば『坑夫』でも「さつきから松原を通つてるんだが、松原と云ふものは絵で見たよりも余つ程長いもんだ。何時迄行つても松ばかり生えて居て一向要領を得ない。此方《こつち》がいくら歩行《ある》いたつて松の方で発展して呉れなければ駄目な事だ……」というふうに、外界が遠のいてしまい、一向に近づくことのできない人物の心象を示しており、『門』でも「何時壊《くづ》れるか分らない」崖の下の家に夫婦がすんでいるという情景がその先の破局を暗示しているのである。

津田という男は、「ついぞ今迄自分の行動に就いて他《ひと》から牽制を受けた覚がなかつた。為《す》る事はみんな自分の力で為《し》、言ふ事は悉く自分の力で言つたに相違なかつた」ような男である。しかし津田だけではない、正体のさだかでない（未完であるために）清子という女をのぞけば、すべての登場人物がいわば「自分に始まり自分に終る」人間なのである。とはいえ、それは『道草』に出てきた健三の兄姉や養父母が示した庶民的エゴイズムではなく、なんらかの観念性をそなえている。しかもその観念性は、『道草』以前の人物が漱石と等身大の知識人であり哲学者であったのに比べると、少しも目立たないものである。『道草』においてはじめて、どんな哲学も知らないが「自分に始まり自分に終る」頑固な他者（細君）によって知識人健三を相対化してみせた漱石は、『明暗』においては、すでに知識人と大衆という断層をとりはらってしまっている。

津田自身もそうだが、彼の妻(お延)、妹(お秀)、吉川夫人、小林といった連中はとくにインテリというわけでもないのに、きわめて論理的に語る。彼らは具体的な生活を離れたところで空疎な話をすることがないが、にもかかわらず明晰に自己を主張して一歩も譲らないのである。こういう人間たちがはたして実在しただろうか。漱石が生きていた現実の社会はせいぜい『道草』のような社会であり、『明暗』のような社会はどこにもありはしなかった。しかるに、大正・昭和期のモダーンな小説がいかにもつくりものにみえるのに、『明暗』には不思議に実質感があるのはなぜか。『明暗』の世界は、『道草』を通過した漱石が、現実の未熟な市民社会を仮構上の成熟した市民社会にひっぱりあげたことによって生れた。『明暗』の意義は何よりもここにある。それは近代人らしい人間を仮構したのではない。その種の人間ならば、『吾輩は猫である』以来たくさん書かれているが、『明暗』の人物はもはや「二十世紀の自意識」なる空疎なものと何の関係もないのである。

「不思議にも学問をした健三の方は此点に於て却つて旧式であつた。自分は自分のために生きて行かねばならないといふ主義を実現したがりながら、夫の為にのみ存在する妻を最初から仮定して憚からなかつた」(『道草』)。この種の矛盾は現在の知識人においても大して変ってはいない。たとえば、戦後の小説のどれかを開いてみればよい。そこには特殊な知識人にのみ通用する高級な(ちっとも高級ではないのだが)対話や独白がみあたるが、平凡な人間が『明暗』の人物のように論理的に自己主張するというようなことはほとんどない。しかし、それを市民社会の未熟に帰することはできない。それなら、漱石の時代はますます困難ではないか。実はここに『道草』という作品の重要性がある。「第一次戦後派」を中心とする戦後文学はいわば『道草』を通過しなかった、すなわち自己内部で『道草』的相対化を経なかった文学なのだ。

『明暗』は、『道草』を通過してのみ可能な世界である。作家は表現においてのみ成熟するとはこういうことをさしていうのである。『明暗』は、その世界が当時の生活意識の状態からみれば明らかに抽象物でありながら、モダニストが銀座や軽井沢を舞台にしてつくりあげた人工的な空想物ではない。それは、ことばの本来的な意味において「抽象的」なのである。たとえば、『それから』の代助は近代という観念に酔っている。それは今日の作家が現代という観念に酔っているのと大差はない、ただ後者が手のこんだ手法を用いているというちがいがあるだけだ。が、『明暗』の人物は近代という実質に苦しんでいる。もとよりそこには「近代人」がいるのではなく、たんに人間がいるだけであり、その人間たちは「近代」といおうが「現代」といおうが、とにかく観念とはかかわりなく懸命に生きようとしているにすぎない。そして、それが現代的な意匠をちりばめた実存文学などより、現代の実質を具現しているのである。

お延や津田の世界、さらに彼らの世界そのものを根底的にくつがえしてしまう小林の世界、これらは「大正五年」の現実を、社会をあたうかぎり抽象しえている。ここでとらえられた「社会」は、のちに「社会科学」に依った貧寒な精神がつくりだした擬いものの社会ではない。また、『明暗』の「社会」はさらに「奥」に巨大な闇をかかえている。昭和の文学者でそれを見たのはただ小林秀雄ひとりといって過言ではない。いい気な自意識が漱石がとうに苦しみ抜いた過程を薄っぺらにたどり深刻ぶってみせる光景は今も昔も変りはしない。私は漱石の小説の射程が及ぶ広さと深さに今さらのように驚かざるをえないのである。

さて『明暗』の会話が魅力的なのは、それが各人の性格や思想をあらわしているからではなく、それらが交錯しあって思いがけない各人の本質を露呈するからである。たとえば、愛についてキリスト教風の理論を説いていたお秀は、お延と論争しているうちに「突然」次のようにいいだすのである。

「だつて自分より外の女は、有れども無きが如しつてやうな素直な夫が世の中にゐる筈がないぢやありませんか」
雑誌や書物からばかり知識の供給を仰いでゐたお秀は、此時突然卑近な実際家となつてお延の前に現はれた。お延は其矛盾を注意する暇さへなかつた。

「あるわよ、あなた。なけりやならない筈ぢやありませんか、苟くも夫と名が付く以上」

「さう、何処にそんな好い人がゐるの」

お秀はまた冷笑の眼をお延に向けた。お延は何うしても津田といふ名前を大きな声で叫ぶ勇気がなかつた。仕方なしに口の先で答へた。

「それがあたしの理想なの。其所迄行かなくつちや承知が出来ないの」

お秀が実際家になつた通り、お延も何時の間にか理論家に変化した。今迄の二人の位地は顚倒した。さうして二人とも丸で其所に気が付かずに、勢の運ぶが儘に前の方へ押し流された。

（『明暗』百三十一）

ダイアレクティカルな会話とはこういうものだ。理論家で高邁なことをいっていたお秀が卑俗な現実家である面をさらけだし、同時に実際家であったお延が熱っぽい理論家であるという「顚倒」がここにある。お延は理想家だが、ほんとうの理想家とは彼女のような者をさしていうのである。ドストエフスキーは人類を愛することはたやすいが一人の人間を愛することは困難だという意味のことを語ったが、その意味でお秀は理想を現実に接触する地平から隔離してしまった女である。要するに、彼女は日本の理想主義的な知識人の典型だといってもよいので、こういう手合がお延のような理想家を「冷笑」するのだ。お延にとって、安置さるべき理想はない、実際をはなれた観念は存在しない。

お秀は読書家であり知識のある女だが、老成した面をもっている。しかし、その理想家ぶりがお延には軽侮の対象であり、他方でその老成ぶりが彼女の嫌悪の対象となる。お延には、いわゆる理想家も現実主義者も最も肝心なものを避けて通っているようにしか思えないのである。疑いなく、漱石はそこに人間の倫理の意味を見出そうとしている。お延は絶対主義者でもなければそれを裏返した相対主義者でもない。ただ相対する場所以外にいかなる倫理学も認めない女だ。実際家が理想家に転じるのはこういう地点においてである。そして、このお延に比べると、津田やお秀ははるかにかすんでしまうのである。

しかし、漱石は彼の分身といってよいこの女を相対化することを忘れていない。お延は自分の夫の心が離れているという事実に自尊心によって耐えがたいのである。彼女の自尊心と、愛に飢えている心とは分ちがたく存在する。そして、前者は彼女を外見をつくろう見栄っぱりな女にし、後者は彼女を熱っぽい理想家にしているのである。

お延に対抗しうる人物は、おそらく小林ひとりだといってよい。

「奥さん、僕は人に厭がられるために生きてゐるんです。わざ〳〵人の厭がるやうな事を云つたり為《し》たりするんです。左うでもしなければ苦しくつて堪らないんです。生きてゐられないのです。僕の存在を人に認めさせる事が出来ないんです。僕は無能《やくざ》です。幾ら人に軽蔑されても存分な讐討《かたきうち》が出来ないんです。仕方がないから責めて人に嫌はれてでも見ようと思ふのです。それが僕の志願なのです」

お延の前に丸で別世界に生れた人の心理状態が描き出された。誰からでも愛されたい、又誰からでも愛されるやうに仕向けて行きたい、ことに夫に対しては、是非共左右《さう》しなければならない、といふのが彼女の腹であつた。さうしてそれは例外なく世界中の誰にでも当て篏つて、毫《がう》も悖《もと》らないものだと、彼女は最初から信じ切つてゐたのである。

（『明暗』〔八十五〕）

実際は、小林が「人に厭がられたい」ということは「存在を人に認めさせる」ことであり、したがって一種の求愛にほかならないのである。過大な自尊心があえて選んだ心理的倒錯にすぎない。しかし、お延が誇り高い女でありながら同時に実践的な理想家であるように、小林もまた激しい理想家である。最初厭がられ軽蔑され放しであったこの男は、津田を前にして自己矛盾からしぼり出すように「理想」を語る。自己矛盾とは、津田やお延の苦悩を「食う心配のない連中」の「余裕」が生みだした「贅沢」な遊戯だといいながら、彼らの「余裕」のおかげで金をもらえるということである。彼は「理想」を矛盾の意識なくして語ることができない。彼は警察から社会主義者としてマークされている男だが、たぶんその「社会主義」はのちに帝大の秀才たちが科学的真理として、あるいは「余裕」ある者の罪責感によって口にしたものとはちがっている。お延がお秀を馬鹿にしたように、小林もまたそういう秀才たちを馬鹿にできただろう。むしろ小林は明治の社会主義者である石川啄木をほうふつとさせるところがある。私の推測では、漱石は小林のイメージをドストエフスキーの作品から得たと思われる。たとえば、『罪と罰』で娘ソーニャを売春婦にしたことを自虐的に得々と語る酔漢マルメラードフなどがそれだ。

「もう来さうなものだな」

彼の様子を能く見守つた津田は、少し驚ろかされた。

「誰が来るんだ」

「誰でもない、僕よりもまだ余裕の乏しい人が来るんだ」

小林は裸のまゝ紙幣を仕舞ひ込んだ自分の隠袋《ポケット》を、わざとらしく軽く叩いた。

「君から僕に是を伝へた余裕は、再び是を君に返せとは云はないよ。僕よりもつと余裕の足りない方へ順送りに送れと命令するんだよ。余裕は水のやうなものさ。高い方から低い方へは流れるが、下から上へは逆行しないよ」

津田は畧《ほゞ》小林の言葉を、意解する事が出来た。然し事解する事は出来なかつた。従つて半醒半酔のやうな落ち付きのない状態に陥つた。其所へ小林の次の挨拶がさく〳〵と侵入して来た。

「僕は余裕の前に頭を下げるよ、僕の矛盾を承認するよ、君の詭弁を首肯するよ。何でも構はないよ。礼を云ふよ、感謝するよ」

彼は突然ぽた〳〵と涙を落し始めた。此急劇な変化が、少し驚ろいてゐる津田を一層不安にした。

（『明暗』〔百六十一〕）

小林のことばがつねに自虐的なアイロニーにみちているのは、「真実」をお秀のような理論家のように語ることができないからである。恥ずかしい進退窮まった地点からしか「真実」を語ることはできはしない、そうでない真実などは贅沢な連中の頭のなかにつまっている知識にすぎないのだ。お延をもっとも理解していたのはおそらく小林であって、彼女もまた自尊心をかなぐりすてて「頭を下げて憐れみを乞ふやうな見苦しい真似」をあえてやるにいたったのである。

「あたしは憑《よ》り掛りたいんです。安心したいんです。何《ど》の位憑り掛りたがつてゐるか、貴方には想像が付かない位、憑り掛りたいんです」

（『明暗』〔百四十九〕）

こういうお延のことばは、「余裕」のない人間の発することばだ。が、津田はそれを「畢竟女は慰撫し易いものである」と解して安心したにすぎない。したがって、小林が津田に対して次のようにいうのは、津田自身が小林やお延のようにぎりぎりまで追いつめられるであろうことを暗示しているのである。

「今に君が其所へ追ひ詰められて、何うする事も出来なくなつた時に、僕の言葉を思ひ出すんだ。思ひ出すけれども、ちつとも言葉通りに実行は出来ないんだ。これならなまじいあんな事を聴いて置かない方が可かつたといふ気になるんだ」

（中略）

「馬鹿、さうすりや何処が何うするんだ」

「何うしもしないさ。つまり君の軽蔑に対する僕の復讐が其時始めて実現されるといふ丈さ」

（『明暗』(百五十八)）

「復讐」がいかなるものか、われわれには知らされない、なぜなら『明暗』は大詰めにいたる手前で漱石の死によって中絶してしまったからだ。津田を理由なく棄てて結婚した清子という女が、たぶん津田を追いつめるであろうということはできる。彼は「行きどまり」だと思っていたところにさらにその「奥」があるということを思い知らねばならないはずだ。そして、そのことは清子に会おうとして温泉宿に出かけた津田が「光の届かない先に横はる大きな闇」を前にして抱く感想のなかに予告されている。

おれは今この夢見たやうなものゝ続きを辿らうとしてゐる。東京を立つ前から、もつと几帳面に云へば、吉川夫人に此温泉行きを勧められない前から、いやもつと深く突き込んで云へば、お延と結婚する前から、――それでもまだ云ひ足りない、実は突然清子に背中を向けられた其刹那から、自分はもう既にこの夢のやうなものに祟られてゐるのだ。さうして今丁度その夢を追懸《おつかけ》やうとしてゐる途中なのだ。顧みると過去から持ち越した此一条《ひとすぢ》の夢が、是から目的地へ着くと同時に、からりと覚めるのかしら。（中略）眼に入る低い軒、近頃砂利を敷いたらしい狭い道路、貧しい電灯の影、傾むきかゝつた藁屋根、黄色い幌を下した一頭立の馬車、――新とも旧とも片の付けられない此一塊の配合を、猶の事夢らしく粧つてゐる肌寒と夜寒と闇黒、――すべて朦朧たる事実から受ける此感じは、自分が此所迄運んで来た宿命の象徴ぢやないだらうか。今迄も夢、今も夢、是から先も夢、その夢を抱いてまた東京へ帰つて行く。それが事件の結末にならないとも限らない。いや多分はさうなりさうだ。ぢや何のために雨の東京を立つてこんな所迄出掛て来たのだ。畢竟馬鹿だから？　愈馬鹿と事が極まりさへすれば、此所からでも引き返せるんだが。

（『明暗』（百七十一））

『明暗』が漱石の内部をちらりと映し出すのはこういう部分である。津田が温泉宿の廊下を迷路のようにさまようことからみても、われわれはここに『坑夫』のモチーフを確認できるであろう。津田が清子に会うのはほとんど「夢」の世界、異次元の世界である。泊り客に一人も出会わないような広大な宿屋をさまよう条りは、このリアリスティックな小説を暗喩的なものに変えてしまう。そのとき、われわれは漱石のなまの存在感覚が露出してくるのを感じざるをえない。「冷たい山間《やまあひ》の空気と、其山を神秘的に黒くぼかす夜の色と、其夜の色の中に自分の存在を呑み尽された津田とが一度に重なり合つた時、彼は思はず恐れた。ぞつとした」（『明暗』（百七十二））。

この「恐れ」は、お延や小林との間で生じている倫理的な葛藤とはまた異質であり、存在論的なものである。いうまでもないが、『明暗』もまた終末において（未完ではあるが）、漱石の二重のモチーフを露わにしはじめるのである。しかし、漱石は『門』や『行人』や『こゝろ』のようにこの小説を終了させたとは考えられない。

『明暗』を書き出す少し前の大正五年元日に彼が書いた「点頭録」というエッセイがある。このなかで、漱石は「振り返ると過去が丸で夢のやうに見え」、「一生は終に夢よりも不確実なものに」思われると書いている。と同時に、次のようにも書く。

驚くべき事は、これと同時に、現在の我が天地を蔽い尽して儼存してゐるといふ確実な事実である。一挙手一投足の末に至る迄此「我」が認識しつゝ絶えず過去へ繰越してゐるといふ動かしがたい真境である。だから其処に眼を付けて自分の後を振り返ると、過去は夢所《どころ》ではない。炳乎《へいこ》として明らかに刻下の我を照しつゝある探照灯のやうなものである。従つて正月が来るたびに、自分は矢張り世間並に年齢を取つて老い朽ちて行かなければならなくなる。

生活に対する此二つの見方が、同時にしかも矛盾なしに両存して、普通にいふ所の論理を超越してゐる異様な現象に就いて、自分は今何も説明する積はない。又解剖する手腕も有たない。たゞ年頭に際して、自分は此一体二様の見解を抱いて、わが全生活を、大正五年の潮流に任せる覚悟をした迄である。

（「点頭録」）

私はこれを悟りを開いた人間のいうことばとして読む気にはなれない。あまりに痛々しい「覚悟」が感じられるからである。『明暗』がはたして「一体二様の見解」を実現しえたであろうか。それは誰にもわからない。だが、漱石が『明暗』において、「わが全生活」を「大正五年の潮流」のなかに注ぎこんだことは疑いがない。そして、漱石にもう少しの寿命があれば、われわれは『明暗』のなかにある包括的な世界像をもつことができたかもしれない。そこから見たとき、漱石以後の文学と人間の分裂と喪失の形態がより明瞭に浮き彫りされるであろうことは疑いをいれないのである。

内側から見た生

Were we born, we must die. —Whence we come, whither we tend? Answer!

(漱石「断片」)

「私」はどこから来て、どこへ行くのか、こういう問いに「答える」ことはできない。ぼくらが知っているのは他人が生れ死ぬことであって、自己自身の生誕についても死についても何も知らないし、知ることもできない。これは懐疑のための懐疑ではなくて、本質的な不可知性である。「私」は何であるか、こんな問いにもぼくらは「答える」ことはできない。どんな答えも結局自己を外側から他者として見ているにすぎないので、ぼくらは「私」自身から永遠に疎隔されているというほかはない。いわゆる自己認識が他者の見る私を引き受けることだとすれば、「私」自身の認識とはまったく別である。しかし、自己を他者としてではなく、いわば自己の内側からみようとすれば、どうなるだろうか。

ぼくが漱石の『夢十夜』をここでとりあげるのは、夢のなかでは外界は遮断されており自己を内側から見るほかないからである。夢のなかでは自他を区別する反省意識はなく、内側からみた自己だけが露出している。漱石という作家を、外側からではなく、純粋に内側からみるにもっともふさわしいテクストは『夢十夜』をおいてない。なぜならそこには漱石自身の「内側から見た生」(life as seen from inside)のほかに何もないからだ。

時代のなかに生き時代とかかわっていた漱石、これは重要である。しかし、いまぼくに関心があるのは、『吾輩は猫である』の猫のように辛辣でリアリスティックな眼をもっていた漱石が、同時にまったく外界から閉ざされた「夢」のなかを生きていたということである。こういう分裂はどのように統合されていただろうか。彼の長篇小説が示す構造的分裂、あるいは彼の実生活が示す分裂は、それが容易ならぬものであったことを示している。

彼が時代とかかわって書いたり喋ったりした「思想」をすべて捨象したとき、すなわち彼の「夢」の内部では、彼の存在(生)はどのように了解されていたか、またそれは彼の長篇小説の「内」的な部分とどうつながっていたか、そしてそれはいかなる普遍的意味をもっているか、『夢十夜』はこういう疑問に答えるに充分である。『夢十夜』はまさに彼の生の暗喩であって、暗喩であるかぎり、ぼくらはそこに一義的に対応する事実性を見出すことはできない。ただその本質的な意味を探ることができるだけである。

「第一夜」は、死に瀕した女が自分に「百年、私の墓の傍に坐つて待つてゐて下さい。屹度逢ひに来ますから」というので、じっと待っていると、「真白な百合」が花弁をひらき、それに接吻しながら「百年はもう来てゐたんだな」と気がつくという話である。この百合の花とその匂いを江藤淳は漱石の嫂(登世)にまつわる体験と結びつけようとしているが、ぼくが考えたいのはたとえば「百年」という時間についてである。「第三夜」でも、自分の背負っている盲目の子供が杉の木のところで「御前がおれを殺したのは今から丁度百年前だね」という話があり、『永日小品』のなかの「心」という章にも、のちに『文鳥』の素材となる次のような話がある。

1

鳥は柔かな翼と、華奢な足と、漣の打つ胸の凡てを挙げて、其の運命を自分に託するものゝ如く、向ふからわが手の中《うち》に、安らかに飛び移つた。自分は其の時丸味のある頭を上から眺めて、此の鳥は……と思つた。然し此の鳥は……の後はどうしても思ひ出せなかつた。たゞ心の底の方に其の後が潜んでゐて、総体を薄く暈《ぼか》す様に見えた。(中略)はつと思つて向ふを見ると、五六間先の小路の入口に一人の女が立つてゐた。（中略）百年の昔から此処に立つて、眼も鼻も口もひとしく自分を待つてゐた顔である。（中略）黙つて物を云ふ顔である。（中略）黙つてゐる。けれども自分に後を跟《つ》けて来いと云ふ。（中略）自分は女の黙つて思惟する儘《まゝ》に、此の細く薄暗く、しかもずつと続いてゐる露次の中を鳥の様にどこ迄も跟《つ》いて行つた。

（『永日小品』傍点引用者）

この小品はのちに述べるように『夢十夜』のほぼ半ばを占める夢に共通するものをふくんでおり、漱石の基本的な「夢」といってさしつかえない。

これらに出てくる「百年」という時間は、ぼくの考えでは、ただ長い時間を意味しているのではなく、通常の時間性とは質的に異ったもの、つまりそのとき意識の時間性がある逆倒をしなければのりこえられないような境界を象徴している。いうまでもなく、それは「第一夜」では死を、「第三夜」では生誕を意味しているのである。

「第一夜」のばあい、「百年はもう来てゐたんだな」と気がつくのは、自分がそのとき死んでいるということだ。女が百年経ったら逢いにくるといったのは、ただ「自分」が死ぬことによってのみその女に誰にも邪魔されず会うことができるという意味にほかならないのである。「百年」とは、したがって自分が死ぬという一つの飛躍を意味しており、またこの飛躍が自己（意識）にとっては体験不可能であるために、「百年」の長さという象徴として表現されているにすぎない。そこで重要なのは、百年(死)によってその女と会うことができたということよりも、その女とは生において、すなわち社会的生において結ばれることはできないということだ。ぼくはここで江藤淳の魅力的な説(漱石と嫂の恋愛関係)を想起せざるをえないが、「夢」という暗喩のなかに事実を導入することは避けたい。たしかに漱石が生においては禁じられ彼岸(死)においてのみ許容されるような恋愛関係をもったことは疑いがないが、ぼくがいま重視するのは彼のむしろ成就不能なものへあえてのめりこんでいくという傾向性であり、つまり社会的生においてはとうてい充たしえない自己実現を「死」の彼岸に志向する根深い傾向性である。

死は僕の勝利だ(中略)。なんとなれば死は僕にとつて一番目出度い。生の時に起つたあらゆる幸福な事件よりも目出度いから。(木曜会での発言、明治四十四年)

私が生より死を択ぶといふのを二度もつゞけて聞かせる積ではなかつたけれどもつい時の拍子であんな事を云つたのです然しそれは嘘でも笑談《ぜうだん》でもない死んだら皆に柩の前で万歳を唱へてもらひたいと本当に思つてゐる、私は意識が生のすべてであると考へるが同じ意識が私の全部とは思はない死んでも自分〔は〕ある、しかも本来の自分には死んで始めて還れるのだと考へてゐる(中略)私は生の苦痛を厭ふと同時に無理に生から死に移る甚しき苦痛を一番厭ふ、だから自殺はやり度ない　夫から私の死を択ぶのは悲観ではない厭世観なのである。

（岡田耕三宛書簡、大正三年十一月十四日）

これはたんなる死への憧憬というようなものではない、生への徹底的な嫌悪である。それは漱石にとって、社会的に存在するということがどんな妥協や改善の余地もないほど自己の本質を奪っていることを示している。個体は自己を犠牲にすることによってしかこの《社会》では生存することができない。《社会》と個体の背立を明瞭に示すものが禁忌であり、漱石の「夢」がつねにこの禁忌をめぐっていることはいうまでもない。

しかし、この禁忌はぼくらの意識の外側にあるものではない。たとえば、「第一夜」でも女は百年後に百合の姿でしかあらわれない。これは漱石の「夢」がまだ社会的抑圧をひきずっていて、フロイトのいわゆる加工、変形がおこなわれたためだろうか。むしろそうではない。死とは（自己）意識の死であり、ハイデッガーがいうようにだれもそれを体験することはできないために、夢みる意識においても死への飛躍は象徴的な形態しかとることができなかったままでである。したがって、禁忌はぼくらの意識の外側にあるのではなく、《意識》そのものに、すなわち《意識》の限界性に根拠をもっているといわねばならない。外界への顧慮を排したのちにも「夢」のなかでぎりぎりにあらわれる禁忌は、つねに意識の死とかかわっている。

「第四夜」「第五夜」「第十夜」などに共通した点は、絶壁であれ河岸であれ自分が渡ることができないでとり残されるとか、渡るのを拒むとかいった主題である。この深淵が象徴しているのはむろん「死」にほかならない。

たとえば、「第五夜」はこういう話である。自分は捕虜になって死ぬことになるが、死ぬ前に一目「思ふ女」に逢いたいと思う。敵の大将は夜が明けて鶏が鳴くまで待つというので待っていると、その女が裸馬に乗ってやってくるが、そのとき鶏が鳴き馬もろとも岩の下の深い淵に転落していってしまう。むろんこれはどんな民承譚にもある話といってよい。

女が会いにやってくるということは、「第一夜」のばあいと同様、実際は自分が死ぬことを意味しており、また自分が「死」を象徴する深淵をこえることができないということを意味している。「第一夜」では「百年」という時間によって「死」をこえているとすれば、「第四夜」「第五夜」「第十夜」などでは、「死」は空間的な表象としてあらわれたため、自分はそこから引き返すほかないのである。

女と一所に草の上を歩いて行くと、急に絶壁《きりぎし》の天辺へ出た、其の時女が庄太郎に、此処から飛び込んで御覧なさいと云つた。底を覗《のぞ》いて見ると、切岸《きりぎし》は見えるが底は見えない。庄太郎は又パナマの帽子を脱いで再三辞退した。すると女が、もし思ひ切つて飛び込まなければ、豚に舐められますが好う御座んすかと聞いた。
（「第十夜」）

この豚の群は悪霊の憑いた豚（マタイ伝）のイメージを想起させるのだが、この夢では男が女の誘いを死への誘いと同質のものとして感じていることが注意すべき点である。女の大胆な求愛に怖える男と、死に怖える男がここでは同一なのだ。「第一夜」では死の彼岸に至福《ブリス》をかいまみているのに、「第十夜」では女の誘惑の前で尻込する男の生への固執が、女を悪鬼のように変貌させている。しかしいずれも同じことの相異る表現のように思われる。なぜなら、ここにあらわれる「愛」は、たんなる男女の恋愛ではなく、社会的存在そのものに背立する何かだからだ。これらの夢において、漱石は個体の自己実現の不可能性を示しており、その意味でぼくらがしばしば見る夢と変らないのである。それは個体がこの世界に存在する仕方の不全さに根ざしているので、ある部分は漱石の個的体験に、ある部分は古来の民承譚に接続しているけれども、今も変らぬ普遍的な意味をもちつづけている。漱石の生活した社会圏が今日の眼からみて古くさいものであろうと、あるいは彼の小説が古びたモラルに限界づけられていようと、ぼくらが漱石から感得するのは人間の生存条件に関する彼の本質的洞察であり、「内側から見た生」の普遍的な形相にほかならない。

『夢十夜』でもっとも有名なのは、「父殺し」を暗示する「第三夜」である。これは、自分の背負っている盲目の子供が「御前がおれを殺したのは今から丁度百年前だね」といい、自分もたしかにそんなことがあったと想い出したとたん、背中の子供が急に石地蔵のように重くなるという話だが、これについては精神分析派が次のような解釈をしている。

精神分析学では、眼のつぶれることは去勢のしるしと解釈されている。では、眼のつぶれた子供とは、一体何のことだろうか。それは実際の子ではなく、年老いた父親ではないだろうか。漱石は、五十四歳の父親に生れた子供である。記憶に残っている父親の姿は、六十に近い老爺であった。夢のなかでこの父親を百年前に殺したことがあると責められる。子供は急に重くなる。それは、この子供が大人の仮りの姿をしていることを意味する。

（荒正人「漱石の暗い部分」）

たしかに「第三夜」が父親との関係の障害を投影しているらしいことは事実だが、ぼくは「百年前に殺した」という点で別の解釈が可能だろうと思っている。先にも述べたように、「百年前」はたんに遠い昔という意味ではなく具体的な日付でもなく、生れる前という意味だからだ。

漱石は明治三十六年に“Silence”と題する詩を書いている。

I look back and I look forward,
I stand on tiptoe on this planet
Forever pendent, and tremble
A sigh for Silence that is gone
A tear for Silence that is to come. Oh my life!

August 1903

この詩は、生誕と死の「静寂」のいずれからも遠のけられて宙ぶらりんで震えているという生のイメージを示している。「第三夜」はしたがって、生誕前の「静寂」に回帰しようとすることの挫折を、いいかえればこの世に放り出されてあることの懲罰的な意味を暗示しているように思われる。死と生誕はこれらの「夢」のなかではほとんど区別されていない。のみならず「内側」からみたときには、死と生誕は一般に区別しえないのである。

先に述べた『永日小品』の「心」のなかで、自分が「細く薄暗く、しかもずつと続いてゐる露次の中」を女について行く条りがあるが、この「露次」は死にいたる洞窟であり、また産道だといってもよい。たとえば芥川龍之介の『河童』のなかに、次のような部分がある。


「わたしもほかの河童のやうに国へ生れて来るかどうか、一応父親に尋ねられてから母親の胎内を離れたのだよ」

「しかし僕はふとした拍子に、この国へ転げ落ちてしまつたのです。どうか僕にこの国から出て行かれる路を教へて下さい」

「出て行かれる路は一つしかない」

「と云ふのは」

「それはお前さんのここへ来た道だ」

僕はこの答へを聞いた時になぜか身の毛がよだちました。

「その路が生憎見つからないのです」

（芥川龍之介『河童』）


「僕」がこのとき「身の毛がよだ」ったのは、胎内に回帰することと死ぬことが同じことを意味したからである。芥川の心性に漱石と類似するものがあったことは、いずれも生母から捨てられたという共通性によるといっていいかもしれない。

ところで、「第三夜」をエディプス・コンプレクスと見る考えには問題がある。そもそもエディプス・コンプレクスなる粗末な概念よりも、ソフォクレスの『エディプス王』の方を考えてみるべきなのだ。エディプスは自分の知っている父を殺すまいと国を出て、偶然に生みの父を殺してしまう。この神話は、ぼくらが一定の父母から生れてきたと同時に、もう一つの「父母」から生れてきたということを意味している。そして、後者は「どこから来て、どこへ行くのか」という問いにかかわり、「内側から見た生」にかかわっている。エディプス王の神話は、前者を殺すことは回避できても後者を殺すことは回避できないということ、しかも偶然に且つ不可避的に殺すということを示しているのである。

ぼくの考えでは、エディプスの父殺しは、意識の偶然的な発生と、同時にその《意識》が不可避的にかかえこむ負荷、いいかえれば《社会》との確執をあらわしている。むろんエディプスの解釈などはどうでもよいことだが、後述するように、この「第三夜」が漱石の意識の発生に伴う負荷を意味していることは疑いがない。「百年前」とは、(自己)意識が飛躍的に出現する以前という意味であり、したがってこんなところに養父や父親との軋轢をもってくる必要はまったくない。最初に述べたように、『夢十夜』は漱石の「内側から見た生」の暗喩であり、一義的な対応物を求めることは無意味なのだ。「第三夜」のなかに、個体が社会と背立するほかない生のイメージを読みとらなければ、他の夢との関連は断たれてしまわざるをえない。

さて、死にむかっても生誕以前にむかっても脱出不可能な、密室に閉じこめられた生を暗示しているのは「第二夜」である。「第二夜」は、座禅をしている自分が、和尚に、お前が侍なら悟れぬはずがない、悟れぬところをみると人間の屑だといわれて、必ず悟ってやる、悟った上で和尚を殺してやる、悟れなかったら自刃すると考える、いささか滑稽な話だが、ぼくが注意するのは次のような感覚である。

それでも我慢して凝と坐つてゐた。堪へがたい程切ないものを胸に盛《い》れて忍んでゐた。其切ないものが身体中の筋肉を下から持上げて、毛穴から外へ吹き出やう〳〵と焦るけれども、何処も一面に塞《ふさ》がつて、丸で出口がない様な残刻《ざんこく》極まる状態であつた。

（「第二夜」傍点引用者）

この「堪へがたい程切ないもの」が嫂への愛であろうと、性衝動であろうと、ぼくらはただ漱石が自らの実存を「出口がない様な残刻極まる状態」のように感受していたことを認めればよいのである。内部の「切ないもの」がどうしても発現しえない重苦しく澱んだ気分、ひとびとが漱石の鬱病とよんでいるものはこれだ。死にむかっても生誕以前にむかっても「出口」が閉ざされているとき、漱石の頼りになるのはただ幻影だけである。

初期のロマネスクでは、漱石は「夢」においても不可能なものを実現させている。たとえば、『幻影の盾』でもやはり「百年」ということばが用いられている。

百年の齢ひは目出度も有難い。然しちと退屈ぢや。楽も多からうが憂も長からう。水臭い麦酒《ビール》を日毎に浴びるより、舌を焼く酒精を半滴味はふ方が手間がかゝらぬ。百年を十で割り、十年を百で割つて、剰《あま》す所の半時に百年の苦楽を乗じたら矢張り百年の生を享《う》けたと同じ事ぢや。泰山もカメラの裏に収まり、水素も冷ゆれば液となる。終生の情けを、分と縮め、懸命の甘さを点と凝らし得るなら——然しそれが普通の人に出来る事だらうか？——此猛烈な経験を甞《な》め得たものは古往今来ヰリアム一人である。

（『幻影の盾』）

「普通の人に出来」ないような「猛烈な経験」とはむろん「死」を意味しており、「幻影の盾」とは生から死へと飛躍する境界を意味している。ヰリアムは恋人クララの居る城を攻めなければならず、自分が敗死すればクララに会うことはできないし、自分が勝利すればクララは死ぬほかないという背反的な立場にある。いずれにせよ、彼らの恋は生においては成就不可能なのである。戦はヰリアムの勝利に終り、クララは火炎につつまれて死ぬ。

このロマンスの前半におけるヰリアムの「盾がある、まだ盾がある」という叫びを、ぼくらは一つの伏線として解することができる。これは「幻影がある、まだ幻影がある」という意味にもとれるし、「死がある、まだ死がある」という意味にもとれるが、むろん同じことである。この幻影は次のような意識の仮死によってしかかいまみられぬものだからだ。

彼の眼は猶《なほ》盾を見詰めて居る。彼の心には身も世も何もない。只盾がある。髪毛の末から、足の爪先に至るまで、五臓六腑を挙げ、耳目口鼻を挙げて悉く幻影《まぼろし》の盾である。彼の総身は盾になり切つて居る。盾はヰリアムでヰリアムは盾である。二つのものが純一無雑の清浄界にぴたりと合ふたとき——以太利亜の空は自から明けて、以太利亜の日は自から出る。

（『幻影の盾』）

この先はすでに幻影のみの世界で、作者はヰリアムの生死を明らかにしていない。しかし、この幻影は瞬時のうちに百年を生きるものである以上、たんなる空想ではありえないし、「普通の人に出来」ないような経験であることはヰリアムの死を示唆するものだ。少くとも、これは「越す事のならぬ世が住みにくければ、住みにくい所をどれほどか、寛容《くつろげ》て、束の間の命を、束の間でも住みよくせねばならぬ。こゝに詩人といふ天職が出来て、こゝに画家といふ使命が降る。あらゆる芸術の士は人を長閑《のどか》にし、人の心を豊かにするが故に尊とい」(『草枕』)というような、漢詩＝南画的世界ではない。同じ「夢十夜」のなかで、ヰリアムが体験したのは、「第一夜」で「自分」が体験したにひとしいもので、いわば「死」の向うを空間的に体験することであった。

漱石の夢見る恍惚たる至福《ブリス》の世界は極彩色の南国世界である。

こゝは南の国で、空には濃き藍を流し、海にも濃き藍を流して其中に横はる遠山も亦濃き藍を含んで居る。只春の波のちよろ〳〵と磯を洗ふ端丈が際限なく長い一条の白布と見える。丘には橄欖《かんらん》が深緑りの葉を暖かき日に洗はれて、其葉裏には百千鳥をかくす。庭には黄な花、赤い花、紫の花、紅の花――凡ての春の花が、凡ての色を尽くして、咲きては乱れ、乱れては散り、散りては咲いて、冬知らぬ空を誰に向つて誇る。

暖かき草の上に二人が坐つて、二人共に青絹を敷いた様な海の面を遥かの下に眺めて居る。二人共に斑《ふ》入りの大理石の欄干《らんかん》に身を靠《もた》せて、二人共に足を前に投げ出して居る。二人の頭の上から欄干を斜めに林檎《りんご》の枝が花の蓋をさしかける。花が散ると、あるときはクラ、の髪の毛にとまり、ある時はヰリアムの髪の毛にかゝる。

又ある時は二人の頭と二人の袖にはら〳〵と一度にかゝる。枝から釣るす籠の内で鸚鵡《あうむ》が時々けたゝましい音を出す。

「南方の日の露に沈まぬうちに」とヰリアムは熱き唇をクラ、の唇につける。二人の唇の間に林檎の花の一片がはさまつて濡れたまゝついて居る。

「此国の春は長《とこし》へぞ」とクラ、窘《たしな》める如くに云ふ。ヰリアムは嬉しき声に Druerie! と呼ぶ。クラ、も同じ様に Druerie! と云ふ。籠の中なる鸚鵡が Druerie! と鋭き声を立てる。遥か下なる春の海もドルエリと答へる。海の向ふの遠山もドルエリと答へる。丘を蔽ふ凡ての橄欖と、庭に咲く黄な花、赤い花、紫の花、紅の花——凡ての春の花と、凡ての春の物が皆一斉にドルエリと答へる。——是は盾の中の世界である。而してヰリアムは盾である。

(『幻影の盾』)

『永日小品』のなかの「暖かい夢」という条りに、ほぼこれに相当する夢が書かれており、ここにぼくらは漱石の至福《ブリス》のイメージをうかがうことができる。

『幻影の盾』では、二人の男女の恋の障害はロメオとジュリエット型のきわめて単純なものだが、『薤露行』でははじめて、しかももっとも鮮明に三角関係のモチーフが姿を現している。これは地上の障害が三角関係としてあらわれたというにとどまらず、いわば関係意識の障害がそこに加わっているのである。

ランスロットとわれは何を誓へる？　エレーンの眼には涙が溢れる。涙の中に又思ひ返す。ランスロットこそ誓はざれ。一人誓へる吾の渝《かは》るべくもあらず。二人の中に成り立つをのみ誓とは云はじ。われとわが心にちぎるも誓には洩れず。此誓だに破らずばと思ひ詰める。エレーンの頬の色は褪せる。（『薤露行』）

「二人の中に成り立つをのみ誓とは云はじ。われとわが心にちぎるも誓には洩れず」と思うエレーンは、三角関係における苦しい相対感情を、自死によってのりこえようとする。しかし、彼女の抱く「幻影」は、『幻影の盾』において可能だったような至福《ブリス》をもちえないし、彼女の望む「死」はもはや救済ではありえない。彼岸においても彼女はランスロットと結ばれる見込みはないのだ。『薤露行』が王妃ギニヴィアとランスロットとの三角関係だけではなく、片想いのエレーンが加わっていることは、漱石の分裂意識を示しているといっていい。つまり、ロマンスでは表現しえないような要素がここにあらわれてきているのである。むろん、それは『夢十夜』全体が示しているような、よりどころのない寂寥感であり、あるいは自己自身への異和感である。

2

「第六夜」は運慶の話である。運慶の仁王の手彫を感嘆してみていると、見物人が「なに、あれは眉《まみえ》や鼻を鑿《のみ》で作るんぢやない。あの通りの眉や鼻が木の中に埋《うま》つてゐるのを鑿と槌《つち》の力で掘り出す迄だ。丸で土の中から石を掘り出す様なものだから決して間違ふ筈はない」というので、自分もやってみるがどうしても仁王は見あたらない。「遂に明治の木には到底仁王は埋つてゐないものだと悟つた。それで運慶が今日迄生きている理由も略《ほゞ》解つた。」

この夢は明治の精神の空洞を示しているが、さらにぼくには漱石の自己存在の無根拠性を象徴しているように思われる。他人はみな何か着実な根拠がありそうにみえるのに、自分のなかには何もない。自己の生と明治時代の精神の空ろな地盤がここで探りあてられているとみてよい。

こういうあてどない営為と徒労感がより明瞭に示されているのは「第七夜」であろう。

自分は行先の知れぬ大きな船に乗っている。

自分は大変心細くなつた。何時陸へ上がれる事か分らない。さうして何処へ行くのだか知れない。只黒い煙《けぶり》を吐いて波を切つて行く事丈は慥《たし》かである。其の波は頗《すこぶ》る広いものであつた。際限もなく蒼く見える。時には紫にもなつた。只船の動く周囲丈《まはりだけ》は何時《いつ》でも真白に泡を吹いてゐた。自分は大変心細かつた。こんな船にゐるより一層身を投て死んで仕舞はうかと思つた。（「第七夜」）

漱石の心的な基調となっているのは、こうした行先も帰る先もわからぬ漂流感である。「どこから来て、どこへ行くのか」という、あの孤独な叫び声をぼくらはここに聞く。ここには文明批評家としての漱石は存在しない、ただ宙ぶらりんで震えている一人の男がいるばかりだ。

この夢の素材は留学の際の船旅であろうが、この無気味な幽霊船のイメージが象徴しているのはむろん漱石の生そのものであり、同時にまた明治日本の漂流感である。なぜなら、この船の乗客はほとんど異人で、「船に乗つてゐる事さへ忘れてゐる」ように呑気にみえるからだ。一人の異人が近づいてきて、星や海もみんな神の作ったものだ、お前は神を信仰するかと尋ねたとき、自分は空を見て黙っている。この異人にとって生はある確実なものに支えられているのに、自分には寂寥と虚無しかない。「死」以外にはそこからのがれる途はないのである。かくて自分は船から思いきって海に身を投じるのだが、足が甲板から離れたとたん急に命が惜しくなる。

只大変高く出来てゐた船と見えて、身体は船を離れたけれども、足は容易に水に着かない。然し捕《つか》まへるものがないから、次第々々に水に近附いて来る。いくら足を縮めても近附いて来る。水の色は黒かつた。
そのうち船は例の通り黒い煙《けぶり》を吐いて、通り過ぎて仕舞つた。自分は何処へ行くんだか判らない船でも、矢つ張り乗つて居る方がよかつたと始めて悟りながら、しかもその悟りを利用する事が出来ずに、無限の後悔と恐怖とを抱《いだ》いて黒い波の方へ静かに落ちて行つた。
（「第七夜」）

これは「落下する夢」の典型であるが、そのなかに『坑夫』のモチーフがひそんでいる。『坑夫』もまた自滅をはかって地底に降りていく話だからだ。船は自分をおきざりにして遠ざかっていき、自分は黒々と波打つ海に無限に落下していく。ここで「船」が漱石の《母なるもの》の象徴だとすれば、養子に出された彼の内面の陰惨な風景をあらわしているし、「船」が時代の象徴だとすれば、たとえば次のような感覚をあらわしているといえる。

……今日迄の生活は現実世界に毫も接触してゐない事になる。（中略）世界はかやうに動揺する。自分は此動揺を見てゐる。けれどもそれに加はる事は出来ない。自分の世界と、現実の世界は一つ平面に並んで居りながら、どこも接触してゐない。
（『三四郎』）

しかし、この船をとりまく光景にはすでに罪悪感を暗喩するイメージがある。波の底から出てきて船を追いこしていく「焼火箸《やけひばし》の様な太陽」がそれだ。「仕舞には焼火箸の様にぢゆつといつて又波の底に沈んで行く。其の度に蒼い波が遠くの向ふで、蘇枋《すはう》の色に沸き返る。すると船は凄じい音を立てゝ其の跡を追掛けて行く。けれども決して追附かない」（「第七夜」）。

漱石の心象のなかで赤い光と罪悪感が結びついていることは、『それから』の最後で代助が世界中が真赤になって炎の息を吹くという幻覚におそわれるように、「第一夜」や、『幻影の盾』などでも顕著に示されている。船の後方からゆらゆらとのぼっては前方に沈んでいく大きな赤い太陽は、たとえば「罪は吾を追ひ、吾は罪を追ふ」というランスロットの叫びに呼応するものである。要するに、漂流と処罰は同じ意味をもって漱石の心象に巣くっている。何ものかに処罰された結果、彼は行先のわからぬ船に乗せられ、その何ものかに追いつこうとして追いつきえないのだが、その「何ものか」とは何であろうか。それはたとえば、『道草』の健三が幼年期に経験した次のような感覚につながっている。

或日彼は誰も宅《うち》にゐない時を見計つて、不細工な布袋竹の先へ一枚糸を着けて、餌と共に池の中に投げ込んだら、すぐ糸を引く気味の悪いものに脅かされた。彼は水の底に引つ張り込まなければ已まない其強い力が二の腕迄伝つた時、彼は恐ろしくなつて、すぐ竿を放り出した。さうして翌日静かに水面に浮ゐている一尺余りの緋鯉を見出した。彼は独り怖がつた。……

「自分は其時分誰と共に住んでゐたのだらう」

彼には何等の記憶もなかつた。彼の頭は丸で白紙のやうなものであつた。けれども理解力の索引に訴へて考へれば、何うしても島田夫婦と共に暮したと云はなければならなかつた。（『道草』）

ピアジェ（「哲学の知恵と幻想」）によれば、幼年期の記憶は疑わしいもので、あとから聞かされた話を想像的に構成したものと区別がつきがたいという。『道草』の健三の記憶をほぼ漱石自身のそれと同一視してよいとすれば、漱石の幼年期の記憶のほとんどはのちに他人から聞いたものといってよい。しかし、右のように「気味の悪いもの」に引きずりこまれた経験は、それがとくに記憶されているというところからみても、特定の時日に生じた事件というより幾度も反芻された基本的な経験であることを示している。健三(漱石)がこんな些細な事件を記憶しているのは、そのときに感じた恐怖に固着した意味を与えたこと、いいかえればそれが「内側から見た生」にとって固有の経験にほかならないことを示している。

たとえば、「第九夜」に、若い母と三つになる子供が父の帰るのを待ちわび心配していたが、その父は実はとうの昔に殺されていたという話がある。これが象徴しているのは、明らかに幼年期における家族解体の経験であろう。『道草』からとりだせば、養父の島田が女をつくって家を出てしまったことがそれにあたっているといっていいかもしれない。このような家族の解体を通して、たった一人で存在するということの不安が漱石に色濃い翳を投げかけたことは否めないが、そういう事実性にかかわりなく存在する根本的気分として、先の経験を考えてみることは可能である。

たとえば、『硝子戸の中』〔三十八〕に、漱石が他人の大金を消費してしまって苦しむという悪夢にうなされて大声をあげたところ、二階に昇ってきた母親が「心配しないでも好《い》いよ。御母《おっか》さんがいくらでも御金を出して上げるから」といってくれたので安心して眠ったという話がある。

　私は此出来事が、全部夢なのか、又は半分丈本当なのか、今でも疑つてゐる。然し何うしても私は実際大きな声を出して母に救を求め、母は又実際の姿を現はして私に慰藉の言葉を与へて呉れたとしか考へられない。さうして其時の母の服装《なり》は、いつも私の眼に映る通り、やはり紺無《こんむ》地《ぢ》の絽《ろ》の帷子《かたびら》に幅の狭い黒繻子《くろじゅす》の帯だつたのである。

（『硝子戸の中』）

それゆえ、えたいの知れないものに引きずりこまれたという『道草』のエピソードは、「夢」といってもいいのであり、漱石の生の暗喩といっていいのである。とすれば、この「夢」は「第三夜」につながる本質をもっていると考えられる。すなわち健三が感じた「恐怖」は、（自己）意識の発生そのものにつきまとう何かである。それは埴谷雄高が「気配」とよんだものにほかならない。

……そして彼は次第に悟った、彼の暗い内面に触手をもちあげ匍いまわりはじめる彼自身の怯えなくしては、如何なる気配の増大もないことを、そして、さらに彼は予感した、彼の怯えとくいちがったように彼の意識を駈け抜けるこの宇宙的な気配は何処かの果てで彼自身と合致せねばならぬことを。

（埴谷雄高『死霊』）

同様に、「彼自身の怯えなくしては、如何なる気配の増大もない」、つまり健三（漱石）

の怯え(自己縮小)なくしては彼を引きずりこむ力の増大もない、ということができる。「怯え」と「気配」は一方が縮小すれば他方が拡大するような背立的な関係にある。こういう経験では、夢と同じように、具体的な外界や他者は排除されている。だから漱石が感じているのは、現実的な他者に対する異和ではなく、内側から見た彼自身の存在の異和である。すなわち、この世界に個体として存在することがすでに異和であり、それは個体が個体であるかぎり消滅することはない、ということである。

漱石の迫害・追跡妄想といわれているものは、実はこの怯え(自己縮小)によってもたらされている。それは漱石の一方的な妄想であり、ぼくらは迫害してくる(と彼が考える)他者と彼との具体的な関係を少しも認めることができない。いいかえれば、「内側から見た生」において漱石のなかで生じている危局は、客観的な相関物をもつことがないのだ。ぼくはかつて、漱石の小説の構造が、おおむね主人公がわけのわからぬ不安におそわれて、内閉的な煩悶に逃げこんでしまうため亀裂を生じていることを指摘したことがあるが、『門』の宗助の唐突な参禅などはその一例である。

こういう分裂が統制された効果を生んでいるのは、『倫敦塔』というすぐれた短篇である。そこに漂っている恐怖は、幽閉された生に対して漱石の喚起したイメージであり、たしかにそれは彼自身の「内側から見た生」に触れているはずだが、また同時にそれを外側から見る眼も伴っている。つまり宿の主人の素気ない種明かしが「余」の妄想を否定するという構造がそれである。これは健三が翌日池に行ってみると大きな緋鯉が泳いでいたという落《おち》に似ている。むろんそのような種明かしにもかかわらず、あるいはそのためにかえって、『倫敦塔』の恐怖感はぼくらにつきまとってはなれないのである。

しかし、漱石が感じている異和はけっしてたんなる心的異常に帰せられるべきではない。漱石の「怯え」(自己縮小)は、彼がこの世界で卑小な部分性としてしか存在できないという感覚であり、彼はただ異常なほどにそれを苦痛と感じたにすぎない。金持とか博士などに対する彼の極端な嫌悪は、それらがたんに卑小な部分存在に充足しているからである。しかし、漱石はそれらに対する嫌悪が社会的正義感などとは無縁な、彼自身の充たされざる生の奥処から発していることを知っていた。

　健三の心は紙屑を丸めた様にくしや〳〵した。時によると肝癪《かんしやく》の電流を何かの機会に応じて洩らさなければ苦しくつて居堪まれなくなつた。彼は子供が母に強請《せび》つて買つて貰つた草花の鉢などを、無意味に縁側から下へ蹴飛ばして見たりした。赤ちやけた素焼の鉢が彼の思ひ通りにがら〳〵と破るのさへ彼《われ》には多少の満足になつた。けれども残酷《むご》たらしく摧《くだ》かれた其花と茎の憐れな姿を見るや否や、彼はすぐ又一種の果敢《はか》ない気分に打ち勝たれた。何にも知らない我子の、嬉しがつてゐる美しい慰みを、無慈悲に破壊したのは、彼等の父であるといふ自覚は、猶更彼を悲しくした。彼は半ば自分の行為を悔いた。然し其子供の前にわが非を自白する事は敢てし得なかつた。

「己の責任ぢやない。必竟こんな気違じみた真似を己にさせるのは誰だ。其奴が悪いんだ」

彼の腹の底にも何時でも斯ういふ弁解が潜んでゐた。　（『道草』）

その「誰」は具体的な他人ではないはずだ。漱石の存在を縮小させているものは、他者ではなく、また息苦しい家族関係でもなく、明治という時代でもない。むしろそれは彼の《意識》そのものである。いうまでもないが、ぼくはそれを心理学者のように考えているのではない。漱石の狂気、それはぼくらがこの社会で部分的(非本質的)にしか生存しえないという現実の条件が止揚されぬあいだは、心理学者の手前味噌な解釈をこえて現存する。

漱石は内側からこういう人間の条件を絶対的につきつめて、《意識》そのものの背立性に迫ったのである。もちろん埴谷雄高のように論理的ではなく、たえまない怒号といいようのない自己呵責として、さらに徹底的な厭世感として。漱石は、ここにあらわれる《意識》の虚無が論理的な問題ではなく倫理的な問題であることを否応なく知らざるをえなかったからである。

彼は『文学評論』の「スヰフトと厭世文学」のなかで、ルソーについてこう述べている。

> 昔しルソーは自然に帰れと叫んだ。凡ての人工的制度を打破せよと叫んだ。之を打破して自然に帰れば、黄金時代を生ずるに足るとの確信を有して居たからである。この確信がある間は、現在に不満足かは知らぬが、其不満足は現在に不満足なので、絶望と云ふ訳では無い。然しながら現在にも満足が出来ぬ、過去にも同情することが出来ぬ、所謂文明なるものは過去、現在、未来に亙りて到底人間の脱却することの出来ぬものであると知ると同時に、文明の価値は極めて低いもので、到底この社会を救済するに足らぬと看破した以上は、腕を拱いて考へ込まなければならぬ、天を仰いで長大息せねばならぬ。厭世の哲学は這《こ》の際に起るものである。
>
> (『文学評論』「スヰフトと厭世文学」)

ルソーにとって社会は個体の外側にある。が、漱石にとって、《社会》とは《意識》であり、自己自身に余計な桎梏を課する意識そのものにほかならない。「人工的制度」を生みだしているのがこういう意識の累積だとすれば、「自然に帰る」ことは不可能である。おそらく漱石の「不満足」は人間が意識(=社会)的に存在していること自体に向けられていた。たとえば埴谷雄高のばあいは、この「不満足」が論理的に純化されて類ルソー的なものになっていくけれども、漱石においては次のような怒号となるほかなかった。

カノ芸術の作品の尚きは一瞬の間なりとも恍惚として己れを遺失して、自他の区別を忘れしむるが故なり。是トニツクなり。此トニツクなくして二十世紀に存在せんとすれば人は必ず探偵的となり泥棒的となる。恐るべし。
此弊を救ふにはたとひ千の耶蘇あり。万の孔子あり。億兆の釈迦ありとも如何ともする能はず只全世界を二十四時の間海底に沈めて在来の自覚心を滅却したる後日光に曝して乾かすより外に良法なし。
（「断片」明治三十八―三十九年）

『夢十夜』全篇にみなぎる漱石の「暗さ」は、したがって一言でいえば、この世界では個体は本質的な生存を許されないということである。外側から見てどんな進歩や開化があろうと、「内側から見た生」においてぼくらは依然『夢十夜』の世界に棲んでいるのだ。漱石の暗い洞察は、宗教や科学（精神科学をふくむ）によってすりぬけてしまうことのできない問題にとどいており、また彼自身宗教にも科学にも重荷を預けようとはけっしてしなかったのである。

階級について

1

十年近く前に漱石論を書いたとき、私の論考の鍵となったのは『坑夫』という作品である。そこでは、外界を喪失し、且つ、人格的な統一性をうしなった人物が地底に降りて行き、闇のなかを彷徨する。当時の私にとって、この〝地底〟はむしろシンボリックなものであり、したがって、この作品はそれ以後の長篇小説の内的な構造を直接的に示唆するものと思われたのである。しかし『坑夫』に関して、私は今ややちがった見方をしている。このちがいはおそらく漱石論全体に影響せずにはいないような性質のものである。むろん私はいまあらためて漱石論を書こうという意欲はない。ここで書こうとするのはかつての自分の思考に対する異和感であると同時に、一つの予感のようなものにすぎない。

私にはいま、漱石論を書いていた六〇年代がある距離をもってみえるような気がする。

いいかえれば、私から外界をうしなわせていたその時代の性質を、〝外側から〟みることができるような気がするのだ。私が想起するのは六〇年代初めに、安保闘争とならんで、実はもっと重要な意味を帯びていたかもしれない出来事、すなわちその結果として〝坑夫〟あるいは〝地底〟を日本からほとんど消滅させることになった三池闘争である。それは石炭から石油への切りかえを象徴する事件だった。それは風景・事物・生産関係を激しく変えたのであり、われわれはなにか手応えのない、不確かであいまいな現実をもったのである。だが、私はいま、ある苦々しさをもって一つの逆説、つまり意識が存在を規定するのではなく、存在が意識を規定するという逆説に同感せざるをえない。なにも問題を難しく考える必要はない。われわれが精神上蒙ったもろもろの変化は、「石炭から石油へ」という生産様式の変化に集約されるのだ、と。

しかし、このような変化は、もっと緩慢なものであっても、石炭すなわち蒸気機関が拡大したときに精神に与えた甚大な影響に比べればとるにたらないといえるかもしれない。漱石は明治四十年の暮れから『坑夫』を書きだしている。これは漱石の作品のなかでは例外的に、まったく聞き書きをもとにしている。漱石が他人の話を素材にしたのは、坑夫あるいは炭坑というもの自体に魅きつけられたからであろう。少くとも、長塚節の『土』に関心をはらったのと似た意味で、漱石は風景・心象風景を急激に変形しつつあるものの基底に魅きつけられたように思われる。『それから』の代助がみる幻覚、すなわち世界中が真赤になって炎の息を吹くというイメージでさえ、それと結びついているといってよい。これまで、漱石が経験した思想上の分裂や混乱は注目されてきたが、おそらく、このとき漱石がぼんやりと感受していたのは、西洋と日本というような観念の問題よりも、それらを土台から変えてしまうようなある事物と、その意味なのである。

たとえば、レヴィ＝ストロースは、彼が「冷たい社会」と「熱い社会」とよぶものを、時計と蒸気機関という比喩で語っている。

民族学者の研究する諸社会は……物理学者が「エントロピー」とよぶところのあの混乱をごくわずかしか生じない社会であって、どこまでもはじめの状態の中に自分を保とうとする傾向をもっています。だから私たちはそうした社会が歴史も進歩もないように思えるわけです。一方、我々の社会は、たんに蒸気機関を大いに利用する社会というだけでなく、その社会構造という観点からしても蒸気機関に似ています。つまり作動するためにポテンシャル・エネルギーの差を利用するわけで、その差は社会階級の様々な形態によって実現されているのです。奴隷制や農奴制とよばれるものであれ、あるいは階級の分立であれ、そのような区別は、このように広いパノラマ的展望において、このように遠くから事態を眺める際には、大した重要さをもちません。このような社会はその内部に不均衡をつくり出すに至ったのですが、その不均衡を利用してさらにずっと多くの秩序と──我々は工学的社会をもつわけです──同時に、さらにずっと多くの混乱、ずっと多くのエントロピーを、人々の間の関係という平面の上に、生み出しているのです。

（多田智満子訳『レヴィ＝ストロースとの対話』）

レヴィ＝ストロースのこの見方は、たしかに刺戟的であるが、注目すべきことは、このような見方そのものが歴史的な生産様式としての蒸気機関から生れてきたという事実である。「蒸気機関が科学に負うよりも、科学が蒸気機関に負うところが多い」というヘンダーソンの有名なことばがある。実際蒸気機関は理論に先立って存在したのだ。熱力学についての最初の考察が、フランスの技師サディ・カルノーによってなされたのは、一八二四年である。ギリスピーの『科学思想の歴史』によれば、カルノーは蒸気機関が、風景、経済、政治、世界観のすべての領域においていかにすさまじい勢いでイギリスを変形しているかに注目した。その一節を引用しよう。

すでに蒸気機関は、鉱山を動かし、船を進行させ、港や河川を浚渫し、鉄を鍛え、材木を作り、穀物をひきつぶし、糸を紡ぎ、布を織り、いかなる重い荷をも運ぶのである。それはいずれは万能のモーターとなって、動物力や落水や気流にとって代わるにちがいない。

英国からその蒸気機関を奪ってしまえば、石炭と鉄をもまた同時に奪うことになるだろう。それは英国のすべての富の源泉をも干し、その繁栄がかかっているすべてを、亡ぼすことになり、あの巨大な力を根絶することになるであろう。英国がもっとも強力な防禦力と考えている、その海軍を破壊することでさえも、これに比べるとさほど致命的ではなかろう。

(ギリスピー『科学思想の歴史』「熱の動力に関する考察」)

こうした変化の凄じさを想像するには、石炭から石油に切りかえられた、一九六〇年代の世界的な変化を想いうかべるだけでは不充分だろう。たしかに六〇年代の産業革命は、われわれの〝風景〟を一変したが、それはいわば初体験ではなかったからだ。そして、レヴィ＝ストロースの認識は、最初にそれを経験した思想家たちの認識の広さと深さに及ばないのである。

カルノーの論文は一八四〇年代にいたってようやく認められる。「熱が動力源となるやいなや、古典力学は何の役にもたたなかった」と、ギリスピーはいう。つまりレヴィ＝ストロースの比喩をつかえば、むしろ古典力学あるいは十八世紀の社会こそ「時計」に似ていたのであり、それ以後が「蒸気機関」に似ているといわねばならない。しかも、「蒸気機関」によって生れてきたエントロピーやエネルギーの概念が、「時計」と結びつくもろもろの哲学——その代表的なものはデカルトである——をくつがえしたのであって、レヴィ＝ストロースもその末裔の一人なのである。

マルクス、ニーチェ、フロイトのような十九世紀の思想家は、意識すると否とにかかわらず、蒸気機関がその核心にある知的パラダイムの上で考えていた。『資本論』において、マルクスは機械について独得の考察をしている。それによれば、機械は三つの本質的に異る部分から成立っている。原動力《モーター》装置、それを交換して伝達する装置、狭義の機械すなわち道具。蒸気機関が原動力となるとき、それは生産を、人間の身体力、あるいは個人的差異から解放し、水力や風力に必要な地域的自然条件の差異からも解放する。マニファクチュア期にはかえって地方に拡散していた工場は都市に集中し、〝風景〟を一変する。蒸気機関によって、はじめて実質的に資本制生産が可能となり、それが貨幣経済をとおしてすべての生産を包摂するのである。

マルクスの「機械」論において、興味深いのは、一般に機械といわれているものはその一部分にすぎないこと、また労働者は機械のたんに一部を操作しうるだけの「主体」にすぎないということである。この「機械」論は、デカルトにおける延長＝道具(機械)とそれを操作する意識主体(コギト)という考えを否定する。意識はもはやデカルト的な主体ではありえない。これは、意識は「心」の一部分にすぎず、そして無意識は言語的な象徴機構をとおして意識に達する、といったフロイトのメタサイコロジーにもあてはまる。フロイトの思考を機械論的とよぶのはあやまりであって、逆にデカルト的な思考が機械論的なのである。また、ニーチェが、火や水や風――それらは熱力学によってはじめて説明される――をもとにして考えた初期ギリシャの哲学者の思考を回復させようとするとき、広い意味での「機械」を考えていたといえる。「機械仕掛けの神《デウス・エキス・マキナ》」をもちこんだエウリピデスの悲劇を否定し、ディオニュソス的なものを主張するとき、彼は、蒸気機関のもたらした認識上の転倒と無関係ではなかった。それどころか、『力への意志』の最終節にあるように、ニーチェは「永劫回帰」を、ほとんどエントロピーの概念に近いいい方で説明している。「熱い」「冷たい」という表現すら、すでにそこで用いられている。

　私は蒸気機関が直接彼らに影響を与えたというのではない。ただ、彼らだけがまさに「熱い社会」のなかで認識上の飛躍的な転回をなしたのであり――構造主義はその衝撃力の余波であり、その注釈にすぎない――、それは蒸気機関を物質的な核心とする総体的な現象への洞察にほかならなかった。そして、それはそれまでの知における古典的な階位制《ハイアラーキー》を転倒することになる。

　しかし、漱石の『坑夫』にはそのような転倒はない。安さんという人物はこういう。

《こゝは人間の屑が抛り込まれる所だ。全く人間の墓所だ。生きて葬られる所だ。一度踏ん込んだが最後、どんな立派な人間でも、出られつこのない陥穽《おとしあな》だ。》安さんは地上で罪を犯して学業を放棄した男であり、「自分」は自殺するかわりに自滅しようと下降してきた男である。漱石によって見出された〝地底〟は、きわめて古典的であり、いわば煉獄である。しかも、「自分」はたった一日坑内をさまよっただけで心身ともに参ってしまって、あとは事務員になる。《翌日から自分は台所の片隅に陣取つて、かたの如く帳附を始めた。すると今迄あの位人を軽蔑してゐた坑夫の態度ががらりと変つて、却て向ふから御世辞を取る様になつた。自分も早速堕落の稽古を始めた。南京米も食つた。南京虫にも食はれた。（中略）自分は此の帳附を五箇月間無事に勤めた。さうして東京へ帰つた》（『坑夫』）。

〝地底〟においてすら、主人公は事務職として優位に立ち、また大学中退の坑夫にだけ「人間」として共感している。漱石が階級的だというのではない。結局彼は、まだ古典的な知のなかに属していたのだ。

私は、三池闘争の敗北のあと谷川雁が指導していた大正炭坑の労働組合に対して、吉本隆明が次のような意味のことを書いたのを印象深く記憶している。彼は闘争の展望などについて何もいわずに、ただ、君たちのところにはまだ「快楽」が残っている、それがあるうちになめるように味わっておくがいいと書いていたのである。私は当時その意味がよくわからなかった。六〇年代の高度成長のあとで、私は「快楽」が何たるかをやっと理解した。

漱石にとって、〝地底〟は市民社会から排除された者が行くところであり、したがってたんに「苦痛」の場所である。だが、観点を変えれば、そこはまさに「快感原則」の世界なのだ。漱石は、あるいはそのことに気づいていたかもしれない。だが、彼は〝地底〟から逆に市民社会を見ようとしなかった。私がそういう視点を見出すのは有島武郎の作品においてである。

2

『或る女』の前半は、ほとんど汽船つまり蒸気の船《スチーム・ボート》が舞台である。この船には、アメリカにいる婚約者のところへ行こうとしている葉子、彼女を道徳的に監視している田川法学博士夫妻、船の事務長の倉地が主だった人物としてあらわれる。だが、見おとしてならないのは、〝船底〟であり水夫たちである。ストーリーの時間的な展開とともに次第に見えてくるのは、汽船という「世界」の空間的な構造であり、そして、それはこの作品全体の構造でもある。葉子はアメリカに上陸せずそのまま日本に引きかえして、事務長を辞めさせられた倉地と一緒になるが、それは市民社会《ブルジョア》から排除されることなのである。『或る女』がすぐれているのは、船を舞台にしながら、〝船底〟を重要な要素とすることによって、船での「出来事」に構造的な意味を与えていることである。

葉子は一等船客や上級船員の話題の的となるだけでなく、水夫たちの間でも注目の的となる。それは、老水夫が怪我をしたとき、葉子が水夫部屋まで降りて介抱してやったことがあるからだが、いうまでもなく彼らの葉子に対する関心は性的なものである。水夫部屋は次のように描かれている。

結びつこぶのやうに丸まつて、痛みの為めに藻搔き苦しむその老人の後に引きそつて、水夫部屋の入口までは沢山の船員や船客が物珍らしさうについて来たが、そこまで行くと船員ですらが中に這入るのを躊躇した。どんな秘密が潜んでゐるか誰も知る人のないその内部は、船中では機関室よりも危険な一区域と見做《みな》されてゐただけに、その入口さへが一種人を脅かすやうな薄気味悪さを持つてゐた。葉子は然しその老人の苦しみ藻搔く姿を見るとそんな事は手もなく忘れてしまつてゐた。……(略)……葉子はその老人に引きずられてでも行くやうにどん〳〵水夫部屋の中に降りて行つた。薄暗い腐敗した空気は蒸れ上るやうに人を襲つて、蔭の中にうよ〳〵と蠢《うごめ》く群れの中からは太く錆びた声が投げかはされた。闇に慣れた水夫達の眼は矢庭《やには》に葉子の姿を引つ捕へたらしい。見る〳〵一種の昂奮が部屋の隅々にまで充ち溢れて、それが奇怪な罵りの声となつて物凄く葉子に逼つた。だぶ〳〵のズボン一つで、筋くれ立つた厚みのある毛胸に一糸もつけない大男は、やをら人中《ひとなか》から立ち上ると、づか〳〵葉子に突きあたらんばかりにすれ違つて、すれ違ひざまに葉子の顔を孔の開くほど睨みつけて、聞くにたへない雑言を高々と罵つて、自分の群れを笑はした。

（有島武郎『或る女』）

この〝船底〟は、漱石の〝地底〟に比べると、はるかに不気味で、アナーキーで、アモラルで、エロティックである。水夫たちは個人としては登場しない。それは一つの深層として作中人物たちの底にある。葉子だけがそこに平気で降りて行くのは、彼女が市民《ブルジョア》社会のモラリティを破壊するであろうということを暗示するのである。

葉子が、出会うなり「胸の下の所に不思議な肉体的な衝動をかすかに感じる」、倉地という男は、「猛獣のやうな」とか「好色の野獣」「粗暴」「insolent」というふうに形容されている。彼女が倉地に魅きつけられるのは、はじめて自分より「優越」するものを感受するからだ。《世が世ならば、倉地は小さな汽船の事務長なんぞをしてゐる男ではない。自分と同様に間違つて境遇づけられて生れて来た人間なのだ。葉子は自分の身につまされて倉地を憐れみもし畏れもした。今まで誰の前に出ても平気で自分の思ふ存分を振舞つてゐた葉子は、この男の前では思はず知らず心にもない矯飾《けうしよく》を自分の性格の上にまで加へた。事務長の前では、葉子は不思議にも自分の思つてゐるのと丁度反対の動作をしてゐた。無条件的な服従といふ事も事務長に対してだけは唯望ましい事にばかり思へた。この人に思ふ存分打ちのめされたら、自分の命は始めて本当に燃え上るのだ。こんな不思議な、葉子にはあり得ない慾望すらが少しも不思議でなく受け入れられた。》

倉地はある意味で、この船の「世界」を超越した男である。彼はいわば、ブルジョア社会のなかに「間違つて」生れてきた〝貴族〟なのだ。注目すべきことは、彼の狂暴さ、性的なたくましさが、〝船底〟の階級と通じ合っていることである。葉子をとりまくインテリたちは、みな彼女を熱愛する。だが、つねに自己欺瞞的なやり方でそうするのであって、彼女に軽蔑されるほかない。彼らは葉子に性的に魅かれているのに、それを〝精神的《プラトニック》なもの〟と考え、さらに葉子を道徳的に拘束したり立ち直らせようとする。ところが、倉地や水夫室の人間は、葉子をたんに女として、性的な対象としてしかみない。彼らは、いわば「快感原則」(フロイト)あるいは「善悪

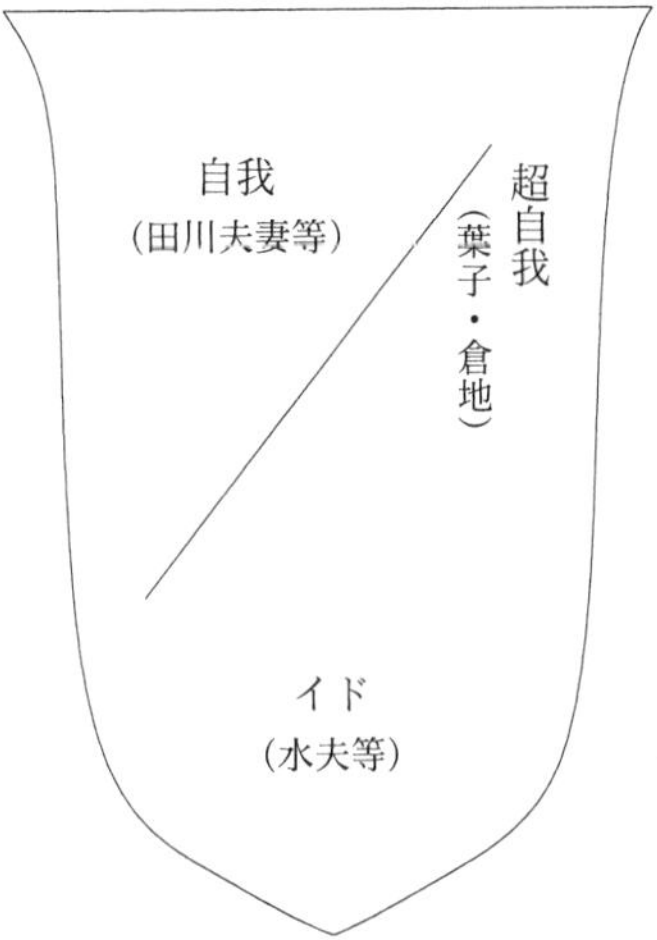

の彼岸」(ニーチェ)にある。

するとこの船の「世界」が、三種類の階級に分けられるばかりでなく、アメリカの有島武郎の研究者ポール・アンドラが示唆するように、船の空間そのものが、フロイトの構想した心的世界に類似するだろう。むろん、こうしたアナロジーが可能なのは、もともとフロイトが心的世界を「世代」(父と子)間の階級闘争として把握したからである。したがって、自我あるいは意識は、中間階級《ミドル・クラス》(これを中産階級とよばないのは、中間性を強調したいからだ)の意識であって、この階級は支配階級による禁止を逆に積極的に内面化する。日本では江戸時代の儒教がそれに該当するだろう。本当の武力的支配者は儒者のいうことなど侮蔑しているが、統治のために儒教を必要なイデオロギーとして導入したのであり、他方下層階級にとって儒教は無縁だった。むしろ明治以後に儒教は学校教育をとおして一般化されたのである。

有島の場合、祖母の厳格な儒教教育とピューリタニカルなキリスト教が結合しているが、彼はやがてそれが同じように〝階級闘争〟の問題であることをみぬいたのである。彼にとって、書くことはこの「中間にある」意識を転倒することであり、日常の有島とは似ても似つかぬ凶暴な官能的な世界を実現することである。この時期、漱石を中心とする中産階級の作家のなかで、有島だけが漱石を嫌っていた。それは、有島が漱石と多くを共有していたために、漱石の在り方が他のだれよりも明瞭にみえたからだといえる。

おそらく、志賀直哉だけが彼らのような「意識」から自由であり、いわば「無意識」の作家だった。だが、志賀もまた内村鑑三の門下に属した時期がある。したがって、この二人の棄教者が、白樺派のなかでアウトサイダーだったことは偶然ではない。

『或る女』では、田川夫人は自らの欲望を抑圧せねばならないがゆえに、葉子を敵視する。彼らはこの船の出来事を放置せず、それを新聞にのせ、倉地を船会社から辞めさせてしまう。しかも、彼らは葉子に更生の機会を与えるという〝善意〟によってそうするのである。

ミシェル・フーコーは、西欧においてスキャンダルは十八世紀以後ブルジョアの武器としてあらわれたといっている。それまで貴族あるいは国王は直接的な抑圧をしたが、ブルジョア階級はスキャンダルによって彼らのモラリティに反するものを排除するというのである。興味深いのは、近代小説がイギリスの十八世紀において新聞の発達とともに生れてきたという事実である。新聞の「三面記事」と小説は双生児なのだ。それらは、新しい読者すなわち市民《ブルジョア》の欲求とイデオロギーを充たすものとして生れてきた。そうしてみると、漱石がもっぱら新聞小説を書いたこと、また次のような緒言を書いたことは、注目に値する。

東京大阪を通じて計算すると、吾朝日新聞の購読者は実に何十万といふ多数に上ってゐる。其の内で自分の作物を読んでくれる人は何人あるか知らないが、其の何人かの大部分は恐らく文壇の裏通りも露路も覗いた経験はあるまい。全くたゞの人間として大自然の空気を真率に吸収しつゝ穏当に生息してゐる丈だらうと思ふ。自分は是等の教育ある且尋常なる士人の前にわが作物を公にし得る自分を幸福と信じてゐる。

（「彼岸過迄に就て」）

ここに、「芸術家」という特殊性や特権性の意識への批判を見出すのは自由である。けれども、「芸術家」という十九世紀後半に西欧で生じた意識は、もはや作家が市民《ブルジョア》の意識に離反せざるをえない事態に根拠をもつ。漱石も他の作家も、もはや十八世紀のイギリスに生きているのではない。有島にとって、「是等の教育ある且尋常なる士人」とは、田川夫妻のような存在にほかならない。あるいは、彼にとって漱石すらそのような存在だったかもしれない。たとえば、葉子のような女たちの一人、平塚らいてうは、森田草平との事件のあと、漱石が森田にこうなれば結婚するほかないと忠告したという話をきいて、漱石を軽蔑せざるをえなかったといっている。

むろん漱石は、作品において、「中間階級」としての人間の葛藤——自然と規範にひきさかれた——をあたうかぎり描いている。彼は一方で「自然」の衝動を肯定せねばならず、他方でその結果としての「罪」をまぬかれないという背反をくりかえし書いたのである。だが、それは「人間存在」の普遍的なあり方だろうか。むしろそれは漱石自身の「存在」あるいは「生活」にもとづいている。そして、それは「教育ある且尋常なる士人」によって共有されたものなのだ。

3

坂口安吾は、漱石が性的なものを隠蔽したことを批判している。安吾はある意味で有島と同じように、霊肉の分裂に苦しんだピューリタンであって、それをのりこえたときにはじめて〝堕ちる〟ことを積極的に主張したのである。彼が攻撃したのは「中間階級」のモラリティであり、したがって一方で信長のような amoral な支配者、勝海舟のような政治家をはじめてとり上げたのである。だから、彼の漱石への批判は、たんに性的な表現ということがらに尽きるものではない。

たとえば、『道草』において、漱石は妻のヒステリーを次のように書いている。

　幸にして自然は緩和剤としての歇斯的里《ヒステリー》を細君に与へた。発作は都合好く二人の関係が緊張した間際に起つた。（中略）

　そんな時に限つて、彼女の意識は何時でも朦朧として夢よりも分別がなかつた。

瞳孔が大きく開いてゐた。外界はたゞ幻影《まぼろし》のやうに映るらしかつた。

枕辺に坐つて彼女の顔を見詰めてゐる健三の眼には何時でも不安が閃めいた。時としては不憫の念が凡《すべ》てに打ち勝つた。彼は能く気の毒な細君の乱れかゝつた髪に櫛を入れて遣つた。（『道草』）

ヒステリーの発作は、それが表出である以上、たしかにそれ自体一つのカタルシスつまり「緩和剤」であるかもしれない。だが、ヒステリーが彼らの間の緊張を解消するというとき、漱石は事態をまるで逆様にとらえている。漱石が書いているように、健三がそのことに責任があるとはいえない。責任があるのは健三が所属している生活圏の意識なのだ。そこでは、「自然」の象形文字的なメッセージであるヒステリーが、彼らの葛藤を解消する唯一の道であるという転倒が生じている。

漱石の表現が抑制されたものであることはいうまでもない。だが、問題は、たとえば漱石が性欲について書かなかったというようなことにあるのではない。実は逆に、『道草』は、たとえば妻のヒステリーを通して、健三夫婦の生活を一つの転倒として見るような角度をもちえている。いわば〝地底〟が彼らの底に深くひろがっていて、それを「片付けることはできない」（『道草』）のである。その意味で、性欲の自意識を露出した作家たちとちがって、漱石は抑圧された欲望の象徴化機構を逆説的にとらえたといえる。

『道草』という作品の厚みはそこにある。しかし、「自然」や「不安」という普遍的表現は、その転倒をそのまま形而上的におおいかくすのである。

有島において、「自然」はもはやこのようなものではない。《葉子の性格の深みから湧き出る怖ろしい自然さがまとまつた姿を現はし始めた。》だが、それはもっと具体的なのである。《息気せはしく吐く男の溜息は霰のやうに葉子の顔を打つた。火と燃え上らんばかりに男の体からは desire の焰《ほのほ》がぐん〳〵葉子の血脈にまで拡がつて行つた。葉子は我れにもなく異常な昂奮にがた〳〵震へ始めた》(有島武郎『或る女』)。

むろん、ここにもヒステリーと似た暴力的なものがある。それは、有島において、desire はたんなる意識ではなく、むしろ自己抑圧的な「中間階級」の意識を破壊するものとして存在するからである。この暴力性は、『かんかん虫』や『カインの末裔』においてもっと露わにうかがわれるだろう。後者は、暴力的な一人の小作人を描いているが、彼は『或る女』の倉地に似て、強健で、desire にみちあふれ、insolent なのだ。たとえば、彼が小作人仲間の妻と寝るときの描写は驚くべきものである。

叫びと共に彼は疎藪の中に飛びこんだ。とげ〳〵する触感が、寝る時のほか脱いだ事のない草鞋《わらぢ》の底に二足三足感じられたと思ふと、四足目は軟かいむつちりした肉体を踏みつけた。彼は思はずその足の力をぬかうとしたが、同時に狂暴な衝動に駆られて、満身の重みをそれに託した。

「痛い」

それが聞きたかつたのだ。彼の肉体は一度に油をそゝぎかけられて、そゝり立つ血のきほひに眼がくるめいた。彼はいきなり女に飛びかゝつて、所きらはず殴つたり足蹴《あしげ》にしたりした。女は痛いと云ひつゞけながらも彼にからまりついた。而して噛みついた。彼はとう〳〵女を抱きすくめて道路に出た。女は彼の顔に鋭く延びた爪をたてて逃れようとした。（中略）二人は互に情に堪へかねて又殴つたり引つ掻いたりした。彼は女のたぶさを掴んで道の上をずる〳〵引つ張つて行つた。集会所に来た時は二人とも傷だらけになつてゐた。有頂天になつた女は一塊の火の肉となつて、ぶる〳〵震へながら床の上にぶつ倒れてゐた。彼は闇の中に突つ立ちながら焼くやうな興奮の為めによろめいた。

（有島武郎『カインの末裔』）

凶暴になって行く小作人を描いたこの作品は、ある意味で、田山花袋の『重右衛門の最後』に似ている。重右衛門は村の中で傍若無人にふるまい村の家に放火してまわる男だ。花袋はそれを遺伝によって説明している。ゾラ流の自然主義の理論が妙な所にもちこまれたと思わざるをえない。村の中で発狂したり暴力的になる人間が出現するのは、経済的な階級分解がすすんで生じる現実的な利害の対立が底にあるにもかかわらず、逆にそのために村の共同的な規範意識が強化されるため、犠牲者は心的異常としてあらわれるほかないからだ。それは遺伝の理論では説明できない。『重右衛門の最後』をかなり評価し『蒲団』以後を認めなかった柳田國男は、いうまでもなくそれをみていたと思われる。彼が農政学から、観念(幻想)のレベルをあつかう民俗学に転じていったのはそのためである。

中村光夫のように、日本の「自然主義」作家がゾラの理論を理解できなかったというのは見当ちがいである。むしろ彼らは「科学的理論」に眼がくらんで、彼ら自身の存在する現実をみそこねたといわねばならない。都市ブルジョアの「自意識」を還元しようとしたゾラの方法が、解体しつつある農村の現実をみるのに通用するはずはない。だが、理論はどうであれ、〝自然主義的現実〟は存在したのだ。漱石が朝日新聞の小説に長塚節や徳田秋声を起用したとき、疑いなく彼はそれを〝地底〟の声として感受していたのである。『土』や『あらくれ』に対する漱石の批評はどこか共通している。それらを評価しながら、あまりにも息苦しく出口がないことを批判するのである。

たとえば、『土』について漱石はいう。《彼等の下卑で、浅薄で、迷信が強くて、無邪気で、狡猾で、無欲で、強欲で、殆ど余等(今の文壇の作家を悉く含む)の想像にさへ上りがたい所を、ありくと眼に映るやうに描写したのが「土」である。さうして「土」は長塚君以外に何人も手を着けられ得ない、苦しい百姓生活の、最も獣類に接近した部分を、精細に直叙したものであるから、誰も及ばないと云ふのである》(「『土』に就て」)。これは『坑夫』における視点とあまりちがわない。漱石は関心をもちながら、それを「獣類に接近した部分」とみなすのである。

饗庭孝男は「小説の場所と〈私〉——長塚節の『土』——」(「文學界」昭和五十二年七月号)で、そういう見方をくつがえそうとしている。「獣類」とは逆に、『土』の世界は、近親相姦の禁忌をみえない核としたまったく〝人間的〟な世界であり、長塚節は「文化」を総体においてみる視点と文体をもっていた、というわけである。

花袋の『重右衛門の最後』における主人公も、「獣類」に近いのではなく、彼が生存する共同体そのものの畸型化による〝ヒステリー〟的発現とみなされるべきである。ところが、花袋はむしろ人間が「獣類」に近いことを暴露する方向にむかった。一方、漱石は自らの生存する階層に関しては、それを解読する眼をもっていたにもかかわらず、「獣類に接近した」生活世界の文化的位相については盲目だったというほかはない。

ところで、『カインの末裔』における凶暴な小作人が、重右衛門と決定的に異るのは、後者が村の共同幻想によって排除されていくのに対して、前者において「村」はなく、農場主と小作人という階級関係があるだけだという点である。彼はよそからやってきて、また出て行く者である。むろん、この差異は信州と北海道の差異だということができる。しかし、『カインの末裔』は、農場主と小作人の階級的対立という事実に解消されるものではない。プロレタリア文学者は――若い時期の太宰治もふくめて――類似した現実を書いたが、『カインの末裔』はそれらとは決定的にちがっている。重要なのは、『かんかん虫』や『カインの末裔』で反抗的なプロレタリアを描いた有島の、「階級」に関する認識が独得なものであり、現実からも社会主義理論からもきていないということである。いうまでもなく、有島はつぎの宣言によって知られている。

若し階級闘争といふものが現代生活の核心をなすものであつて、それがそのアルファでありオメガであるならば、私の以上の言説は正当になされた言説であると信じてゐる。どんな偉い学者であれ、思想家であれ、運動家であれ、頭領であれ、第四階級的な労働者たることなしに、第四階級に何者をか寄与すると思つたら、それは明らかに僭上沙汰《せんじやうざた》である。第四階級はその人達の無駄な努力によつてかき乱されるの外はあるまい。

（有島武郎『宣言一つ』一九二二年）

ここにある「階級」概念はフランス革命からくるもので、したがってまたアナーキスト的である。有島は、「知識階級」あるいは「有産階級」なるものと「第四階級」を実体的に分離し、また後者に対して無力な者としての知識人の像を考えた。マルクス主義者は、それに対して自己否定的な「階級移行」によって「知識階級」が革命を主導しうると考える。だが、両者に共通するのは「階級」を実体的にみる思考である。

たとえば、マルクスが『ブリュメール十八日』において、階級闘争についていかに注意深く考察しているかをみればよい。一八四八年の革命からボナパルトのクーデターにいたる奇怪な二年間の微細な分析は、支配階級―被支配階級の図式では理解しえない「夢」の解読にほかならないのである。第一に、マルクスは、金融ブルジョアジー、未熟な産業ブルジョアジー、大地主、小ブルジョアジー、分割地農民、産業プロレタリアート、ルンペン・プロレタリアートなどが互いに対立しながら共存するものとして、社会的な階級を分節化している。それらがどういう結合の仕方をするかは、しかし、政党すなわち政治的な言説のレベルでみなければならない。マルクスは、生産関係にもとづく階級的分節化と、政治的言説における分節化を分離し、それを「代表するもの―代表されるもの」という記号論的な場所でみようとする。「代表するもの」と「代表されるもの」は、本来恣意的な結合にすぎず、対立したり移動したりする。だから、ブルジョアジーは彼らを本来代表していた党派をすてて、ボナパルトを「代表するもの」として選ぶにいたる。また、政治的言説そのものは独立して形成されるし、したがって過去のすべてを引きずっている。ナポレオンという亡霊が復活してくるのはそのためだ。

要するに、マルクスは、生産関係にもとづく階級関係――これは生産力の発展とともにたえず変化していく――が、「意識」にあらわれるためには、政治的言説という象徴化機構（フロイト）を経なければならないということを強調していたのである。有島やマルクス主義者のような素朴な考えが、過去の亡霊である「天皇制」という記号に粉砕された事実は、これを実証している。つまり、「階級」は、事実としてあるのではなく、解読さるべきものとしてあるのだ。

しかし、われわれは有島の作品を、『宣言一つ』にみられるような認識と区別してみなければならない。作品において、彼はプロレタリアートを、同情や理念においてみていなかったし、実在的なものとしてもみていなかった。有島にとって問題だったのは、階級というより「階級闘争」なのであって、それは彼の実際的な経験からきたのではない。それは彼のキリスト教からきたのだ。

4

有島のピューリタニズム——儒教的なリゴリズムと結びついた——は、最初から性的な問題と関連している。「霊と肉」の極端な葛藤が、彼の宗教的意識なのだ。だから、有島の場合、たんにキリスト教をすてるだけではすまなかった。それを転倒しなければならなかったのである。重要なのは、ニーチェと同じように、有島がキリスト教の否定をたんなる棄教として片づけることができず、その内的葛藤の底に「階級闘争」を見出したことであり、むしろそこから実際の経済的な階級闘争を見出していったことである。したがって、『カインの末裔』における小作人は、実際の農業プロレタリアートの闘争ではなく、有島の内部意識を転倒する暴力的なものの暗喩であり、『或る女』における葉子は、抑圧的な中産階級の「意識」に対するスキャンダラスな「自然」の反逆を暗喩する。

くりかえしていえば、有島にとってプロレタリアートという観念は、社会主義からきたのではなく、彼自身によるキリスト教の転倒からきたのだ。それに比べると、マルクス主義者において、プロレタリアートはむしろキリスト教的な図式のなかで位置づけられているにすぎない。プロレタリアートの解放が全人類の解放だという初期マルクスの疎外論そのものが、キリスト教的(ヘーゲル的)な枠組のなかにある。だが、皮肉なことに、日本の思想史において、マルクス主義だけが厳格な一神教として機能したのであって、それゆえに転向あるいは棄教がはじめて内的な倫理的問題を生みだしたのだ。平野謙のような文学者が、マルクスを読みなおすかわりに、人間の弱さ、実存、二律背反などということのみを考えるモラリストになってしまったのも、そこに理由がある。日本において、キリスト教そのものはけっしてそのような問いを迫るものではありえなかったし、今もない。その意味で、おそらく有島は最も深刻にキリスト教に内面を喰い破られた人間であり、それを転倒することが「書く」ことに結実していった唯一の作家だといってさしつかえない。

むろん、イギリスから帰ってきた漱石も、キリスト教であれ儒教であれ、中産階級の「意識」を占めているモラリティへの呪詛をひそかにもらしている。

○二個の者が same space ヲ occupy スル訳には行かぬ。甲が乙を追ひ払ふか、乙が甲をはき除けるか二法あるのみぢや。甲でも乙でも構はぬ強い方が勝つのぢや。理も非も入らぬ。えらい方が勝つのぢや。(中略)文明の道具は皆己れを節する器械ぢや。自らを抑へる道具ぢや、我を縮める工夫ぢや。(中略)此文明的な消極な道によつては人に勝てる訳はない。——夫だから善人は必ず負ける。君子は必ず負ける。徳義心のあるものは必ず負ける。清廉の士は必ず負ける。醜を忌み悪を避ける者は必ず負ける。礼儀作法、人倫五常を重んずるものは必ず負ける。勝つと勝たぬとは善悪、邪正、当否の問題ではない——power デある——will である。

(「断片」明治三十八—三十九年)

「二個の者が same space ヲ occupy スル訳には行かぬ」というのは、たとえば「愛は惜しみなく奪う」という有島の認識に対応している。たぶん有島は漱石から何の影響もうけなかったが、その嫌悪はある認識を共有しているがゆえに生じたのである。この関係は、いくらかショーペンハウエルとニーチェの関係に似ている。ショーペンハウエルは、willを、世界および自己の根底にみとめた男であり、同時にそれを恐れて扼殺しようとした男である。漱石も必死にそれを殺そうとした。そして、彼が実際の肉体的衰弱をそれの克服ととりちがえたとき、「則天去私」という神話ができあがったのである。

この神話は一九五〇年代に、江藤淳によって破壊された。だが、やがて圧倒的にふくれあがった新中産階級によって、新たな神話が形成されたのである。それは〝地底〟の消滅の結果にほかならない。この神話はもはや「則天去私」など信じない。しかし、それは、漱石の苦悶、葛藤、不安、恐怖を抽象的に昇華した上で、それを人間存在の普遍的な姿として見出すのである。さらに、こうした非歴史的な思考は、同時に、それ自身の歴史性を問わない歴史主義的な実証主義によって補完されている。私が神話とよぶのは、漱石論の基底にある、このような相補的なイデオロギーである。漱石論の再考は、われわれがその上にある知的地盤そのものの解体を迫るのである。

文学について

1

『文学論』の序文で、漱石はつぎのようにいっている。

……余はこゝに於て根本的に文学とは如何なるものぞと云へる問題を解釈せんと決心したり。同時に余る一年を挙て此問題の研究の第一期に利用せんとの念を生じたり。

余は下宿に立て籠りたり。一切の文学書を行李の底に収めたり。文学書を読んで文学の如何なるものなるかを知らんとするは血を以て血を洗ふが如き手段たるを信じたればなり。余は心理的に文学は如何なる必要あつて、此世に生れ、発達し、頽廃するかを極めんと誓へり。余は社会的に文学は如何なる必要あつて、存在し、隆興し、衰滅するかを究めんと誓へり。

（『文学論』序）

この一節は私を考えこませる。まず漱石はなぜ「文学とは如何なるものぞと云へる問題」を問題にしたのか。それはなぜ「文学」でなければならなかったのか。たしかに漱石はこう答えている。

「少時好んで漢籍を学びたり。之を学ぶ事短かきにも関らず、文学は斯くの如き者なりとの定義を漠然と冥々裏に左国史漢より得たり。ひそかに思ふに英文学も亦かくの如きものなるべし、斯の如きものならば生涯を挙げて之を学ぶも、あながちに悔ゆることなかるべしと」と思ったが、次第に「余の脳裏には何となく英文学に欺かれたるが如き不安の念」が生じ、その不安は大学卒業後ずっとつづいていた。ロンドン留学後半年あまりで、漱石はこの積年の「不安」を解消すべく、「十年計画」の文学論を構想した。彼の自己説明はほぼ右のようなものである。

それでもなお疑問がのこる。いったい「文学」に対してこのような態度をとるとはどういうことなのか。あるいは漱石の問題は、なぜ「文学」の問題としてあらわれざるをえないのか。この場合は、「文学とは如何なるものぞ」と問わせる、その「文学」とは何か。漱石は二つの「文学」を挙げているようにみえる。一つは漢文学あるいは俳句であり、これは彼にとって自然で親和的なものだ。もう一つは英文学であって、これは彼にとって居心地の悪い何かであり、彼を「何となく欺く」ものである。だが、この二つは、漱石にとって、「東洋文学と西洋文学」というふうに並置されるものではない。前者は、実はどこにも存在しない。もしそれが確固とした実体としてあれば、漱石の「不安」はないだろう。漱石の言葉でいえば、前者は「父母未生以前本来の面目」に触れる何かであり、後者は、いわば父母(家族)という制度に似た何かである。

『道草』が示すように、漱石はこの制度に翻弄されている。しかし、それは家族という制度が抑圧的だったということではなく、彼がふつうの子供のように、家族を〝自然〟として受けとれなかったということである。彼はある恣意性にさらされていた。つまり、養父母を実の両親として育ったこと、そしてそれが両親と養父母との単純な動機や気まぐれによって支配されたということ、こうしたすべてが彼に「何となく欺かれた」感じを与えるのである。

健三は海にも住めなかつた。山にも居られなかつた。両方から突き返されて、両方の間をまご〳〵してゐた。同時に海のものも食ひ、時には山のものにも手を出した。

実父から見ても養父から見ても、彼は人間ではなかつた。寧ろ物品であつた。たゞ実父が我楽多として取り扱つたのに対して、養父には今に何かの役に立てゝ遣らうといふ目算がある丈であつた。

「もう此方《こっち》へ引き取つて、給仕でも何でもさせるから左右《さう》思ふが可い」

健三が或日養家を訪問した時に、島田は何かの序《ついで》に斯んな事を云つた。健三は驚ろいて逃げ帰つた。酷薄といふ感じが子供心に淡い恐ろしさを与へた。其時の彼は幾歳《いくつ》だつたか能く覚えてゐないけれども、何でも長い間の修業をして立派な人間になつて世間に出なければならないといふ慾が、もう充分萌してゐる頃であつた。

（『道草』）

しかし、この親たちがとくに酷薄だったということはできない。どんなに深い愛情でつつまれている場合ですら、子供は「物品」なのだ。漱石を翻弄したこの「とりかえ」という残酷なたわむれは、もともと制度の根源に存在するのである。

〝自然〟な親子関係というものがないということは、動物をみれば明らかであろう。そこには「関係」そのものがない。親子関係は、この意味では「関係」そのものの始源と重なっている。それは自然でもなければ、自然に胚胎するものでもない。周知のように、ソシュールは言語を〝意味するもの《シニフィアン》〟の差異づけの体系としてとらえた。それをごく簡単にいえば、犬や椅子という概念や対象物がはじめからあるのではなく、意味および物はイヌとイスの差異化のなかで派生したということになる。だから、犬は椅子であったかもしれないし、椅子は犬だったかもしれないのだ。こうした「とりかえ」は一旦成立した体系のなかでは禁じられる。犬とイヌは絶対的に結びつけられ、「犬は犬だ」というアイデンティティ(同一性)が自明となる。犬というイデアが超越論的にあるかのようにみなす形而上学——もちろんわれわれの日常意識はそれと同じだ——は、それゆえに、言語という制度と重なっている。

犬はイスではないし、イスであってはならないということが「制度」である。しかし、制度は、一方では、そのような恣意性にもとづいているのであり、だから、語の変化もまたありうるのである。レヴィ＝ストロースは、このようなソシュール的認識を、未開社会の親族や神話の構造分析に適用した。親族や神話が当事者や観察者に対してもっている意味を分析するかわりに、それらを構造的な変形を任意に許すような記号論的な世界においてみたのである。親子の〝自然さ〟は、始源的なものでなく、派生的なイデオロギーである。それは根源的にとりかえ可能なものであり、そのためにこそ、未開社会へ行けば行くほど、より厳格な親族の「制度」が存在するのだ。動物の世界では、とりかえがとりかえとしてありえない。

漱石の生涯の「不安」は、このような「とりかえ」の根源性を察知せざるをえなかったところからくるといってよい。彼には、アイデンティティはありえない。なぜなら、アイデンティティとは、制度の派生物を〝自然〟として受けとることにほかならないからである。犬は犬だ、私は私だ、私は誰々の子だ……こうしたアイデンティティは互いに共通している。それは、とりかえの禁止として在る制度が強いるものであり、さらに制度の結果に対して、〝自然〟に適合することである。

漱石の「不安」は、いうまでもなくそのような〝自然〟の欠如にある。しかし、彼の本領は、そのような〝自然〟に憬れたのではなく、そのようなものがもともと存在しないのではないかという疑いにある。生誕にまつわる残酷なたわむれを、漱石は許すことはできなかった。だが、事実としてそれが根源的にあるのではないのか。『道草』の漱石は、しっかりと安定した親子関係をもたなかった「不幸」を嘆いているのではない。彼が例外なのではなく、正常な家庭こそそうした起源を隠蔽しているのではないかという視点が、この小説を不気味なものにしている。

「私はどこから来たのか」という漱石の問いは、けっして制度的な出自の問題ではないし、また宗教的なそれでもない。「私」は、もし義父母の子として育っていれば、まったくちがっていただろう。「私」という主体や意識が始源にあるのではない。始源には、一つの刻みこまれたシニフィアンがあり、しかもそれ自体はとりかえ可能なのだ。「意識」とは、とりかえ可能なものの禁止において成立するのであり、しかもこの禁止そのものを隠蔽するのである。

漱石は、「私はどこから来たか」という問いに答え`て`い`な`い。なぜなら、解答は制度が与えるのに、彼はまさにそれを拒むところから問うているからだ。イヌは犬だからイヌなのだ。君は日本人だから日本人なのだ。このような解答は、神に理由を求める思考と同じように、逆立ちしている。漱石が示唆するのは、あの残酷なたわむれだ。彼はそこから来たのであり、そしてそのそこは彼の「意識」にはすでに絶たれている。

たとえば、三角関係におかれた二人の人間は、一人の人間——漱石においては女である——の恣意に従属させられる。女が残酷なのではなく、悪意があるのでもない。関係あるいは場所が、彼女をそのようにするのだ。漱石において、「おそれる男」と「おそれない女」というパターンがあらわれるのはそのためである。ひとがおそれを抱くか、抱かないかは、関係または場所に依存する。ところで、三角関係において勝利した者は、潜在的に女——もちろん男である場合もある——を憎まずにはいられないし、敗北した男にもう一人の自分をみている。たとえば、芥川龍之介の『藪の中』では、盗賊の多襄丸は、彼に妻を奪われた男をほめたたえ、女を憎んでいる。それは、第一に、彼の立場がいれかわることがありえたからであり、彼らの争いそのものが女の恣意に従属しているようにみえるからだ。『門』や『こゝろ』において、勝利した男は女に対して何も語らないようにみえる。『門』の宗助は勝手に参禅するし、『こゝろ』の先生は黙って自殺してしまう。それは彼らが愛しあっていないからではなく、それらの男と女とでは経験の内容がちがうからである。

さらにいえば、男の「愛」は、もう一人の男がいるからこそ燃えたったのである。すなわち、三角関係はけっして特殊なものではなく、あらゆる「愛」——あるいはあらゆる「欲望」は三角関係においてある。むしろ、「関係」そのものが三角関係として生ずるのだといってもよい。したがって、漱石が三角関係の問題に固執したことに、とくに実際の経験を想定する必要はない。重要なのは、漱石が三角関係をそのようにとらえたということである。そのような三角「関係」において、誰に責任があるのか。誰にもない。「人間」にはない。フロイトがいったように、「人間」こそそのような関係において形成されるのだからである。漱石の小説の主人公たちはあらかじめ予想だにしなかった自分を突然のように見出している。関係が彼らを形成し、彼らを強制するのだ。だが、この関係を関係たらしめているのは、結合の恣意性と同時に、その排他性である。一人の男が勝利すれば、他の男は消えねばならない。言語の体系において、この排他性は徹底している。しかし、この選別と排除の原則こそ制度(体系)に固有のものなのである。いいかえれば、制度そのものがつねに三角関係を形成する。

　このことは、人間のエゴイズムというようなことではない。神があろうとなかろうと、われわれはそのような制度において、はじめて「人間」なのだ。漱石の問いは、「人間」とよばれるものをその「場所」に送りかえすがゆえに、ラディカルなのである。いかなる解答も余計であり、形而上学に導く。問題は、むしろそれを「問題」とすることであり、「問題」をあからさまに呈示することだ。漱石の小説は、そのようなものとして

「問題」たりつづける。漱石研究は、この「問題」そのものとしての漱石のかわりに、漱石という実体を追いもとめてきているにすぎない。

2

ここで、なぜ漱石にとって「文学」が問題なのか、あるいは「問題」がなぜ文学としてあらわれるのかという問いに戻ろう。すでにいったように、語にアイデンティティを強制するのは体系である。ソシュールはこれを音声言語から導き出している。もちろんソシュールがそうすることができ、またそうせざるをえなかったのは、ジャック・デリダがいうように、表音的文字(アルファベット)のなかで考えていたからである。

しかし、日本語の文字表現は、彼らにとっての自明性を根本的にくつがえす。たとえば、大河と書いて、「オオカワ」とも「タイガ」とも読むことができる。もちろん、音声としてとりだせば、オオカワとタイガは別であり、意味(価値)がちがってくる。正岡子規は、蕪村を論じてこういっている。「五月雨《さみだれ》や大河《たいが》を前に家二軒」という句において、大河はタイガであって、オオカワであってはならない。「「おほかは」と言へば水勢ぬるく「たいが」と言へば水勢急に感ぜられ」るからである。しかし、もっと重要なのは、「大河」という文字表記がいつでも、タイガとオオカワのとりかえを許すということである。あるいは、「さみだれ」が「五月雨」と書かれることである。「大河」はたしかに漢語であるが、中国語においては一つの音声としか結びつかない。つまり、問題は漢字そのものの性質にあるのではない。漢字が表意文字だというのは、アルファベットが表音文字だというのと同様に俗説にすぎない。むしろ漢字が中国で使われてきたのは、それが中国語の音声からみれば表音的文字たりえたからである。奇怪なのは、日本語における漢字なのだ。それは中国語における漢字ではない。同様に、漱石のいう「漢文学」は、中国人にとってのそれではない。たとえ中国語としてすぐれた漢詩をつくっていたとしても、漱石はそれを日本語でつくっていたのだ。いうならば、漱石は漢詩を詠んだのではなく、書いたのである。

漱石が「英文学」に対して「漢文学」を対置させたとき、注意すべきことは、第一に、その場合「漢文学」が中国文学ではなかったということである。第二に、彼が「英文学」に対して、和歌に代表される古典文学を対置しなかったことである。この二つは結局同じことになる。「漢文学」において彼がもとめていたのは、英文学・漢文学・国文学のいずれでもないもの、つまり音声的でないものなのだ。いいかえれば、「漢文学」において、漱石はあの排他的な体系の外にあるもの、とりかえ可能な世界を意味していたのだということができる。

いうまでもなく、それは実際の漢文学そのものにあるのではない。したがって、「英文学と漢文学」を比較しても無意味なのだ。それでは、なぜ漱石が全存在をかけて「文学」を問題にせざるをえなかったかを理解できない。また、漱石がけっして日本趣味に回帰することができず、「三角関係」を不可避的とする体系性をつねに追求しながら、しかも漢詩や山水画の世界を夢みていた事情を、理解できない。さらにいえば、漱石が自由奔放に宛字を濫用したことも、ここからみるべきである。

たとえば、山水画は西洋の風景画とは異質である。風景画はわれわれにとってごくあたりまえのようにみえる。しかし、西欧においても、近代にいたるまで、風景がそれ自体を目的として描かれたことなどありはしなかった。つまり、風景画を自然とするわれわれの感性はアプリオリなものではなく、そこには、それまで背景にすぎなかった風景が、歴史的・宗教的な主題をおしのけ、逆にすべてを風景としてしまう歴史的な転倒がかくされている。もちろんこの転倒は、外の風景が変ったことによるのではなく、ある内的な転倒にもとづいている。

この際西欧については問わない。重要なのは、日本で「風景」が見出されたのが明治二十年代だということである。たとえば、国木田独歩の『忘れえぬ人々』(明治三十一年)をみればよい。「忘れえぬ人々」とは逆説的なタイトルである。主人公はふつうなら忘れてはならない人々を忘れてしまい、その周辺にあったどうでもよいような人々を忘れえぬという。《其時油然として僕の心に浮むで来るのは則ち此等の人々である。さうでない、此等の人々を見た時の周囲の光景の裡に立つ此等の人々である。》これこそ私が「風景」とよぶものだ。風景が見出されるときには、それまで意味があったものを斥け、無意味とみえるものを意味するものたらしめる価値転倒が存する。風景は外にあるのではない。それどころか、風景は、外界になんらの関心をもたない内的な人間によって見出されたのだ。だから、風景は「内部」あるいは「自己《セルフ》」とともに出現するのである。

ヴァレリーはいっている。《私が絵画について述べたことは、全く驚くべき的確さを以て文学にも当嵌まるのである。すなわち文学の、描写というものによる侵略は、絵の風景画による侵略とほとんど同時に行われ、同じ方向を取り、同じ結果をもたらした》(吉田健一訳『ドガ・ダンス・デッサン』)。このことは、明治二十年代に正岡子規が提唱した「写生文」をみればわかる。もちろん子規には、独歩にあったような内面化はないが、すでに彼のいう「描写」にこそ〝内面〟をもたらす契機があったといえる。

しかし、なぜ明治二十年代なのだろうか、それは明治二十年前後に、明治国家が制度的に確立し、維新以来ありえたかもしれない可能性が閉ざされたからである。北村透谷、二葉亭四迷、正岡子規、国木田独歩らは、それぞれなんらかの政治的挫折を経験している。このことと、彼らが「風景」を発見したことは無関係ではない。けれども、彼らの政治的挫折を、政治的運動の挫折として受けとってはならない。彼らが「風景」を見出したのは、確立された制度から排除されたからだけでなく、この制度そのものに負うのだ。明治二十年前後における近代的諸制度の確立は、文学・言語の領域でいえば、「言文一致」に象徴される。「言文一致」は、けっして「言」を「文」にすることではなく、新たな「文」の創出にほかならなかった。これがどんなに困難だったかは、二葉亭四迷らの回想によっても明らかである。しかし、さらに重要なことは、「言文一致」が「言」そのものの創出でもあったということである。

このことは、たとえば「標準語」と「方言」の区別において、端的に示される。いうまでもなく、「標準語」は、明治の制度が中央集権的に確立されたことを言語的なレベルで示すものである。標準語は音声言語においてある。それまで、現在の意味での方言なるものはなかった。どの地域の人間も書くときは共通の書き方をしたのであり、音声言語における「標準」などなかったのである。だが、「言文一致」において、「言」そのものの標準化が強いられる。地方の人間にとって、「言文一致」は、「言」の修得をしか意味していない。柳田國男は、「標準語」の暴力性をさまざまなレベルで指摘している。彼にとって、民俗学は「方言」として排除され抑圧されていった精神的活動を復権させる企てだったといってもよい。

いいかえれば、「言文一致」は、「言」＝「文」であるようなものの創出である。この場合、「言」とは、自分自身にもっとも近い声としての意識＝内面でもある。「文」とは、それが写しとられたものだ。内部を表白するということは、文学においてけっして普遍的なことではなく、このような「言」＝「文」においてのみ成立するのだ。つまり、この時期の作家たちの「近代的自我」なるものは、突然生じたのでもなく、また政治的挫折によって生じたのでもなく、「言」＝「文」としての近代的制度の確立の上でのみ生じたのである。

したがって、「風景」がなぜ「内」＝「外」的なものとして生じたかは明らかだろう。それまでの作家にとって風景とは、言葉にほかならなかったのである。風景を描写することなどありえなかった。風景とは、言葉にほかならなかった――坪内逍遥でさえも――、風景を描写することなどありえなかった。

それまでの作家にとって――坪内逍遥でさえも――、風景とは、言葉にほかならなかったのである。『奥の細道』はその典型であって、芭蕉は過去の文学言語でのみ風景をみている。それは、独歩の『武蔵野』と、決定的にちがっている。いいかえれば、それまで風景とは「文」なのであり、「言」とは無関係だったが、「言」＝「文」のレベルにおいて、われわれのいう風景が出現したのだ。すでに、それになれてしまったわれわれには、本当はそれ以前を想像することも難しい。のみならず、「内部」――近代文学者が制度に対してたてる根拠地としての――が、制度とともに生じてきたことがみうしなわれている。

漱石にとって、山水画は、ちょうど漢文学と同じ意味をもっていたといってよい。それは、風景画と近代文学によっておおいつくされてしまった、ある多義的な世界にほかならなかった。もちろん、山水画と風景画を並べて比較しても無駄である。漱石にとっての山水画は、漢文学と同様に、実際には存在しないものを意味していたのである。近代文学の世界に踏みこみ、「三角関係」の苛酷さを対象化すればするほど、彼にとって、漢詩や山水画は、そのような体系以前のたわむれの世界としての意味をもったのである。

3

明治十年代に、漱石が「漢文学」に一生をかけてもよいと思いこんだことがたんなる趣味の問題でないということは、すでに明らかである。そのようにいうとき、漱石は「漢文学」という言葉に、当時の彼の存在を象徴させていたのである。だからこそ、それにかわって彼が選んだ「英文学」もまた、たんなる英文学ではありえなかった。ロンドンで「文学」を根底的に問いなおそうとしたとき、漱石はおそらく自分の選択が意味する問題を問うていた。もちろん、彼が『文学論』のような仕事をするかわりに、あとでそうしたように、小説を書けばよかったはずだが、しかし、それをなによりも「文学」の問題として問うほかなかったところに、彼の仕事の特異性があらわれている。彼の仕事の野暮ったさを笑う者は、「文学」の自明性のなかで怠惰に眠りこんでいる者にすぎない。

漱石が、英文学を志向し、そのなかで傑出した存在となっていったとき、たとえば、子規はそこから脱落していった。だが、漱石は、「洋学隊の隊長」としての道を歩みながら、いつもそこから脱落したい衝動をかかえていた。しかし、それとは無関係に、彼のように優秀な学者は明治の体制のなかで上昇していく。その矛盾はロンドン留学において、頂点に達する。彼はあとで幾度も、自分の意志でロンドンに来たのでないこと、文部省の命令によることを強調する。だが、そのようにいうとき、漱石はあることをかくしている。つまり、それは彼自身が選択したことの結果にほかならないのだということを。

漱石の「欺かれた感じ」は、むしろ、彼自身が自らを欺いたのではないかという思いとともにあったはずなのだ。その観点からいえば、明治十年代に彼が一生をかけてもよいと思った「漢文学」なるものは、明治国家がその「知」において確立する直前にあった可能性のすべてをはらむものだった。このことは、やはり明治十年代の学制改革に抗議して退学した西田幾多郎が、その後「帝国大学」制度における傍流として生き、ようやく明治末にいわば「自己本位」の思想家としてあらわれた例にもあてはまる。

漱石は、自らの選択に対する疑いと悔いをもちつづけていたはずである。友人を裏切るという主題は、ここに根をもつといってもよい。いずれにしても、「漢文学」は漢文学そのものではなく、漱石がのりかえた「英文学」は英文学そのものではない。「文学」に対する漱石の異和感には、こうした事情がひめられている。

ロンドンで、漱石は次のように書いている。

Crozier *Civ.* 340 余云フ封建ヲ倒シテ立憲政治トセルハ兵力ヲ倒シテ金力ヲ移植セルニ過ギズ。剣戟ヲ廃シテ資本ヲ以テスルニ過ギズ大名ノ権力ガ資本家ニ移リタルニ過ギズ武士道ガ廃レテ拝金道トナレルニ過ギズ何ノ開花カ之アラン見ヨカノ紳商抔《など》云フ者ガ漸々跋扈シ来ルコトヲ侯伯子抔ヲ得テ富ヲ求メザル者ハ此紳商ノ下ニ屈伏セザルヲ得ザラン否現ニ屈服シツ、アランカクシテ是等ノ手ニ土地資本ガ集マレテ《ママ》頭重ク equilibrium ヲ失フニ至ツテ世ハ瓦解シ来ルベシ。French Revolution ハ矢張 feudalism ヲ倒シテ capitalism ニ変化セルニ過ギズ第二ノ French Revolution ハ来ルベシカノ紳商抔 selfish ナル者ハ必ズ辛キ目ヲ見ン西洋人眼前ニ此殷鑑アリ故ニ可成慈善事業ヲナス(又宗教ノ結果)。日本ハ如何彼等紳商ナル者ハ理非ヲ弁ゼヌ者ナリ又宗教心抔ナキ者ナリ但我儘ノ心アルノミナリ見ヨ見ヨ彼等ノ頭上ニ電光ノ忽然ト閃ク時節アラン。

（「漱石資料――文学論ノート」）

ここには、明治二十年前後の制度的確立が維新(革命)の継続を閉ざすものだという見方が典型的にあらわれている。漱石が、明治維新の元勲と称される者どもを罵倒してやまなかったことはいうまでもない。しかし、彼が帝国大学の職を放棄し創作にうちこみはじめたとき、「維新の志士の如く」という言葉をもちいている。ここにも、明治二十年前後における明治社会の変質が漱石に与えた屈折が投影されているといってよい。

しかし、漱石の自覚は、たとえば透谷にくらべて、はるかに遅れてやってきた。この遅れは、もちろん漱石の文学の豊饒さを可能にしているだけではない。むしろ「遅れ」そのものが彼の小説の主題となったのである。『それから』において、代助は、かつて友人と結びつけた三千代という女を、遅れてとりかえそうとする。三角関係は、漱石において、いつも致命的な「遅れ」としてあらわれるのである。

4

ロンドンにおける漱石は、彼の選択に、ある決着をつけねばならなかった。そして、それは「英文学」に対して、また「英文学」のなかでなされなければならない。だが、彼に「欺かれた感じ」を与える「英文学」、あるいは西欧の「文学」は、その内部に則してみるとき、すでに「欺く」ものではなかったか。もちろん、漱石のような直観を、同時代の西洋人がもつことはありえなかった。そこでは、文学は自明であり自然だった。ちょうど、漱石より若い世代にとって、そうであったように。しかし、ミシェル・フーコーがいうように、「文学」なるものは、十九世紀に西欧で確立した支配的観念であり、制度にほかならないのである。そして、漱石が否定した「文学史」、いいかえれば、歴史主義的方法もまたこの時期に成立したのだ。漱石に我慢がならなかったのは、この歴史主義が自らの歴史性(起源)に無知だということである。彼らはたしかに過去を問う。だが、それは現在にいたる出自＝アイデンティティを確証するためにすぎない。

漱石の課題は、東洋文学と西洋文学を比較することでもなければ、その差異を定義することでもない。彼には、英文学が英文学だというアイデンティティが耐えがたかった。それはたんに地方性にすぎない、と彼はいう。いったいシェークスピアは近松より普遍的だろうか。

　余の経験に訴へると、沙翁の建立したと云ふ詩国は、欧洲の評家が一致する如くに、しかく普遍な性質を帯びてゐるものではない。我等が相応にこれを味はひ得るのは、年来修養の結果として、順応の境地を意識的に把捉した半ば有意の鑑賞である。

（「坪内博士とハムレット」）

しかも、シェークスピアは同時代において、普遍的と思われたラテン的教養をもった詩人たちから軽侮されており、それ以後も黙殺されていて、やっと十九世紀初めにドイツ・ロマン派を通して、すなわち「文学」とともに見出されたという事実を忘れてはならない。シェークスピアを普遍的なものとみなすとき、実際は、シェークスピアの文学が近松と同様に、いわば「エクリチュールの文学」であることがみおとされている。漱石は、坪内逍遥の翻訳を批評するとき、そのことを指摘していたのである。シェークスピアはリアリズムでもないし、「人間」を書こうとしたのでもないのだ。「普遍的なもの」は、十九世紀の西欧においてやっと確立すると同時に、それ自体が歴史性を隠蔽するような、地方性でありイデオロギーにすぎない。

漱石の課題は、さしあたって、西欧文学を「地方性」としてみることができるような視点を確立することにあった。そのためには、「普遍的なもの」として自他ともに信じているものの歴史性を明らかにしなければならない。しかし、それは歴史主義的方法と異るばかりでなく、歴史主義そのものの歴史性を問題にすることなのだ。いうまでもなく、歴史主義は「文学」と同様に、十九世紀の西欧にあらわれたのであって、彼らが歴史的にものをみるということこそすでに歴史的な転倒の産物にすぎないのである。

漱石は「文学史」に反撥する。だが、これを日本人には独自の読み方が許されるはずだというようなことと区別すべきである。彼は、西欧人による「文学史」を疑っただけでなく、その歴史主義そのものを疑ったのである。

……風俗でも習慣でも、情操でも、西洋の歴史にあらはれたもの丈が風俗と習慣と情操であつて、外に風俗も習慣も情操もないとは申されない。又西洋人が自己の歴史で幾多の変遷を経て今日に至つた最後の到着点が必ずしも標準にはならない。(彼等には標準であらうが)ことに文学に在つてはさうは参りません。多くの人は日本の文学を幼稚だと云ひます。情けない事に私もさう思つてゐます。然しながら、自国の文学が幼稚だと自白するのは、今日の西洋文学が標準だと云ふ意味とは違ひます。幼稚なる今日の日本文学が発達すれば必ず現代の露西亜文学にならねばならぬものだとは断言出来ないと信じます。又は必ずユーゴーからバルザック、バルザツクからゾラと云ふ順序を経て今日の仏蘭西文学と一様な性質のものに発展しなければならないと云ふ理由も認められないのであります。幼稚な文学が発達するのは必ず一本道で、さうして落ち付く先は必ず一点であると云ふ事を理論的に証明しない以上は現代の西洋文学の傾向が、幼稚なる日本文学の傾向とならねばならんとは速断であります。又此傾向が絶体《ママ》に正しいとも論結は出来悪《にく》いと思ひます。一本道の科学では新即ち正と云ふ事が、ある程度に於て言はれるかも知れませんが、発展の道が入り組んで色々分れる以上は又分れ得る以上は西洋人の新が必ずしも日本人に正しいとは申し様がない。而して其文学が一本道に発達しないものであると云ふ事は、理窟は偖《さて》置いて、現に当代各国の文学――尤も進歩してゐる文学――を比較して見たら一番よく分るだらうと思ひます。(中略)

……して見ると西洋の絵画史が今日の有様になつてゐるのは、まことに危うい、綱渡りと同じ様な芸当をして来た結果と云はなければならないのでせう。少しでも金合《かねあひ》が狂へばすぐ外《ほか》の歴史になつて仕舞ふ。議論としてはまだ不充分かも知れませんが実際的には、前に云つた様な意味から帰納して絵画の歴史は無数無限にある、西洋の絵画史は其一筋である、日本の風俗画の歴史も単に其一筋に過ぎないと云ふ事が云はれる様に思ひます。是は単に絵画丈を例に引いて御話をしたのでありますが、必ずしも絵画には限りますまい。文学でも同じ事でありませう。同じ事であるとすると、与へられた西洋の文学史を唯一の真と認めて、万事之に訴へて決し様とするのは少し狭くなり過ぎるかも知れません。歴史だから事実には相違ない。然し与へられない歴史はいく通りも頭の中で組み立てる事が出来て、条件さへ具足すれば、いつでも之を実現する事は可能だと迄主張しても差支ない位だと私は信じて居ります。(中略)

……今迄述べた三ヶ条はみな文学史に連続した発展があるものと認めて、旧を棄てゝ漫《みだ》りに新を追ふ弊とか、偶然に出て来た人間の作の為めに何主義と云ふ名を冠して、其作物を是非此主義を代表する様に取り扱つた結果、妥当を欠くにも拘はらず之を飽く迄も取り崩し難き whole と見做《ママ》す弊や、或は漸移の勢につれて此主義の意義が変化を受けて混雑を来す弊を述べたのであります。こゝに申す事は歴史に関係はありますが、歴史の発展とは左程交渉はない様に思はれます。即ち作物を区別するのに、ある時代の、ある個人の特性を本《もと》として成り立つた某々主義を以てする代りに、古今東西に渉《わた》つてあてはまる様に、作家も時代も離れて、作物の上にのみあらはれた特性を以てする事であります。既に時代を離れ、作家を離れ、作物の上にのみあらはれた特性を以てすると云ふ以上は、作物の形式と題目とに因つて分つより外に致し方がありません。

（「創作家の態度」）

以上の引用でも明らかなように、漱石は、歴史主義における西欧中心主義、歴史の連続性と必然性に対して根本的な異議をとなえている。彼はまた、作品に冠せられた、「時代精神」や「作者」を拒絶し、「作物の上にのみあらはれた特性」に向おうとする。

漱石が拒絶するのは、西欧の自己同一性(アイデンティティ)である。彼の考えでは、そこには「とりかえ」可能な、組みかえ可能な構造がある。だが、たまたま選びとられた一つの構造が「普遍的なもの」とみなされたとき、歴史は必然的で線的《リニア》なものにならざるをえない。漱石は西洋文学に対して日本の文学を立て、その差異と相対性を主張しているのではない。彼にとっては、日本文学のアイデンティティもまた疑わしい。彼には、西欧であれ日本であれ、まるで確かな血統としてあるかのようにみえるものを認めることができなかった。いいかえれば、自然で客観的にみえるそのような「歴史主義」的思考に、彼は、「制度」をかぎとったのである。したがって、彼は文学史を線的にみることを拒む。それは、組みかえ可能なものとしてみられなければならない。

たとえば、ロマン主義と自然主義は、歴史的な概念であり、歴史的な順序のなかであらわれている。だが、漱石はそれを二つの要素としてみる。

両種の文学の特性は以上の如くであります。以上の如くでありますから、双方共大切なものであります。決して一方ばかりあれば他方は文壇から駆逐してもよい抔《など》と云はれる様な根柢の浅いものではありません。又名前こそ両種でありますから自然派と浪漫派と対立させて、塁を堅ふ《ママ》し濠を深かうして睨み合つてる様に考へられますが、其実敵対させる事の出来るのは名前丈で、内容は双方共に往つたり来たり大分入り乱れて居ります。のみならず、あるものは見方読方ではどつちへでも編入の出来るものも生ずる筈であります。だから詳しい区別を云ふと、純客観態度と純主観態度の間に無数の変化を生ずるのみならず、此変化の各のものと他と結び付けて雑種を作れば又無数の第二変化が成立する訳でありますから、誰の作は自然派だとか、誰の作は浪漫派だとか、さう一概に云へたものではないでせう。それよりも誰の作のこゝの所はこんな意味の浪漫的趣味で、こゝの所は、こんな意味の自然派趣味だと、作物を解剖して一々指摘するのみならず、其指摘した場所の趣味迄も、単に浪漫、自然の二字を以て単簡に律し去らないで、どの位の異分子が、どの位の割合で交つたものかを説明する様にしたら今日の弊が救はれるかも知れないと思ひます。

（「創作家の態度」）

これがフォルマリスト的な見方であることはいうまでもない。漱石は、言語表現の根底にメタフォア（隠喩）とシミリー（直喩）を見出しているが、その二要素がロマン主義と自然主義としてあらわれている。ロマン・ヤコブソンは、メタフォアとメトニミー（換喩）を対比的な二要素として、その要素の度合によって、文学作品の傾向性をみる視点を提起した（『一般言語学』）が、漱石ははるかにそれを先がけている。もちろん、日本の「遅れてきた構造主義者」などは論外である。

『文学論』における、有名な「F＋f」の公式についても、同じことがいえる。

凡そ文学的内容の形式は（F＋f）なることを要す。Fは焦点的印象又は観念を意味し、fはこれに附着する情緒を意味す。されば上述の公式は印象又は観念の二方面即ち認識的要素（F）と情緒的要素（f）との結合を示したるものと云ひ得べし。

（『文学論』）

この考え自体は、イギリスの観念連合心理学に依拠しており、そのかぎりではつまらないものである。しかし、文学作品をFとfの度合においてみようとしたことは、今やそのような心理学をとりはらってみなければならない。漱石にとって、F＋fの公式は、西洋文学と日本文学、あるいは文学と科学という質的な区別を、量的な差異として、あるいは度合としてみることを意味したのである。

なぜそれが量的差異として把握されねばならなかったかは明らかであろう。漱石にとって、英文学が英文学であるという自己同一性を許している価値意識が転倒されねばならなかったのだ。そこで日本文学や漢文学の優位性をとなえることは居直りにすぎないし、けっして彼らの自己中心性をゆるがすことはできない。漱石において、「科学」が要請されるのはこのときである。もちろん、それは自然科学者の科学ではなく、たとえばニーチェにとって意味したような「科学」である。

われわれの認識は、数と量を利用しうるがゆえに科学的なものとなった。力の数量的階梯によって諸価値の科学的秩序をうちたてることはできないかを見て行かねばなるまい。それ以外のいっさいの価値は偏見であり、素朴であり、誤解である。そういうものはいつでもこの数量的階梯に還元することができる。

（ニーチェ『力への意志』）

だが、ニーチェと同様に、漱石にとっても、「科学」は価値転倒にとって必要だっただけである。ロンドンから帰国した漱石が数年後に、あの「十年計画」を放棄してしまい嫌悪すら抱いているのはそのためだ。《あらゆる量は質の徴候だということはありえないだろうか……。いっさいの質を量に還元しようなどというのは、狂気の沙汰である》（ニーチェ『力への意志』）。

しかし、漱石が「漢文学」と「英文学」の質的差異を把握したのは、それらをいったん同一性の上でつかんだあとである。それは、「日本回帰」というような退行的居直りではない。漱石にとって、日本に独自なものなどありはしない。彼のいう「自己本位」とは、自分をどこにも所属させない、いいかえれば、いかなるアイデンティティをも拒絶するようなアイデンティティなのである。したがって、その差異はむしろ創作としてのみ把握されるような何かである。なぜなら、この差異は、ある時間的な転倒のなかで隠蔽されるものであり、漱石は、それを「遅れ」としてあらわれるストーリーの展開においてしかとらえられなかったからである。

さきに、私は、「風景」が、実は外界を拒絶する「内的人間」（マルティン・ルター）によって見出されたのだ、といった。主観―客観という近代認識論の構えそのものが、「風景」のなかで成立したのである。「風景」そのものが一つの転倒物であるが、いったんそれが成立するやいなや、その転倒はおおいかくされる。このことが決定的なかたちで生じたのは、西欧のロマン派においてであり、そこにおいてリアリズムもまた確立したのである。

これは逆説的にきこえる。しかし、リアリズムによって「描写」されるものは、風景または風景としての人間であるが、そのような風景はロマン派的な転倒によってしか存在しえないからである。たとえば、シクロフスキーは、リアリズムの本質は非親和化にあるという。つまり見なれてしまったために、事実上見ていないものを見させることである。したがって、リアリズムに一定の方法はない。それは、親和的なものをつねに非親和化しつづける、たえまない過程にほかならない。この意味では、いわゆる反リアリズム、たとえばカフカの作品もリアリズムに属する。リアリズムとは、風景を描くのではなく、つねに風景を創出しなければならない。それまでだれもみていなかった風景を存在させるのであり、したがって、リアリストはいつも「内的人間」なのである。

いいかえれば、ロマン主義とリアリズムをたんに対立的にみることはできない。また、それらは過去の「文学史」の事実にとどまりはしない。ある意味では、われわれはロマン主義をぬけ出ることはできないのであり、また、べつの意味では、リアリズムをぬけ出ることはできないのである。

ところが、西洋の「文学史」においては、ロマン派のあとに自然主義がくる。また、そのあとに反リアリズムがくる。しかし、そうした歴史的事実の規範化は、ことの本質をみうしなわせる。漱石が、フォルマリストに先立って、それを共時的にみようとしたことはいうまでもない。だが、ロマン派と自然主義派を「割合」としてみる視点もまた、根本的にはロマン派的なものの上にある。それは、ロマン派—自然主義という二元的な様相のさらに根源にある事態をみない。いうまでもなく、「風景の発見」という事態のなかに、ロマン派と自然主義という対立構造そのものを派生するものがあったのである。だが、それをみるためには、たんに過去の文学を異質なものとしてとりだすのではなく、「風景」によって生じ且つ「風景」によって隠蔽された事態を遡行的に明らかにしなければならないはずである。

「我国の自然主義文学はロマンティックな性格を持ち、外国文学ではロマン派の果した役割が、自然主義者によって成就された」(『明治文学史』)と、中村光夫はいっている。もちろん、これはヨーロッパにおける「文学」を規範とした見方にすぎない。たとえば、国木田独歩がロマン派か自然主義かを論議することは馬鹿げている。独歩がそのいずれでもあるということは、けっして矛盾などではなく、ロマン派とリアリズムの内的連関を端的に示すのみである。西洋の「文学史」を規範とするかぎり、それは短期間に西洋文学をとりいれた明治日本における混乱の姿でしかないが、むしろここに、西洋においては長期にわたったために、線的な順序のなかに隠蔽されてしまっている転倒の性質、むしろ西洋に固有の転倒の性質を照らし出す鍵があるというべきである。

漱石が「文学」を疑ったとき、明らかに彼は彼自身が立たされている認識論的な布置を疑ったのである。そして、彼がそうすることができたのは、「文学」以前の感触をとどめていたからであり、「風景」以前の風景を記憶していたからである。むろん彼の疑いは遅れてやってきた。そして、彼の小説は、このねじれた時間性において、隠蔽されたものを照らし出そうとする。しかし、大正期以後の日本の文学者は、「文学」あるいは「風景」のなかに埋没してしまったのであり、自らがそこにいる足場そのものの歴史性を問うことがなかったのである。ただ、「風景」あるいは「自意識の球体」(小林秀雄)から出ようとする批評的意識があっただけである。

漱石試論　II

漱石とジャンル

1

夏目漱石は、初期の『吾輩は猫である』や『坊っちゃん』、また『漾虚集』から『明暗』に至る小説、さらに俳句や漢詩を書いている。つまり、多種多様な〝ジャンル〟に及んでいる。こういう作家は日本だけでなく、たぶん外国にもいないだろう。しかし、それはたんに漱石の文才とか器用さを意味しているのではない。むしろ、逆に近代小説という観点からみれば、それに適応できなかった、あるいは適応しようとしなかった漱石の不器用さを意味している。

大岡昇平は、漱石が初期作品を書きはじめた時期(一九〇五年)には、「小説」でも「詩」でもない「文」というべきジャンルがあったということを強調している(『小説家夏目漱石』)。たとえば、国木田独歩の『武蔵野』(一八九八年)や徳富蘆花の『自然と人生』(一九〇〇年)などが「文」である。漱石は『倫敦塔』を小説としてでなく、「文」として書いた。それが載った「帝国文学」は、詩でも小説でもない「文」の雑誌であった。そのことは『吾輩は猫である』についてもあてはまる。それは写生文を唱える高浜虚子の主宰する雑誌「ホトトギス」に写生文として書かれたのである。しかし、正岡子規たちが提唱した写生文自体が「文」という領域を前提していたことに注目すべきだろう。

これはいくつかのことを意味している。第一に、「文」は小説と区別しがたいにもかかわらず、小説とは別のものとしてあったということである。漱石が『吾輩は猫である』を書きはじめた日露戦後において、「文」はまだ小説との区別があいまいなまま残っていた。むろん、田山花袋や島崎藤村ははっきりと「小説」を書きはじめており、それが文壇の主流になっていたが、「文」はそれより多くの広範な読者をもっていたのである。漱石が新聞小説を書く時点では、すでに「小説」の優位は明瞭となっている。しかし、根本的には、漱石は「小説」よりは「文」を書き続けたというべきであり、そこに自然主義者たちが反撥した漱石の大衆的人気の理由もあったのである。

漱石の出発点が「文」であるということは重要である。これはたんに正岡子規や高浜虚子らとの関係によったものではない。なぜなら、彼はすでに「小説」＝「文学」が先端的であり支配的であることを、日本のみならず西洋の動向から見て熟知していたからであり、その中で「文」を書くことはむしろ反時代的な自覚なしにありえないからである。

「文」とは、さしあたっていえば、言葉に固執する意識によって書かれたものである。大岡昇平は、漱石は美文家として読まれたといっている。しかし、漱石の文はいわゆる美文だけではない。事実、『吾輩は猫である』や『坊つちやん』は美文とはいいがたい。が、広い意味ではこれも「美文」に属するだろう。「美文」というものを、文の形態にではなく、言葉が対象をめざすのではなく言葉自体を指向している意識にあると解するならば。この意味でなら、漱石はつねに「文」の意識を持ち続けたのである。

自然主義派には、このような「文」の意識は消えている。そこでは、言語は透明な媒体のようにみなされている。写生ということでいえば、島崎藤村が、『破戒』を書く前に、郷里でスケッチをして文章をきたえたということが知られている(『千曲川のスケッチ』)。しかし、いうまでもなく、これは、「写生文」ではない。「写生」はあっても、「文」の意識がないからだ。

たとえば、『草枕』はつぎのような「文」である。

　しかも此姿は普通の裸体の如く露骨に、余が眼の前に突きつけられては居らぬ。凡てのものを幽玄に化する一種の霊氛《れいふん》のなかに髣髴《ほうふつ》として、十分の美を奥床しくもほのめかして居るに過ぎぬ。片鱗を潑墨淋漓《はつぼくりんり》の間に点じて、虬竜《きゅうりょう》の怪を、楮毫《ちょごう》の外に創造せしむるが如く、芸術的に観じて申し分のない、空気と、あたゝかみと、冥《めい》邈《ばく》なる調子とを具へて居る。（中略）輪廓は次第に白く浮きあがる。今一歩を踏み出せば、折角の嫦娥《じょうが》が、あはれ、俗界に堕落するよと思ふ刹那に、緑の髪は、波を切る霊亀の尾の如くに風を起して、莽《ぼう》と靡《なび》いた。渦捲く烟りを劈《つんざ》いて、白い姿は階段を飛び上がる。ホヽヽヽと鋭どく笑ふ女の声が、廊下に響いて、静かなる風呂場を次第に向へ遠退く。……

（『草枕』）

これは画工がいた風呂場に、那美という女があらわれ且つ消える情景である。ここでは、明確な視覚的イメージを指示しない語（漢語）が奔放に駆使されている。漱石はすこしも「描写」していない。彼は『草枕』を書く前に『楚辞』を読みかえしたといわれるが、それはこのテクストが徹頭徹尾〝言葉〟で織りあげられたものだということを意味している。

漱石が当時の「小説」を嫌ったのは、漢文学や俳句への趣味をもっていたからというよりも、彼が過剰な〝言葉〟をもっていたからだといえる。近代「小説」の言葉は非常に貧しい。それは、近代文学が言葉すなわち「文」の次元を斥けたからである。しかし、漱石はいわゆる言葉の戯れだけを追求したのではない。彼の「文」は、或る不在のリアリティを目がけている。

普通の画は感じはなくても物さへあれば出来る。第二の画は物と感じと両立すれば出来る。第三に至つては存するものは只心持ち丈であるから、画にするには是非共此心持ちに恰好なる対象を択ばなければならん。然るに此対象は容易に出て来ない。出て来ても容易に纏《まとま》らない。纏つても自然界に存するものとは丸で趣を異にする場合がある。従つて普通の人から見れば画とは受け取れない。描いた当人も自然界の局部が再現したものとは認めて居らん、只感興の上《さ》した刻下の心持ちを幾分でも伝へて、多少の生命を惝怳《しょうきょう》しがたきムードに与ふれば大成功と心得て居る。……

（『草枕』）

このような絵画論はそのまま漱石の文学論である。つまり、「普通の人から見れば」、『草枕』は小説「とは受け取れない」だろう。事実、漱石は自らこれを「天地開闢以来類のない」小説と呼んでいる。だが、このようなものだけが「文」なのではない。たとえば『吾輩は猫である』は、これとはまったく違った「文」である。漱石の「文」は、あとでいうように、さまざまなジャンルを含んでいる。というより、漱石においてジャンルへのこだわりと「文」へのこだわりは区別できないのだ。それは近代的「小説」への総体的な異議としてあった。

たとえば、『倫敦塔』は短篇小説として読まれることができるし、事実そのように読まれてきている。たしかに、広い意味では、それは小説である。しかし、それが近代的な「小説」概念に反して書かれたということ、そこに存する微妙な差異を見のがしてはならない。漱石の作品は、近代小説としての『明暗』を頂点とする発展過程のなかで読まれている。彼の初期作品はそこにいたる過渡的なものと見なされる。しかし、『文学論』などを書いてきたあと四十近い歳で書きはじめ、しかも十年ほど活動して死んでしまった漱石にかんして、「初期作品」という言葉は適切ではない。彼の文学観が基本的に変ったはずはないのである。『明暗』もまた「文」としてあったのだ。

2

漱石が一連の作品を「写生文」と称して書いたことは事実である。しかし、虚子のいう写生文と漱石のそれを区別しなければならない。たとえば、江藤淳は、外来の観念にすぎない自然主義的リアリズムに対して、本来の「リアリズムの源流」は、正岡子規のはじめた写生文にあり、特に高浜虚子にあるといっている。江藤淳によれば、正岡子規は、写生において、言葉が喚起する歴史的な連想や含意を極力排除しようとした。「ここでは言葉は言葉としての自律性を剝奪されて、無限に一種透明な記号に近づくことになる。」しかし、虚子はそれに対して、言葉が言葉でありつづけるかぎり、それは人工言語のような記号ではありえないこと、それは必ず過去からの連想を排除しえないことを主張した。同時に、虚子は、写生が他者にかかわること、書き手は自己の感受性を絶対化することを許されないと考えたと、江藤淳はいう。《つまり、「写生」は、「殺風景」な、あからさまなものであってはならない。それは描かれる対象に対するいたわりを内に含み、ときには見ながらあえて描かぬという断念を含むものでなければならない。》

もし言葉が透明な記号ではあり得ず、「写生」が単なるものの印象の集合であり得ないならば、それは決して詩人、あるいは作家の感受性の絶対的な優位を証明するものとはなり得ない。なぜならすでに明らかなように、言葉は詩人や作家の恣意にゆだねられ、その特異な感受性にのみ奉仕する道具ではあり得ないからである。つまり「写生」とはエゴイズムの表現ではない。過去からも、他者からも切りはなされ、ものとだけ対座している詩人や作家の、「殺風景」なエゴの正当性を証明するものでは、それはあり得ない。言葉を用いてなされる以上、それは必然的に過去に持続し、他者と社会に開かれたものとならなければならない。

ここに、「客観」が「時間」と「人事」に融合し、俳句における「写生」が、写生文に発展して行く鍵が隠されていることは明らかである。さらに、ここから、他者を切り捨てるのではなく、他者を許容するリアリズムの文体が生まれて行く。つまり、リアリズム小説を書くのにもっともふさわしい、「活《い》」きた文体が展開されるのである。

（江藤淳「リアリズムの源流」『リアリズムの源流』所収）

江藤淳によれば、漱石は「虚子の源流」から出現したということになる。この論文は、「リアリズム」を対象の再現としてではなく、言葉(文)そのものの次元で、しかも日本の文脈において見ようとしたという点で画期的なものだが、幾つかの点で、修正しなければならない。江藤淳は、子規たちは「リアリズムという新理論が西洋から輸入されたから、リアリズムでやろう」というのではなく、「もの」に直面したから「新機軸」を立てたのだ、といっている。しかし、自然主義者といえども、「新理論」だけで『破戒』や『蒲団』を書きえたわけではない。彼らはすでにある種の「文」を獲得していたのであり、そのなかで見出された「もの」(風景)を「再現」しようとしたのである。

そこにいたるまでには、「言文一致」という長い試行錯誤の過程がある(拙著『日本近代文学の起源』参照)。「言文一致」とは、新たな「文」の創出であり、それこそが「再現」すべきものとしての「もの」を見出さしめたものである。むろん子規の写生文もそのなかに属する。ただ自然主義派と子規が違っているとしたら、その差異は、前者が新たな文の創出のなかで「文」への意識をなくしてしまったのに対して、子規が「文」(言葉）にこだわりつづけたということにある。言葉が「言葉としての自律性を剝奪されて、無限に一種透明な記号に近づく」のは、自然主義者においてであって子規においてではない。

それにかんしては、渡部直己の批判がある。彼は、子規が「俳句分類」という仕事から俳句に入っていったという事実を重視する。事実『子規全集』の大半は『分類俳句全集』なのである。

> 子規が「とらわれぬ眼で認識することの必要性」を痛感していたのは、彼が「ものに直面」していたからだ、と江藤淳は記す。だが、子規は何よりもまず言葉そのものにとらわれすぎる自分自身の過剰さに「直面」していたのだ。
>
> （渡部直己『リアリズムの構造』）

渡部直己が強調するのは、子規の「写生」が、ものを透明な言葉で写し取るということではなくて、「もの」そのものが「月並」的な言葉との差異において出現するということだといってよい。たしかに、子規は「月並」を否定する。

——これらをたんに「月並」への全否定とのみ受け取ってはなるまい。結果的にはたしかにそうみえるが、子規にとって重要だったのは、いわば古さのただなかから新しさを定立することであり、「月並」を別物として全否定するというより、事はむしろ、「月並」に精通することがそのまま俳句の新生に通ずるような敵対の仕方にかかっていたのだ。「月並」との比較において（極言すればその比較においてのみ）、自派の価値が成立する点を知尽していた子規にあって、革新の努力とは、ちょうど彼の「俳句開眼」が、芭蕉以前の駄句の堆積と「猿蓑」との落差に促されてあったように、「月並」との差異を際立たせる一連の操作にほかならなかった。

（渡部直己『リアリズムの構造』）

江藤淳は、漱石が子規ではなく、「虚子の源流」から出現したというのだが、『虞美人草』にいたるまでの漱石の文章には、虚子にはない要素がある。それは、いわば、「月並に精通」していることである。たとえば、『虞美人草』では、漱石は書く前に『文選』を読みなおしたといわれているが、藤尾という女を描く次のような条りは、まさに「月並」であり、そうであるがゆえに「美文」として読まれたのである。

紅を弥生に包む昼酣《たけなは》なるに、春を抽んずる紫の濃き一点を、天地の眠れるなかに、鮮やかに滴たらしたるが如き女である。夢の世を夢よりも艶《あでやか》に眺めしむる黒髪

しと打ち込んでゐる。静かなる昼の、遠き世に心を奪ひ去らんとするを、黒き眸《ひとみ》のさと動けば、見る人は、あなやと我に帰る。半滴のひろがりに、一瞬の短かきを偸《ぬす》んで、疾風の威を作《な》すは、春に居て春を制する深き眼である。此瞳《ひとみ》を遡《さかのぼ》つて、魔力の境を窮むるとき、桃源に骨を白うして、再び塵寰《ぢんくわん》に帰るを得ず。只の夢ではない。模糊たる夢の大いなるうちに燦たる一点の妖星が、死ぬる迄我を見よと、紫色の、眉近く逼《せま》るのである。女は紫色の着物を着て居る。

（『虞美人草』）

を、乱るゝなと畳める鬢《びん》の上には、玉虫貝を冴々と菫に刻んで、細き金脚《きんあし》にはつ

3

ここでは、「もの」を描くというよりも、彼の言語的フェティシズムが縦横に発揮されている。しかし、右のような「美文」は、漱石が『野分』や『二百十日』を書いたあと、職業的作家として、虚子のような写生文を否定して「維新の志士」のごとき志をもって書いたものであるだけに、注意に値する。これを、漱石は写生文を否定したが、なおそれを引きずっていたと見るべきだろうか。この矛盾を避けるためには、たんに漱石において、「写生文」が虚子とは違ったものを意味していたと考えればよいのである。

漱石自身は、「写生文」にかんして、こういっている。

　写生文と普通の文章との差違を算《かぞ》へ来ると色々ある。色々あるうちで余の尤も要点だと考へるにも関らず誰も説き及んだ事のないのは作者の心的状態である。他の点はこの一源泉より流露するのであるから、此の源頭に向つて工夫を下せば他は悉く刃を迎へて向ふから解決を促がす訳である。（「写生文」明治四十年一月二十日）

　写生文家の人事に対する態度は貴人が賤者を視るの態度ではない。賢者が愚者を見るの態度でもない。（中略）男が女を視、女が男を視るの態度でもない。つまり、大人が子供を視るの態度である。両親が児童に対するの態度である。世人はさう思ふて居るまい。写生文家自身もさう思ふて居るまい。しかし解剖すれば遂にこゝに帰着して仕舞ふ。（同前）

　此故に写生文家は自己の心的行動を叙する際にも矢張り同一の筆法を用ゐる。彼等も喧嘩をするだらう。煩悶するだらう。泣くだらう。（中略）然し一度《た》び筆を執つて喧嘩する吾、煩悶する吾、泣く吾、を描く時は矢張り大人が小児を視る如き立場から筆を下す。（同前）

漱石は、写生文の本質を、世界に対する或る「心的態度」にもとめている。それは親が児童に対してとるような態度である。それは自己自身を含む「人事」に対して距離をとるが、不人情なのでも冷酷なのでもない。『草枕』では「非人情」という言葉が使われている。つまり、「人情」(ロマン派)でも「不人情」(自然主義派)でもないものとして、「非人情」がある。注目すべきことは、漱石が、他者および自己に対する共感(感情移入)と冷酷な客観化の、いずれでもない第三項として、「非人情」というべき位相を見出していることである。これにかんしてはのちに述べる。

さらに、漱石の考えでは、写生文には、「筋」らしいものがない。《筋とは何だ。世の中は筋のないものだ。筋のないものゝうちに筋を立てゝ見たつて始まらないぢやないか。》《写生文家もかう極端になると全然小説家の主張と相容れなくなる。小説に於て筋は第一要件である。》『草枕』にも、これと同じような小説論がある。小説について、「筋を読まなけりや何を読むんです」という那美に対して、画工は「小説も非人情で読むから、筋なんかどうでもいゝんです」といっている。

要するに、漱石は写生文を、「小説」に向かうべき萌芽としてでなく、積極的に「小説」に反するものとして自覚していたといってよい。これは虚子にはなかった認識である。写生文は、虚子において俳句の発展としてあったが、漱石の場合、同時に西洋文学をふくむ視野のなかで考えられていた。漱石が虚子と異るのは、いうまでもなく、彼が英文学者であり、かつ十八世紀の英文学に通暁していたことである。たとえば、『吾輩は猫である』のようなサタイア(諷刺)が虚子の写生文から出てくるはずはない。それはスウィフトなしにありえない。また、『草枕』はローレンス・スターンなしにありえない。

といっても、それは漱石が「輸入した観念」に基づいているということではない。漱石自身も、写生文を俳句の伝統に見出している。《かくの如き態度は全く俳句から脱化して来たものである。泰西の潮流に漂ふて、横浜へ到着した輸入品ではない。浅薄なる余の知る限りに於ては西洋の傑作として世にうたはるゝものゝうちに此態度で文をやつたものは見当らぬ。》

しかし、必ずしも、それは写生文の世界的ユニークさを主張することではないし、西洋の文学に対して「東洋文学」を対置したりすることでもない。たとえばそれにつけ加えて、漱石は、ディケンズの『ピクウィック』、フィールディングの『トム・ジョーンズ』、セルヴァンテスの『ドン・キホーテ』などに「多少此態度を得たる作品」を見出している。それらは、十九世紀後半のフランスで確立された「小説」(文学)とは異質であり、のみならず、当時「文学」としては評価されていなかったものである。

日露戦後の文壇を支配したのは、フランスから来た「文学」の観念であった。しかも、この傾向は日本だけでなく、イギリスにおいても同様であった。漱石が研究した十八世紀イギリスの小説は、その時代ではまだ文学(芸術)とみなされていなかった。「小説」novel は、文学 poetics に入らない代物であった。しかし、実は、それは散文のジャンルの一切の可能性をふくんでいたのである。ローレンス・スターンの場合、すでに小説形式自体の破壊にいたる自己言及的な意識がある。しかし、こうしたものは、小説を文学芸術とみなす十九世紀後半においては、たんに小説の未熟な萌芽的段階としてみなされていたのである。

こういうなかにロンドンに留学した漱石は、たんに「東洋文学」の感受性のゆえに孤立を感じていたのではなく、当時支配的な「文学」の自明性に対して疑いを感じていたのである。たとえば、漱石は英詩がわからなかったということがしばしば強調されており、吉田健一のように「一行の詩を発見した喜びという種類のものを、漱石は知らずにいたようである」と嘲笑する者さえいる(『東西文学論』)。しかし、漱石が疑ったのは、「わかる」とか「喜び」といったことが何によるのかということである。

例へば日本語で「秋風《しゆうふう》」と「あきかぜ」とは形式は異つて居て思想は同じである。「亡くなる」と「ごねる」、「あゝわが夫《つま》」と「お前さん」も同断である。此等につき何を標準として選択を行ふか。あらゆるものが同等であるが、只習慣上、此各《イーチ》組《ペア》に附着《アツタツチ》する感情的要素《エモーショナル、エレメント》が違ふ、それが標準となる要素である。「秋風」は高尚で、「あきかぜ」は下卑て居ると云ふ理窟はないに拘らず、甲を取つて乙を棄てるのは、習慣に着き纏う感情を標準とするからである。そして此種の選択を行はない場合には不似合《インコングリユーアス》の結果《エフェクト》が生ずる。立場を変へると西洋人とても同様でなければならない。（「英文学形式論」）

要するに、漱石はソシュールの言い方でいえば、語が「価値」としてあること、あるいは文に於てどの語もそれに類似するさまざまな語系列（パラディグム）からの取捨選択によって意味を成すことを指摘しているのである。俳句にかんして、「月並に精通」していなければ、新たな表現の「価値」が生じえないというのと同じである。しかし、これは歴史的な慣習であるから、それを共有しない者が完全に「わかる」ことはありえない。むろん漱石は「わかった」ふりができない程度には英詩が「わかって」いたのである。問題はその先にある。自明のように「わかって」いる者は、逆に慣習に束縛されているのだと、漱石はいうのだ。

反之、彼等の如き過去を持たず、過去の因縁に束縛せられない吾々は、英国人の如く不自由ではない。英文の標準点を定むるに当り、現在の英文に興味を持つも可なり。十七世紀の文体を好むも可なり。十八世紀の文体に私淑するも又自由である。何となれば束縛のない吾等は各時代を通じ自由の選択権を有するからである。

（「英文学形式論」）

ここに漱石のいう「自己本意」の立場がある。しかし、「自己本意」とは主観的にやるということではなくて、自明の意識を慣習(制度)として歴史性において見るような立場にほかならない。そして、漱石がそれを実行しているのは「小説」にかんしてである。十八世紀英文学にかんする『文学評論』において注目すべきことは、彼がデフォーを痛烈に否定していることである。のちにいうように、十九世紀後半における「小説」の主流は、多かれ少かれ漱石が次のようにいったデフォーの系列にある。《デフオーの小説は気韻小説でもなければ、空想小説でもない、撥情小説でもなければ滑稽小説でもない。たゞ労働小説である。どの頁を開けても汗の臭がする。》漱石は、デフォーとシェークスピアを比較してこういっている。

茲に二つの句がある。始めは沙翁ので、後のはデフオーのである。之を比較するのはたゞ調子を見る為で、あらゆるデフオーを此比較で律する積ではない。

a. Uneasy lies the head that wears a crown.

b. Kings have frequently lamented the miserable consequences of being born to great things, and wished they had been placed in the middle of the two extremes, between the mean and the great.

双方とも内容は似たものである。けれども一方は詩で一方は散文になつてゐる。一方は凝つた言ひ廻しかたで一方は尋常な話し具合である。一方は人を留まらせる、一方は人を走らせる。一方は考へさせる、一方は一字毎にはき〳〵片付いて行く。好嫌は人により又場合によるのは無論であるが、何故かう云ふ相違が出るのだらうかとなると、此結果を解剖して見なければならない。

沙翁の方は帝王が一年中(十年でも二十年でも宜しい、彼が位にある間は何日でも)の状態を一刻につゞめて表はしてゐる。uneasy 日本語に訳すと不安となるが、此字がよく利いた字で、例へば足の折れた椅子に腰を卸して不安であるとか、ズボン釣が擦り落ちさうで不安であるとか、凡て長時間の経過を待たないで、すぐ眼に映る状態の不安を示してゐる。次に来る lies 横はるといふ字も視覚に訴へる字である。第三の head 即ち頭は勿論の事である。crown も其通り。すると冠を頂く頭は安からずと云ふ句が如何にも明瞭に眼に浮んでくる様に鮮やかに出来てゐる。で其状態は帝王の不安を無期限にあらはしては居るが、苟しくも其状態のつゞく限りは此句でもつて、何時も眼に浮ばせる事が出来るのだから、全部を代表する断面的の句の様なもので、之を外の見地から説明すると、十年乃至二十年の状態を一瞬の間に煎じ詰めた句だとも云へる。それから時間をつゞめる許ではない。帝王といふ大きなものを冠の一字で代表さしてゐる。この字が適切であるが為に、丁度度の合はない双眼鏡の度が合つた様に、帝王が明かに見え出して来る。

デフオーはこんな技巧をやつてゐない。長いものは長いなり、短かいものは短かいなりに書き放してゐる。いくらぼんやりした遠景でも肉眼で見てゐる。度を合はせない許ではない、始から双眼鏡を用ひやうとしないのである。まことにまともなものであるが、悪く云へば知慧がない叙方と云ても可い。厭味や気障は決して出ないが、器用とは云はれない。否心配して読者の便宜を計つて呉れない書き振とも云へる。もしくは伸縮法を解せぬ、弾力性のない文章と評しても構はないだらう。汽車汽船は勿論人力車さへ工夫する手段を知らないで、どこ迄も親譲りの二本足でのそ〳〵歩いて行く文章である。そこが散文である。

（『文学評論』「ダニエル、デフオーと小説の組立」）

ここで、漱石はデフォーとシェークスピアの差異を詩と散文の差異としてでなく、実は「文」の差異として語っている。というより、デフォーには「文」の意識がないということをいっているのである。漱石が自ら写生文と呼んでいるのは、いうまでもなく、

bではなくaである。

『文学論』や『文学評論』は、ある意味で、「写生文」を根拠づけるものであったといってよい。漱石において、写生文が、子規や虚子の一派が意味するものと違っているのは、それが日本の伝統から来たものという以上の「普遍性」を与えられていたからである。したがって、漱石は「写生文」の一派に拠りながら、実際は写生文にべつの意味をこめていたといえる。それは、当時日本であれイギリスであれ支配的だった「小説」に反するものとしてあった。

4

漱石が英文学者だったということは、日露戦後の日本において特殊な意味をもつ。日本における西洋文学のなかで、英文学の地位そのものが後退していたのである。たとえば、明治十年代から二十年代にかけて主導的な地位にあったのは英文学者坪内逍遥であったが、それ以後ドイツ・フランス文学に依拠する森鷗外がとってかわった。しかし、英文学からフランス文学へという覇権の交替は、たんに次々と流行に飛びつくといった現象ではなくて、日本の社会が日露戦争に象徴されるように、西洋と同時代的な、いわば「現代」に入ったという質的変容を意味している。

たとえば、明治二十年代には、斎藤緑雨のサタイアや樋口一葉のロマンスをはじめ、さまざまなジャンルが共存していた。日露戦後におこったのは、いわばジャンルの消滅である。ジャンルの消滅と近代「文学」の成立はほぼ同義なのだ。ところが、そのなかに例外的な一人の男がいて、諸ジャンルを書き分けたのである。もし彼に圧倒的な西洋文学の教養がなければ、たんに無視されただろう。「写生文」は文学史の片隅に残るものでしかなかったろう。しかし、一方彼の西洋文学の教養も、この時代の先端的文学者には驚異であったとしても、古ぼけて見えたはずである。ロンドン留学から帰国した漱石の『文学論』講義の評判がよくなかったことは驚くにたらない。それは同時代の「文学」青年には、たんに形式的な分析でしかなく、基本的に何を意図しているのかもわからなかったであろうから。だが、その時点では、漱石は「写生文」を自ら書きはじめていた。理論が彼の創作を根拠づけるというよりも、むしろ彼自身の創作の方が理論を保証するという関係にあった。

ここで、ジャンルという問題について考えねばならない。たとえば、バフチンはジャンルを重視したが、それは形式的なものではなく、いわば「記憶」としてのジャンルである。

文学ジャンルはその性質上、文学発展のもっとも「悠久」不易な運動を反映している。ジャンルにはつねに死ぬことのない古風アルカイックな要素が保存されている。まことに、この古風はその絶えざる再生、いわば現代化によってのみ生きながらえる。ジャンルはつねに古く、そして新しい。（中略）

ジャンルとは文学の発展過程における創造的な記憶の代表者である。（中略）ジャンルを正しく理解するためには、その源にまでさかのぼる必要があるのもそのためである。

（M・バフチン『ドストエフスキー論』新谷敬三郎訳）

バフチンはドストエフスキーの作品の「源」に、メニッポスの諷刺のようなジャンルを見出し、さらにそのようなジャンルの「源」に、カーニバル的世界感覚を見出す。《結論――そこで、こうした雑多な要素をジャンルの有機的な全一性にまとめあげる粘着力のもとがカーニバルであり、その世界感覚であったといえる。》しかし、ここで重要なのは、バフチンがドストエフスキーの作品のカーニバル的要素を指摘しながら、それを現存するカーニバルに求めないということである。「カーニバルは、それ自体は今日「ジャンル形成力」を欠いている」からであり、「いわば姿を変えて文学となった」カーニバル性こそが大切だからである。《したがって、ドストエフスキーは、カーニバル的なものを文学ジャンルの伝統の作用として受け取ったのである。》

しばしばこの点が誤解されているのだが、バフチンのいうことは実際のカーニバルや祭りとは関係がないのだ。バフチンはフロイトにかんして否定的であるにもかかわらず、彼のジャンル論は精神分析的である。つまり、彼にとってジャンルが大切なのは、現に意識されたものとしてでなく、意識からむしろ抑圧されて痕跡としてのみ残っているかぎりにおいてである。彼のいう「カーニバル」は、フロイトのいう「エス」(無意識)にあたるといっていいだろう。

たとえば、それは漱石のいう写生文についてもあてはまるかもしれない。漱石はそれが俳句からきたという。しかし、それは現にある俳句とはまたべつのものだというべきである。俳句の源泉には連歌がある。この点で、子規が連歌を否定し、虚子と漱石がそれを肯定して二人で実践したりしていることは注目に値する。つまり、写生文の「世界感覚」は俳句よりも連歌にある。しかし、「ジャンルの記憶」という観点に立てば、連歌に存する「俳諧」的なものは、もっとアルカイックな形態にさかのぼることができる。すなわち、カーニバル的祭式である。

水川隆夫は、写生文、とくに漱石の『吾輩は猫である』のような文がいかに落語の影響を受けているかを丹念に指摘している(『漱石と落語』)。しかし、いうまでもなく、落語の「源泉」も俳諧と同じところにある。すると、漱石が俳句や落語のなかに見出していたのは、それ自体ではなく、そこに記憶として存する「カーニバル的世界感覚」なのだと、ほとんどいいいたくなる。

しかし、このことはまちがいではないが、凡庸な見解でしかない。それでは漱石のテクストの特異性に接近することができない。バフチンがドストエフスキーにかんして「ジャンルの記憶」を強調したのは、とくにソ連において社会主義的リアリズムのような理論が支配的であったからである。のみならず、すでにドストエフスキーの時代でも、ゴーゴリなどを例外として「小説」が支配的であり、ジャンルはすでに文学テクストにおいて「記憶」として読みとられるという状態であった。そのために、バフチンのジャンル論は精神分析に似てくるのである。この類似はまた、バフチンが基本的に「神経症モデル」で考えていることを意味している。すなわち、抑圧されたエス、すなわち日常的な秩序によって規制された多数的な(ポリフォニックな)、無方向的な欲望が、カーニバルによって解放されるという図式である。

フロイトが機知《ウィット》にかんして述べた事柄に対して、バフチンは、カーニバルの笑いは近代市民社会の矮小化された機知などと比べるべくもないというだろう。しかし、理論的にはそれらは同型なのだ。一方、フロイトは、機知とはまったく異質なものとしてヒューモアを取り上げている。

誰かが他人に対してユーモア的な精神態度を見せるという場合を取り上げてみると、きわめて自然につぎのような解釈が出てくる。すなわち、この人はその他人に対して親が子供に対するような態度を採っているのである。

（S・フロイト「ユーモア」、高橋義孝他訳『フロイト著作集3』所収）

これは漱石が写生文にかんして与えた説明とまったく同じである。つまり、漱石のいう「写生文」の本質はヒューモアだといってもよい。だが、ヒューモアとしての「世界感覚」は、カーニバル的世界感覚とは異質である。フロイトは、「機知とは無意識によって惹起せられる滑稽である」のに対して、「ユーモアとは超自我の媒介によって生ずる滑稽である」と規定する。ところが、このとき彼はある難問にぶつかる。抑圧的な「超自我」が自ら快楽を与えるということがなぜありうるのかという問題である。彼はつぎのように考える。

事実、ユーモアからえられる快感は滑稽なものや機知からえられる快感ほどの強さに高まることは決してなく、腹からの笑いとなって爆発することも決してない。そしてまた、ユーモア的な精神態度をとる時の超自我が、現実を拒否して錯覚に奉仕することも事実である。けれども、その原因はよく分からないながら、われわれはこのあまり強くない快感をきわめて価値高いものであるとし、この快感がとくにわれわれを解放し昂揚させるものであると感ずるのである。むろんユーモアによって惹起される冗談が真剣なものではないということ、たんなる探りとしての価値しか持っていないということもまた確かである。けれども大切なのは、それが自分自身に向けられたものであれ、また他人に向けられたものであれ、ユーモアが持っている意図なのである。いってみれば、ユーモアとは、ねえ、ちょっと見てごらん、これが世の中だ、随分危なっかしく見えるだろう、ところが、これを冗談で笑い飛ばすことは朝飯前の仕事なのだ、とでもいうものなのである。

おびえて尻込みしている自我に、ユーモアによって優しい慰めの言葉をかけるものが超自我であることは事実であるとしても、われわれとしては、超自我の本質について学ぶべきことがまだまだたくさんあることを忘れないでおこう。ついでながらいうと、人間誰しもがユーモア的な精神態度を取りうるわけではない。それは、まれにしか見出されない貴重な天分であって、多くの人々は、よそから与えられたユーモア的快感を味わう能力をすら欠いているのである。そして、最後にいっておくが、超自我がユーモアによって自我を慰め、それを苦悩から守ろうとするということと、超自我は両親が子供にたいして持っている検問所としての意味を受けついでいるということとは矛盾しないのである。

（「ユーモア」）

ここで、フロイトは「神経症モデル」では考えられない事例をそのモデルで解決しようとしている。しかし、同時に彼は謙虚に「ユーモア」の特異性を認めてもいる。私の考えでは、のちに述べるように、漱石の写生文は他の者のそれと違って、機知や悲劇的カタルシスによっては癒し難いような「苦悩」と結びついているのである。

5

漱石におけるジャンル問題をバフチン的に語りえない理由は、さしあたってつぎの点にある。漱石が『吾輩は猫である』を書きはじめたのは日露戦後の一九〇五年(三十八歳)だが、それ以前にはさまざまなジャンルが共時的に並存していた。ジャンルはまだ生きていたのだ。それは逆にいえば、「小説」がまだ確立していなかったということである。

そのことは坪内逍遥の『小説神髄』にもよく示されている。そこで、彼は「仮作物《つくりもの》語《がたり》」を形式的にあらゆる面から考察している。たとえば、次のような「小説の種類を表する略図」(図1)は、注目に値する独自のジャンル論だといってよい。

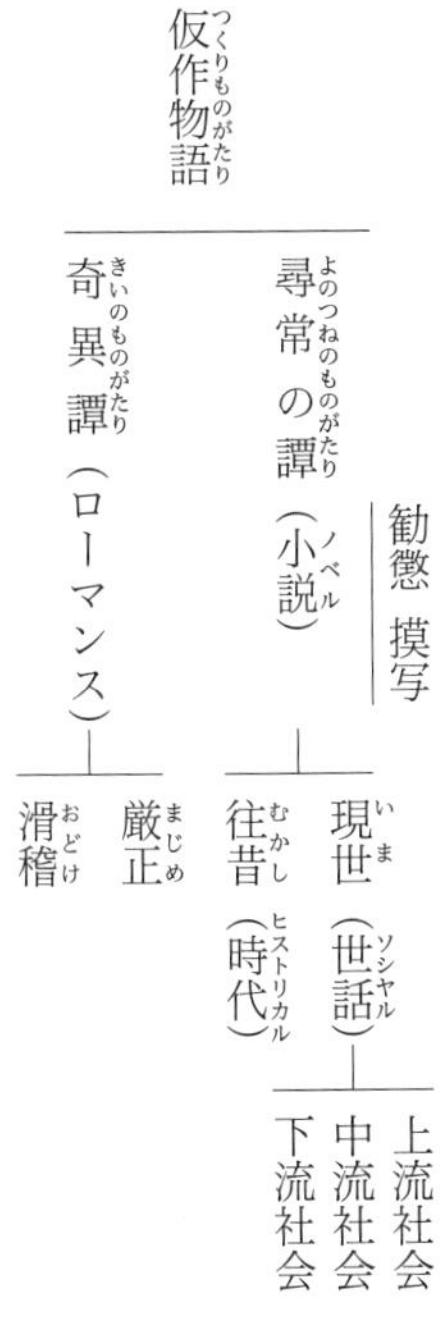

図1

また、逍遥は「小説三派」において、小説を三つに分類している。事柄を主に、人物を後にする「主事派(物語派)」と、人物の性格が必然的に事柄を生じさせるような「人間派」、およびそれらの中間である「折衷派(人情派)」。しかも、彼はそれらに価値判断を与えない。いわゆる「没理想論争」において鷗外が非難したのは、その「没理想的」形式主義である。鷗外が主張したのは、平たくいえば、小説は歴史的に発展してきており、今や「人間派」が優位にあるということである。鷗外は、ロマン主義からリアリズムへという十九世紀西洋の小説の変遷を自明の前提にしている。彼にとって、逍遥のいうような並列的なジャンル(種類)はありえず、ハルトマンのいう「美の階級」がある。

鷗外はいわばジャンルの消滅を語っているのであって、自然主義派はこの線上に自らの優位性を認めている。だが、漱石はこうした歴史主義的観点を否定したのである。たとえば、彼はロマン主義と自然主義についてこう述べている。

両種の文学の特性は以上の如くであります。以上の如くでありますから、双方共大切なものであります。決して一方ばかりあれば他方は文壇から駆逐してもよい抔《など》と云はれる様な根柢の浅いものではありません。又名前こそ両種でありますから自然派と浪漫派と対立させて、塁を堅ふ《ママ》し濠を深かうして睨み合つてる様に考へられますが、其実敵対させる事の出来るのは名前丈で、内容は双方共に往つたり来たり大分入り乱れて居ります。のみならず、あるものは見方読方ではどつちへでも編入の出来るものも生ずる筈であります。だから詳しい区別を云ふと、純客観態度と純主観態度の間に無数の変化を生ずるのみならず、此変化の各のものと他と結び付けて雑種を作れば又無数の第二変化が成立する訳でありますから、誰の作は自然派だとか、誰の作は浪漫派だとか、さう一概に云へたものではないでせう。それよりも誰の作のこゝの所はこんな意味の浪漫的趣味で、こゝの所は、こんな意味の自然派趣味だと、作物を解剖して一々指摘するのみならず、其指摘した場所の趣味迄も、単に浪漫、自然の二字を以て簡単に律し去らないで、どの位の異分子が、どの位の割合で交つたものかを説明する様にしたら今日の弊が救はれるかも知れないと思ひます。

（「創作家の態度」）

逍遥の形式主義には、西洋文学に対して江戸以来の日本の小説を対等に意味づけようとする意図がある。漱石の形式主義《フォルマリズム》はもっと徹底的なものである。彼は西洋においてこうであったという歴史的過程を必然化することを拒否した。しかし、それは歴史的視点の否定ではない。たとえば右のようにいうとき、彼はロマン主義と自然主義がすでに「小説」のなかでの対立にすぎないという歴史的(系譜学的)認識をもっていたのだ。「非人情」とは、「小説」によって消滅させられるジャンル総体を意味するだけでなく、歴史(物語)に対する系譜学的視点を暗示するといってよい。

漱石のジャンル問題にかんして参考になるのは、したがって、バフチンよりも、空間的にジャンルを分類したノースロップ・フライのジャンル論である。このカナダの英文学者の姿勢は、ある意味で漱石が英文学に対してとった姿勢に似ている。たぶん、この類似は彼らが英文学において「外国人」であったことから来ているといってもよい。フライはフィクションを四種に分けている。ただし、フライがフィクションと呼ぶのは、逍遥のいう「仮作物語《つくりものがたり》」という意味ではなくて、いわゆるノン・フィクションをふくむ、散文で書かれたもののすべてを意味する。したがって、小説＝フィクションなのではなくて、小説はフィクションの一形式にすぎない。われわれはそれを「文」の一形式といいかえてもよい。

1 小説
2 ロマンス
3 告白
4 アナトミー

まず「小説」にかんして、フライは、デフォー、フィールディング、オースティン、ジェイムズといった作家の作品をあげているが、「小説」が何であるかを直接的に定義しているわけではない。それはむしろ残る三つのものとの関係において示される。たとえば、フライは小説とロマンスの本質的な違いは、性格造型の考え方にあるという(逍遙も同じようなことをいっている)。

ロマンス作者は「ほんとうの人間」を創造するというより、むしろ様式化された人間、人間心理の原型を表わすまでに拡大した人物像をつくり出すのである。ロマンスの中に、ユングのいうリビドー、アニマ、影がそれぞれ主人公、女主人公、悪役となって反映されているのをわれわれは見る。ロマンスが実にしばしば、小説に見られぬ主観の強烈な輝きを発し、またロマンスの周辺にはつねにアレゴリーの影が忍びこんでくるのは、このためなのである。人間性格の中のある種の要素がロマンスの中に解放されるので、これは本来小説よりも革命的な形式となっている。小説家は人格を扱うのであり、登場人物はペルソナ、つまり社会的な仮面をかぶっている。彼は安定した社会の枠組を必要とするのであって、優れた小説家の多くは小心翼々といってよいほど因習を重んじてきた。ロマンス作者は個性を扱う。登場人物は真空の中に存在し、夢想によって理想化される。そしてロマンス作者がいかに保守的な人物であろうとも、彼の筆からはしばしば何か虚無的で野性的なものが迸り出るのである。

（N・フライ『批評の解剖』山内久明他訳）

ロマンスには、古来からの神話や物語だけでなく、ロマン主義者の小説、さらに歴史小説、そして今日でいえば、ＳＦなどがふくまれる。むろん、フライはそれらを低くみているのではない。

次に、彼は告白を独立の散文形式と見なしている。《われわれがもつ最上の散文作品のいくつかが、「思想」だというので文学とは断定できず、また「散文体の模範」だというので宗教や哲学とも言いきれずに、漠然と隅の方に追いやられているが、告白形式を認めることで、これらの作品はフィクションとして明確な位置を得ることになる。》フライはそれをアウグスティヌスの伝統に見ているが、ある意味で、これは日本にもある。たとえば新井白石の『折たく柴の記』などである。

フライが強調するのは、「告白」では、「宗教、政治、芸術などについての知的理論的関心がほとんどいつでも主導的な役割を演ずる」ということである。《ルソー以後、いや実際はルソーにおいても、告白は小説の中に流れこみ、そしてこの混合から、虚構の自伝、芸術家小説その他の類似の形式が生まれてくる。》日本でも、自然主義者が告白をはじめた。しかし、それはジャンルとしての「告白」とは別である。なぜなら、そこには「知的理論的関心」が欠落しているからである。

最後に、アナトミーとは、リチャード・バートンの『メランコリーの解剖《アナトミー》』という本から取られた言葉であり、フライの『批評の解剖』という書名もたぶんそれにもとづいている。それは、バフチンがいうメニッポス的諷刺に対応するものである。《それは、抽象観念や理論を扱うことができるという点で告白と似ており、性格造型の点で小説とは異なる──すなわち自然主義的というも様式的な性格描写を行ない、また人間を観念の代弁者として見るのである。》こうして、アナトミーの特徴は、百科全書的でありペダンティックであることだ。この系列には、ラブレー、スウィフト、ヴォルテールなどが入る。

しかし、われわれが小説と呼んでいるものは、実際にはこれらの混合なのであって、一つの形式だけに集中する方がまれである。これらのなかで、「小説」は概して近代的なものである。事実、小説はロマンスのパロディとして書かれた。たとえば、セルヴァンテスの『ドン・キホーテ』やフロベールの『ボヴァリー夫人』がそうである。しかし、『ドン・キホーテ』は必ずしもフライがいう「小説」ではない。たしかに「自然主義」の作品はすべて「小説」だが、『嵐が丘』や『緋文字』はロマンスに近づき、『白鯨』はロマンスであるとともにアナトミーに近づく。事実『白鯨』では、鯨にかんする百科全書的な記述が多くの頁を占めている。

「小説」という場合、デフォーを典型として考えた方がよい。その場合、フロベールや自然主義者の作品が明らかに「小説」的であることがわかる。ただし、『ボヴァリー夫人』はロマンスのパロディであり、その意味で、『ドン・キホーテ』と同類である。つまり、アナトミーの系列にはいる。フロベールは『ブヴァールとペキュシェ』において、さらに『紋切り型辞典』その他の作品においてはサタイアに至っている。しかし、自然主義者たちはフロベールのいわばデフォー的側面のみを取り上げ、彼をリアリズム小説の元祖に祭り上げたのである。

こうして、日露戦後の日本において、それがいわゆる「純文学」と見なされる。「純文学」とはつまり「小説」のことである。それは、それ以外のジャンルを不純と見なしたのである。こうなれば、歴史論をふんだんに含むトルストイの『戦争と平和』などは純文学ではありえない。のみならず、この基準でみれば、古来のみならず十九世紀の小説のほとんどが「純文学」ではなくなってしまう。

　漱石が自然主義を嫌ったのは、その観念、あるいは田山花袋のいう「露骨なる描写」のためだけではない。彼はもともとデフォーのような「小説」を嫌悪していたからである。彼は自然主義に対してロマン主義的作家として反撥したのではない。彼が写生文として書きだしたものは、したがって「小説」外の多様なジャンルにおよぶ。たとえば『吾輩は猫である』はアナトミーである。ここには、ペダンティックな対話があり、百科全書的な知識の披瀝がある。これは虚子の写生文の系列からは出てこないものである。

　さらに、漱石の写生文はロマンスを含んでいる。『幻影の盾』や『薤露行』は文字どおり西欧の恋愛ロマンスにもとづいている。他界や神秘を扱った『琴のそら音』や『一夜』、『趣味の遺伝』、さらに『夢十夜』、要するに『漾虚集』はロマンスなのである。そして、一見そう見えないが、フライの定義にしたがえば、『虞美人草』もロマンスである。なぜなら、ここに出てくるのは一種典型的な人物であって、アレゴリーに近いからだ。その結果、のちに述べるように、この作品は自然主義者から「現代の馬琴」と見なされたのである。

　しかし、『虞美人草』も『三四郎』もある意味で写生文である。とすれば、「写生文」が、漱石において何を意味するのかは明瞭である。いうまでもなく、それは「小説」以外のジャンルを意味するのであり、またそのような「文」を意味するのである。たとえば、『吾輩は猫である』の成立をめぐって、スウィフトの『ガリバー旅行記』、スターンの『トリストラム・シャンディ』、ホフマンの『カーテル・ムーテル』などの影響がいわれてきた。近年では、水川隆夫は落語に源泉を見出し、大岡昇平はカーライルの『衣裳哲学』に由来すると主張している。だが、大切なのは、漱石がアナトミーを「文」と見なしていたことであり、「文」を書こうとしたということである。それはロマンスについてもいえる。江藤淳のように、漱石が『幻影の盾』を書いたのは実際の体験があったからだという必要はない。また、彼はロマン主義者としてこれらを書いたのではない。ジャンルとして書いたのである。

漱石はのちの長篇小説よりもこれらの作品でより直截的に「自己表白」をなしたと、しばしばいわれる。それはまちがっている。なぜなら、漱石がやろうとしたのは「文」を書くことだったからであり、彼が求めたのは「文」そのものの快楽だったからだ。しかし、ある意味でそれは正しい。ただし、漱石が表白すべき「自己」は、「小説」以外のジャンル＝文以外では存在しようがなかったのである。次章(「漱石と「文」」)に述べるように、漱石は一度も「小説」を書いてはいない。見かけの上で、「小説」に近づいただけである。

くりかえしていえば、近代小説はそれ自身一つのジャンルであるが、同時にそれはジャンルの消滅とともにはじまる。バフチンがジャンルを「記憶」として扱ったのはそのためだ。たとえば、プルーストは告白やアナトミーを融合させている。が、それはすでに「小説」のなかでなされたのである。おそらく漱石が世界に類を見ないほど諸ジャンルを書き分けたのは、日本ではまだ「小説」が決定的に覇権を握るところまで至っていなかったからだが、彼自身にジャンル＝文にかんする理論的認識があったからである。たとえば、ジッドは「純粋小説」なるものを唱えた（日本でも横光利一がそれに応じて「純粋小説」を唱えた）。しかし、ジッドのそれが自己言及的な小説、いわば「小説の自己意識」だとすれば、その程度のことは十八世紀のスターンによって徹底的になされていたのであり、そのことへの無知自体が「小説」の覇権を象徴している。漱石はむしろスターンからはじめたのである。

漱石以後は、ジャンルの意識が消えうせる。むろんジャンルが消えたわけではない。それは「純文学」でない大衆文学において生き延びてきた。たとえば、小栗虫太郎や夢野久作などにはロマンスとアナトミーの混合がある。しかし、それらは「純文学」の狭さに対してのみ対抗的な意味をもつにすぎない。たとえば横光利一が「純粋小説」を唱えたのは、露骨にいえば純文学が読者を失ったからである。「純粋小説」とは、皮肉なことに「不純な」小説、すなわち純文学にして大衆小説といったものを意味する。だが、実は「小説」はそれだけで純粋に存在したことなどないのだ。たしかに「小説」は基本的に資本主義時代の様式である。資本主義社会においてあらゆる生産が資本制生産の外見を与えられるように、すべてのジャンルは「小説」のなかに包摂される。しかし、資本制生産がすべての生産にとって代わることはない。それはそれ以外の生産様式を前提し、またそうであるがゆえに存続しうる。同様に、「小説」はたえず他のジャンルを吸収することで生き延びるのである。

横光利一にはジャンルの意識がなかった。今日でも、それはない。たとえば今日、作家がSFを取り入れるとき、それがジャンルの一形態(ロマンス)だということが理解されていないため、ほとんど不毛な議論がなされている。それは未来や科学とは何の関係もないのだ。今日、小説が変容したといわれるのは、「小説」以外のジャンル、とりわけアナトミーが吸収されているからにすぎない。こうした事柄を、情報・消費社会とかいった歴史的観点や情勢論だけで見てはならない。資本制社会がたえず「差異」を作りだしそれを回収して生き延びるように、「小説」はジャンルとしての「差異」を消費することで生き延びる。

漱石が大衆的な人気を得つづけたのは、彼がまさに「小説」以外のジャンルを書いたからである。だが、漱石が傑出した作家であるのは、彼が「小説」の不可避性と闘争し続け、しかもその結果が小説として存在してしまったからである。

彼は「小説」を蘇生させるために他のジャンルを吸収したのではなく、「小説」から逃れようとして小説を書いてしまった作家なのだ。小説として存在してしまったからといって、それを小説の観点で読んではならない。すでにいったように、漱石の諸作品は、『明暗』を頂点にしてそれに到達すべき過程として読まれてしまう。しかし、たとえば、『漾虚集』はロマンスとして、『吾輩は猫である』はサタイアとして、『坊つちやん』はピカレスクとして、『こゝろ』は「告白」として書かれたとみるべきである。こうした多様なジャンルがあり、それぞれのジャンルが強いる文章や構造があるのに、それらを一様にとらえようとするのはおかしい。テマティクな分析にしても同じである。

また漱石がいう「写生文」の姿勢は、物語論(ナラトロジー)でいわれる叙法に還元されえない。ナラトロジーは、現在の小説を前提して、その上で、さまざまな慣用的叙法を分類している。しかし、そこでは、ジャンルの問題が消えている。それはジャンルの異質性を消去しようとしている、というより、あらゆるジャンルを吸収した現代小説に立脚しているのだ。だが、ジャンルが消滅する直前に書きはじめた漱石の作品を論じるには、まずジャンルをはっきりさせることが大切である。ジャンル(の意識)はいかにして消滅したのか。なぜ漱石はジャンルに固執したのか。それが次章(「漱石と「文」」)の問題である。

漱石と「文」

1

漱石が『吾輩は猫である』を書きはじめた明治三十八(一九〇五)年には、まだ「自然主義」は登場していなかったが、すでに「近代小説」の話法は成立していた。これは、明治二十年代初期に、坪内逍遥や二葉亭四迷が、さらに森鷗外らが悪戦苦闘していた時期を思えば、信じがたい事態であっただろう。彼らが苦心惨憺しまたその後長く筆を折らざるをえなかったような仕事が、十年余り後には自明になってしまっていたのだ。「言文一致」運動は言(口語)で書くことではなく、言を新たな文語(文学言語)とすることである。ところが、日露戦後には、漢文も戯文も書けず、「言文一致」という新たな文語でしか書けない作家が普通になっていたのである。

こういうドラスティックな変化を想像するのは難しい。たとえば、それは戦後の仮名遣いの改革において、新仮名遣いに慣れたというよりも、それでしか読み書きできなくなった世代が出てきたことになぞらえられるかもしれない。ある種の文筆家は今も旧仮名遣いに固執している。仮名遣いのわずかの変化でさえ、われわれの意識に大きな(しかしまだはっきりしない)効果(結果)をもたらす。そこから見れば、明治二十年代から三十年代にかけて生じた変化がどれほどのものかが推測しうるだろう。

しかも、この類推が恣意的でないのは、仮名遣いの改革が「言文一致」と同じ思想でなされたからであり、より口語に近い文語を志向するものだったからである。新仮名遣いには多くの矛盾がある。たとえば、助詞としての「わ」や「え」は「は」や「へ」と表記される。のみならず、標準語以外の日本語を話す者にとっては、表音主義は大した意味をもっていない。それは新たな音声の習得にほかならないからだ。が、そうだとしても、この種の改革は、意識＝音声がそのまま文字によって表記されるかのような錯覚を与える。それは文字の外部性をneutralize(中性化＝消去)する。むろん、こうした変化は明治二十年代に生じた変化に比べればものの数ではない。たとえば、現在旧仮名遣いに固執する者も、明治三十年代において自明化したものの上でしか考えていないし、それを疑おうとさえしない。彼らは妙に「文章」にこだわりたがるが、それは私がここでいう「文」の問題とは無縁であって、たんなるフェティシズムでしかない。

「言文一致」の運動の本質が音声中心主義にあるとしても、それが明治二十年代に何よりも小説において試みられたことに注意すべきである。私は、かつて「言文一致」について論じたとき、そのことを見のがしていた。「言文一致」が何よりも小説のなかで試みられたことは、ある種の話法 narration の創出と切り離すことができない。それは、一言でいえば、語り手の中性化であるといってよい。たとえば、『破戒』(明治三十九年)にこういう一節がある。

丑松は大急ぎで下宿へ帰つた。月給を受け取つて来て妙に気強いやうな心地になつた。昨日は湯にも入らず、煙草も買はず、早く蓮華寺へ、と思ひあせるばかりで、暗い一日を過したのである。実際、懐中《ふところ》に一文の小使もなくて、笑ふといふ気には誰がならう。悉皆《すつかり》下宿の払ひを済まし、車さへ来れば直に出掛けられるばかりに用意して、さて巻煙草に火を点けた時は、言ふに言はれぬ愉快を感ずるのであつた。

(島崎藤村『破戒』)

ここでは、語り手が主人公の内部に入り込んでいる、というより、語り手は主人公から世界を視ている。その結果、読者はこれが語られているのだということ、つまり語り手がいるのだということを忘れてしまう。たとえば、「懐中に一文の小使もなくて、笑ふといふ気には誰がならう」というのは、語り手の考えである。しかし、それが主人公の気持と別だということが目立たない。そのために、ここでは、語り手は、明らかに存在しながらしかも存在しないようにみえる。語り手の中性化とは、こういうことを意味するのである。

語り手と主人公のこうした暗黙の共犯関係は、ある話法によって実現されている。それは、この文で語尾が「た」で終っていることとも関連する。あとでいうように、「た」による時制の統合は、中性的な語り手の存在(あるいは語り手の消去)と不可分離なのだ。これらは、もちろん話法上の約束である。藤村は何の苦もなく、こうした話法を駆使している。ところが、明治二十年代初期には、それはきわめて困難であった。作家たちがすでに西洋の近代小説を充分に読んでいたにもかかわらず、困難であった。それは、こうした話法自体が日本語の文のなかで創り出されねばならなかったからである。

二葉亭四迷が言文一致を企てた時点では、会話は口語だが地の文が文語であるような「雅俗折衷体」が支配的であった。彼が目指したのは、地の文を口語化することである。そのとき、二葉亭四迷は式亭三馬、あるいは江戸文学の戯作に見習おうとした。つまり、四迷は直接に口語をとりいれたのではなく、すでにそれを「文」として実現している文学ジャンルとしての滑稽本に従おうとしたのである。その場合、この「文」は、独特の語り手(作者)を伴わずにはいない。しばしば指摘されるのは、つぎのような「作者」の露出である。

「フ、、ン馬鹿を言給ふなト高い男は顔に似気なく微笑を含みさて失敬の挨拶も手軽るく、別れて独り小川町の方へ参る。顔の微笑が一かわ〳〵消ゑ往くにつれ足取も次第〳〵に緩かになつて終《つひ》には虫の這ふ様になり悄然《しよんぼり》と頭をうな垂れて二三町程も参ツた頃不図立止りて四辺《あたり》を回顧《みま》はし駭然《がいぜん》として二足三足立戻ツてトある横町へ曲り込んで角から三軒目の格子戸作りの二階家へ這入る、一所に這入ツて見やう……」

（二葉亭四迷『浮雲』）

「一所に這入ツて見やう」というような「作者」は、明らかに「滑稽本」の系譜にある。それにかんして、野口武彦はこういっている。

ふつう滑稽本は次に述べる読本《よみほん》との対比の上で「写実型」といわれるが、それはかならずしも近代の写実主義を先取りするものではなかった。また、ありえなかった。ここで支配的なのは、歪んだレンズにもたとえられそうな誇張的な主観性をとおした対象の現前である。

この主観性は、作中人物を卑小化し、滑稽化し、戯画化せずにはいられない。人間たちはただ笑われるためにしか作中世界に登場しない。再現される会話の口語性と「地の文」の口語文性が与える見せかけにもかかわらず、ここにはそうした主観性と一体化した一人称話法が潜在的に遍満している。もし望むなら、これを量質ともに極度に切りつめられた一人称性と呼んでみてもよい。概していって近代以前の日本文学は、このように屈伸自在な一人称性の埒外に出ることはなかった。つまり、近代のいわゆる三人称客観描写なるものを知らなかった。それならばなぜ、西欧文学の強烈なインパクトから出発した二葉亭は、江戸戯作中の滑稽本寄りのタイプをまずお手本にしなければならなかったのか。いやしくも近代写実主義をめざすかぎりは、文章の口語性を尊重しなければならず、身近にはさしあたりこのタイプしか見当らなかったからである。そのためには、江戸時代の口語的小説語法と不可分に結びついていた対象滑稽化機能をもいやでも背負いこまねばならず、しかもまたそれは『浮雲』前半部での社会諷刺の動機要素と微妙に交錯してもいた。

(野口武彦『近代小説の言語空間』)

しかし、第二編以後では、こうした「作者」(語り手)が消える。《第一編ではもっぱら外側から主人公を観察するのみであった作者は、第二編、第三編ではしだいに有形の語り手としての姿を消し、そのかわりに主人公の内面深く入り込んでいくのである。》ここに、ようやく「三人称客観描写」に近いものが実現される。『浮雲』が日本最初の近代小説と呼ばれるのは、そのためである。しかし、二葉亭四迷はその後書くことを放棄した。

『浮雲』とほぼ同じ時期に、森鷗外は『舞姫』を書いている。ここでは語り手が主人公である。野口武彦（前掲書）がいうように、「一人称の人物が小説の主人公になりうるという発見」は、「明治二十年前後の文学状況の問題として、またひろく西洋小説がわが国にもたらした新鮮な刺激の一つである」。二葉亭四迷によって翻訳され影響を与えたツルゲーネフの作品も、すべて一人称で書かれている。

しかし、鷗外の場合、それは三人称には至らなかった。以来鷗外は、漱石の出現に対して「技癢を感じ」（『ヰタ・セクスアリス』）て書きはじめるまで、十八年ほど小説を書かなかった。一人称から三人称への移行には、ある決定的な飛躍があるといわねばならない。それにかんして、別の角度から考えてみよう。

2

言文一致は新たな文語の創出であるが、それは事実上語尾の問題に帰着する。漱石もいっている。《今日では一番言文一致が行はれて居るけれども、句の終りに「である」「のだ」とかいふ言葉があるので言文一致で通つて居るけれども、「である」「のだ」を引き抜いたら立派な雅文になるのが沢山ある》(「自然を写す文章」明治三十九年)。

このことは、二葉亭四迷が『浮雲』を書いた時点においてすでに明瞭だった。四迷はこう回想している。《暫くすると、山田美妙君の言文一致が発表された。見ると、「私は――です」の敬語調で、自分とは別派である。即ち自分は「だ」主義、山田君は「です」主義だ。後で聞いて見ると、山田君は始め敬語なしの「だ」調を試みて見たが、どうも旨く行かぬと云ふので、「です」調に定めたといふ。自分は始め、「です」調でやらうかと思つて、遂に「だ」調にした。即ち行き方が全然反対であつたのだ》(二葉亭四迷「余が言文一致の由来」)。

日本語の語尾は、発話者の相手に対する関係を示してしまう。関係を超越したニュートラルな表現はない。「です」は明らかに目上の者への敬語であるが、「だ」も目下または同格の者への関係をあらわしているという意味では、広義の〝敬語〟である。しかし、「だ」の方が「敬語なし」に近い感じがある。すなわち、語尾の中性化が可能である。しかし、山田美妙の「です」調より「だ」調が支配的になっていったのは、たんなる偶然ではなく、二葉亭四迷の方が、言文一致が新たな「文」の創出であること、それが語尾の中性化にあることを自覚していたからだといえる。

しかし、この変革はこれまでの日本語の文を根本的に変えてしまうものである。たとえば、人称の明記されない『源氏物語』のような文でも、主語が誰であるかがわかるのは、語尾が関係を意味するからである。この点は、江戸文学においても大して変らない。だが、語尾が中性化された結果、主語としての人称が不可欠になった。そのため、「彼」や殊に「彼女」というような見慣れない人称が頻用されはじめたのである。それは「私」にかんしてもいえる。「私」は、「余」とか「吾輩」とかいった表現とは違って、ある中性的な「自己」を指示しはじめるのである。

漱石が、言文一致の作品で語尾を変えるだけで「立派な雅文」になるのが多くあるといったことを逆にいえば、鷗外の『舞姫』は、そのまま語尾を変えるだけで「立派な言文一致」の作品になる。しかし、この変換には不可逆的なものがある。『舞姫』はたしかに一人称ではあるが、その語尾と対応する人称の「余」は、中性的な「私」とは微妙に異るのである。

語尾にかんしてさらに重要なのは、二葉亭四迷が「た」という文末詞を定着させたことである。先に私は、『破戒』の文章が「た」で終っていることに注意しておいたが、たとえば『浮雲』の最後における次のような「た」の用法は、かつてないものだったといわねばならない。

> 出て行くお勢の後姿を目送《みおく》つて、文三は莞爾《にっこり》した。如何《どう》してかう様子が渝《かは》つたのか、其を疑つて居るに遑《いとま》なく、たゞ何となく心嬉しくなつて、莞爾《にっこり》した。それから

は例の妄想が勃然と首を擡《もた》げて抑へても抑へ切れぬやうになり、種々《さま〴〵》の取留も無い事が続々胸に浮んで、遂には総て此頃の事は皆文三の疑心から出た暗鬼で、実際はさして心配する程の事でも無かつたかとまで思ひ込んだ。が、また心を取直して考へてみれば、故無くして文三を辱《はづかし》めたといひ、母親に忤《さから》ひながら、何時しか其いふなりに成つたといひ、それほどまで親かつた昇と俄に疏々敷《うと〳〵しく》なつたといひ、――どうも常事《たゞごと》でなくも思はれる。と思へば、喜んで宜《よ》いものか、悲んで宜いものか、殆ど我にも胡乱《うろん》になつて来たので、宛《あたか》も遠方から擽《こそぐ》る真似をされたやうに、思ひ切つては笑ふ事も出来ず、泣く事も出来ず、快と不快との間に心を迷せながら、暫く縁側を往きつ戻りつしてゐた。が、兎に角物を云つたら、聞いてゐさうゆゑ、今にも帰ツて来たら、今一度運を試して聴かれたら其通り、若し聴かれん時には其時こそ断然叔父の家を辞し去らうと、遂にかう決心して、そして一《ひ》と先《まづ》二階へ戻つた。

(二葉亭四迷『浮雲』)

このように、文が「た」で終っていることは、たんに過去形を意味しているのではない。それは回想というかたちで語り手と主人公の内部を同一化するのである。この「た」は、語り手の中性化に不可欠である。言文一致以前の文語には、過去を示す助動詞は多くある。「た」は、「たり」から派生したものだといわれる。大野晋によれば、これは「タリがキとケリとを滅ぼし、その役目をかかえこむという現象」から生じた結果である。「キ」は「過去のことについて自分に確実な記憶があるときに使う」助動詞であったのに対して、「ケリ」は「よく知られていない過去に存在したものが、今や自分の範囲のなかにはっきりあることを表わす」助動詞だった(大野晋『日本語の文法を考える』)。

野口武彦は、こうした多様な文末詞が「た」に統一されてしまったことの、物語論的な意味に注目している(『小説の日本語』)。たとえば、「昔男ありけり」というのは、「昔男がいたそうだ」という意味である。「けり」という文末詞によって、これが虚構(ハナシ)であることが提示される。ところが、こうした文末詞が「た」に統合されてしまうことは、何を意味するか。それは、「これは話ですよ」というような語り手が消えることである。

「た」は、物語のメタレベルにある語り手を消去(中性化)する。それは「現実らしさ」を与える。また、この過去形は、物語の進行をある一点から回顧するような時間性を可能にする。中性的な語り手と主人公の黙契はこのような「た」において実現される。そして、漱石が書きはじめた時点では、こうした「た」とそれに対応する中性的な語り手は、すでに自明な慣習となっていた。

ところで、漱石の文では、「た」のような過去時制が少ない。日本語にそんな形式はないが、いわば現在進行形で書かれている。[*1] たとえば、『幻影の盾』や『薤露行』は、「である」を取ればまさに「雅文」なのだが、ここにはほとんど過去形がない。「遠き世の物語である。バロンと名乗るものゝ城を構へ濠を環らして、人を屠《ほふ》り天に驕《おご》れる昔に帰れ。近代の話しではない」（『幻影の盾』）とはじまっているにもかかわらず、過去のことを書いているのだが、「た」がほとんどないために、ある統合された回想とならず、「現在」の意識が多方向的に拡散している。次のように書き出される『坑夫』のような作品では、こうした現在形は、自分を確かに自分と感じられない主人公の病的な状態に対応している。

さつきから松原を通つてるんだが、松原と云ふものは絵で見たよりも余つ程長いもんだ。何時迄行つても松ばかり生えて居て一向要領を得ない。此方《こつち》がいくら歩行《あるい》たつて松の方で発展して呉れなければ駄目な事だ。いつそ始めから突つ立つた儘松と睨めつ子をしてゐる方が増しだ。

（『坑夫』）

「た」が或る一点からの回想としてあるとするならば、漱石は「た」の拒否によって、全体を集約するような視点を拒んでいる。それはまた、確実にあるようにみえる「自己」を拒むことである（右の文では「私」が抜けている）。むろん、こうした「現在形」の多用は、「写生文」一般の特徴であるといってもよいし、また漢文脈の名残りであるといってもよい。しかし、写生文として『吾輩は猫である』や『倫敦塔』を書きはじめた漱石が、近代小説の話法にはっきり対抗する意識をもっていたことは疑いがない。

3

私は、鷗外が『舞姫』でとった一人称が三人称になるには大きな飛躍が必要だったといった。しかし、『舞姫』の一人称は私小説のそれとは別である。そこには中性化されない語り手(余)がある。三人称とは、そのような語り手を中性化することなのであり、私小説の「私」は、そのあとで可能なのである。実際、文学史的にみても、島崎藤村は『破戒』を書いたのちに、『新生』という私小説を書いたのである。いうまでもないが、私小説は三人称で書かれていても私小説である。だが、『舞姫』はそれ以前の段階にある。

『舞姫』の「余」が中性的でない語り手であることは、それを語尾から見てみると明らかとなるだろう。ここでは、「石炭を早や積み果てつ」とか「遥々と家を離れてベルリンの都に来ぬ」というように、「つ」と「ぬ」がきわめて効果的に使い分けられている。野口武彦が指摘するように、「つ」や「ぬ」といった文末詞は、けっして「た」に翻訳しえない価値(差異)をもっている。それは、近代小説以前のエクリチュールの多様性を保持している。鷗外は、まさにこの語尾の豊富さゆえに「三人称客観描写」に至りえなかったといってよい。

しばしば、『舞姫』は、鷗外の自己表現と見なされて論評される。しかし、それにかんしては、大変疑わしい。これをいわゆる私小説として読むことはできないのである。同じことが、鷗外を尊敬していた柳田國男の新体詩にかんしてもいえるだろう。

歌や文学のもつ両面を私は身をもつて経験させられたと思つてゐる。すなはち一つはいはゆるロマンチックなフィクションで、自分で空想して何の恋の歌でも詠めるといふやうな側と、もう一つ、自分の経験したことでなければ詠めない、あるいはありのまゝのことを書く真摯が文学だといふ近ごろの人々のいふやうな側との二つで、この対立を私はかなりはつきり経験させられた。

私などの作つた新体詩はその前者の方であつた。やつと二十そこ〳〵の若い者にさうたくさんの経験がある気遣ひはない。それでゐて歌はみな痛烈な恋愛を詠じてゐるのだから、後になつて子孫に誤解せられたりすると、かなり困ることになる。もちろんこの当時の新体詩にも二つの方向があつた。一つは西洋の詩の影響を受けたもの、もう一つは私のやうに短歌からきた題詠の稽古と同じ方法をとるものであつた。
さういつた作詩、作歌のうへのフィクションが一種の情操教育になつたのではないかといふ点になると、それはたしかにあつたかと思ふ。われ〳〵のやうな男には露骨に男女の情を表はすやうなことは、実際生活にはあり得なかつたので、詩文によつてやさしい気持を養ふ役には立つたかも知れない。

（柳田國男『故郷七十年拾遺』）

明治二十年代実質的にロマン派の詩人の運動を主導したというべき柳田がこんなことをいうのは、半ば自己韜晦である。しかし、半ば事実でもある。この時代にはこうした「文学の両面」がまだ区別されていなかった。柳田がかつての恋愛叙情詩を「自己表白」として読まれるのが迷惑だというならば、鷗外もまた『舞姫』についてそういいえただろう。柳田がいうとおり、もともと歌は約束なのだ。言語＝文字（エクリチュール）のレベルは「自己」より前に存在しているのであって、詩であれ散文であれ、そういうエクリチュールを習得し実践することからはじまる。そういう言語の物質性なしに、「自己表現」も「自己」もない。言文一致が困難であったのは、彼らがどんなに西洋の近代文学を読んでいたとしても、日本語においては、そのような物質的条件がなくそれ自体を創り出さねばならなかったからである。

ある新たなエクリチュールあるいは約束が、歌以前にあるかのごとき「自己」あるいは真の感情なるものを生み出すのである。それが、小説においては、語り手の中性化である。それまで、「作者」とは「語り手」のことである。だが、語り手が中性化するとともに、今日われわれがいう意味での作者が可能になる。こうして、あたかも作者が「自己表現」したり、あるいはそのような「自己」(作者)があるかのような幻影が成立する。それは、文字の中性化が意識と言語表現が直結するかのような幻想を与えるのと同じである。

『舞姫』が雅文で書かれていることは、そこに、「文」が介在しているということであり、そのことが、「直接性」の錯覚を拒んでいる。のちの私小説的作家あるいは批評家から見れば、鷗外は「ロマンチックなフィクション」(柳田)つまりきれいごとを書いているということになるだろう。だが、それに対して逆に、鷗外が自己を虚構化して表現していると評価するのも、同様にアナクロニスティックな錯覚である。

くりかえしていうが、漱石が『吾輩は猫である』を書きはじめた時点では、こうした装置は完成していた。そして、この作品はそれを否定するものだった。つまり、近代小説が語り手を中性化するものだとしたら、『吾輩は猫である』や『倫敦塔』は、語り手を露出させるものだったのである。

語り手が露出しているのは、これらが一人称の語り手によって書かれているからではない。たとえば、後期の『彼岸過迄』のように三人称で書かれていても同じことだ。

敬太郎の此傾向は、彼がまだ高等学校に居た時分、英語の教師が教科書としてスチーヴンソンの新亜刺比亜物語といふ書物を読ました頃から段々頭を持ち上げ出したやうに思はれる。夫迄彼は大の英語嫌であつたのに、此書物を読むやうになつてから、一回も下読を怠らずに、中《あ》てられさへすれば、必ず起立して訳を付けたのでも、彼が如何にそれを面白がつてゐたかゞ分る。ある時彼は興奮の余り小説と事実の区別を忘れて、十九世紀の倫敦に実際こんな事があつたんでせうかと真面目な顔をして教師に質問を掛けた。其教師はつい此間英国から帰つた許の男であつたが、黒いメルトンのモーニングの尻から麻の手帛《ハンケチ》を出して鼻の下を拭ひながら、十九世紀どころか今でもあるでせう。倫敦といふ所は実際不思議な都ですと答へた。敬太郎の眼は其時驚嘆の光を放つた。すると教師は椅子を離れてこんな事を云つた。

「尤も書き手が書き手だから観察も奇抜だし、事件の解釈も自から普通の人間とは違ふんで、斯んなものが出来上たのかも知れません。実際スチーヴンソンといふ人は辻待の馬車を見てさへ、其所に一種のロマンスを見出すといふ人ですから」

辻馬車とロマンスに至つて敬太郎は少し分らなくなつたが、思ひ切つて其説明を聞いて見て、始めて成程と悟つた。夫から以後は、此平凡極まる東京の何所にでもごろ〳〵して、最も平凡を極めてゐる辻待の人力車を見るたんびに、此車だつて昨夕《ゆふべ》人殺しをする為の客を出刃ぐるみ乗せて一散に馳けたのかも知れないと考へたり、又は追手の思はくとは反対の方角へ走る汽車の時間に間に合ふ様に、美くしい女を幌の中に隠して、何処かの停車場へ飛ばしたのかも分らないと思つたりして、一人で怖がるやら、面白がるやら頻りに喜こんでゐた。

（『彼岸過迄』）

右の語り口はほとんど『猫』のそれである。『吾輩は猫である』の「吾輩」も『坊っちゃん』の「おれ」も近代小説の一人称ではない。漱石の作品では、最後の『道草』と『明暗』をのぞくと、こうした語り手がつねに露出している。彼は、一人称で書かねばならないとき、「話」(『彼岸過迄』)や「手紙」(『行人』や『こゝろ』)として書いた。これらの文ではヒューモアは稀薄である。なぜなら、ヒューモアは、語り手なしに、いいかえれば漱石のいう「作者の心的状態」なしには出てこないからである。しかし、『道草』や『明暗』においてさえ、あの語り手は完全に消去(中性化)されていないように思われる。そのことが、あるヒューモアの感覚を与えている。

ところで、語り手が露出するということは、「文」が露出するということである。漱石にとって、写生文はたんに新たな散文であったのではない。それは「文」の解放であり、ジャンルの解放である。『吾輩は猫である』にはさまざまな文が書かれている。手紙の候文、物理学的論文、山の手言葉、江戸弁、その他。『幻影の盾』や『草枕』から『坊っちゃん』に及ぶ文の多彩さはいうまでもない。

江藤淳は、二葉亭四迷の『浮雲』のような文章が、「その後日本の近代文学のなかで生きつづけるような文章をもたらしはしなかった」のに対して、高浜虚子の写生文はそのような文章たりえたといっている（江藤淳『リアリズムの源流』）。その通りである。しかし、それなら、漱石の写生文はどうだろうか。これほどの多様な文とジャンルを可能とするものとしての「写生文」は、「その後日本の近代文学のなかで」死滅したのである。内田百閒のようなひとがある一面を継承したことを除けば、それは弟子たちにもまったく受け継がれなかった。それは漱石にとって、写生文が、近代小説の基底になっていくものではなく、そこで抑圧される文とジャンルを解放するものを意味していたからである。

4

ここで、漱石が写生文にかんして述べた二つの特徴を想起しよう。第一に、それは「作者の心的状態」にかかわる。「作者の心的状態」とは、むろん漱石自身のことではなくて、語り手が「大人が小児を視る如き立場」だということである。大切なのは、写生文においては語り手が中性化(消去)されないということである。

写生文の語り手は、ある意味で「猫」のようなものだ。系譜的にいえば、『吾輩は猫である』は滑稽本のやり方だが、「猫」は滑稽本の作者(語り手)とはちがう。それはたんに上から見おろしているのではない。「吾輩」と威張っている語り手は、逆に見おろされているのである。たとえば、「吾輩」は迷亭の膝の上に這い上がってみる。《すると迷亭は「イヨー大分肥つたな、どれ」と無作法にも吾輩の襟髪を摑んで宙へ釣るす。》そのまま会話が進行し、「迷亭はまだ吾輩を卸《おろ》して呉れない」。

「猫」のこの無力は、彼が揶揄する知識人たちの無力と別のものではない。この無力は「吾輩」ということによって逆転される。しかし、それはニーチェがルサンチマンと呼んだ心理的倒錯やイロニーではない。それは、死刑囚が死刑執行の当日、茶を飲んで茶柱が立っているのを見て「今日はついてる」とうそぶくのと似ている。つまり、フロイトがいったヒューモアである。『吾輩は猫である』における滑稽さは、個々のおかしさではなく、この「世界」全体のおかしさなのだ。それをもたらしているのは語り手の「心的状態」(態度)であり、ヒューモアである。ニーチェが絶賛したローレンス・スターンのヒューモアについて、コールリッジはこういっている。


真のユーモアの中には、この世の営みが空しい茶番狂言であり、それがわれわれの中の神的なものといかに不釣合いであるかの認識が、必ず存在する。

（コールリッジ「ユーモアの本質とその構成要素」）

一体ユーモアと称しうるすべてに共通な、何か一つのユーモアの源というようなものがあるだろうか。（中略）それは、何か一般的なもの、普遍的なものを引合いに出すことであり、それによってこの世の有限的に大きなものは卑小なものと、また卑小なものは有限的に大きなものと、同列になってしまい、その結果はどちらも無限に比べれば無に等しいものになってしまうのだ。小は大とされ、大は小とされ、その結果は大も小も消滅する。それは、無限と対比するときすべては等しいからである。（中略）そのゆえにユーモアを解する作家は、スターンが特にそうであったように、さんざん前置きをならべたあげくに、最後は竜頭蛇尾に終る、或いは真っ向から矛盾する結論に終るのが好きなのだ。

（同前）

こうして、ヒューモアはどこかに完結するような「筋」をもちえない。漱石が写生文のもう一つの特徴としてあげた「筋がない」ということは、この意味においてである。近代小説の中性的な語り手と主人公の黙契においてあらわれる「自己」とは、ここから見れば、無力さを優位に逆転してしまうルサンチマンの産物でしかないことが示されるだろう。

この「筋がない」ことは、文が「た」で終らないことと関係している。たえず「現在」であるならば、それを因果性で統合することができないからである。ヒュームがいったように、因果性はたんに慣習でしかない。『坑夫』の「自分」は、次のように語る。

身体《からだ》が纏つてるもんだから、心も同様に片附いたものだと思つて、昨日と今日と丸で反対の事をしながらも、矢張り故《もと》の通りの自分だと平気で済ましてゐるものが大分ある。のみならず一旦責任問題が持ち上がつて、自分の反覆を詰《なじ》られた時ですら、いや私の心は記憶がある許りで、実はばら〳〵なんですからと答へるものがないのは何故だらう。かう云ふ矛盾を屢《しば〳〵》経験した自分ですら、無理と思ひながらも、聊《いさゝ》か責任を感ずる様だ。して見ると人間は中々重宝に社会の犠牲になる様に出来上つたものだ。

同時に自分のばら〳〵な魂がふら〳〵不規則に活動する現状を目撃して、自分を他人扱ひに観察した贔屓目なしの真相から割り出して考へると、人間程的《あて》にならないものはない。約束とか契《ちかひ》とか云ふものは自分の魂を自覚した人にはとても出来ない話だ。又其の約束を楯にとつて相手をぎゆ〳〵押し付けるなんて蛮行は野暮の至りである。（中略）

昨日は昨日、今日は今日、一時間前は一時間前、三十分後は三十分後、只眼前の心より外に心と云ふものが丸でなくなつちまつて、平生から繋続《つなぎ》の取れない魂がいとゞふわつき出して、実際あるんだか、ないんだか頗る明瞭でない上に、過去一年間の大きな記憶が、悲劇の夢の様に、朦朧と一団の妖氛《えうふん》となつて、虚空遥に際限もなく立て罩めてる様な心持ちであつた。（『坑夫』）

5

むろん、漱石はこれで終始したわけではない。のちに述べるように、彼は『虞美人草』以後、近代小説にはあるまじき「筋」、ほとんど「勧善懲悪」的な筋を導入している。にもかかわらず、それによって漱石が根本的に変ったわけではない。たとえば、漱石は『三四郎』、『それから』、『門』という三部作を書いてから、一年半の空白ののちに、『彼岸過迄』を書いたが、その序文で、「個々の短篇を重ねた末に、其の個々の短篇が相合して一長篇を構成するやうに仕組んだ」（「彼岸過迄に就て」）といっている。しかし、それは別に新しい趣向ではなくて、『吾輩は猫である』のように書くということにほかならない。

事実、この作品では、敬太郎は、「猫」の役割を果たすのである。敬太郎は「探偵」

に憧れそのようにふるまう。それは「猫」が「凡そ世の中に何が賤しい家業だと云つて探偵と高利貸程下等な職はない」といいながら、金田家に「忍び込む」のと似ている。彼は須永や千代子が形成する世界の周縁をめぐるだけでそこに入り込むことはない。《彼(敬太郎)の役割は絶えず受話器を耳にして「世間」を聴く一種の探訪に過ぎなかった》(「結末」)。しかし、主要な人物たちは、すべてこの敬太郎に対する「話」においてのみ登場するのである。

さらに、この序文で、漱石は、自分は自然主義者でもないがネオ浪漫派の作家でもなく、「ただ自分は自分である」といい、あるいは「文壇の裏通りも露路も覗いた経験のない「教育ある且尋常なる士人」に向かって書くのだといっている。こういう言い方に、漱石の孤立感の深さと決意のほどが示されていることがわかる。『彼岸過迄』は、その意味で、『門』のあと瀕死の大病をした漱石の再出発である。つまり、それはさまざまな意味での「死」をくぐってきた者の新たな出発である。が、それは同時に『吾輩は猫である』を書いた出発点への回帰なのである。

漱石は近代小説を書くつもりではじめたのではなかった。しかし、いつのまにか彼は小説家とみなされ、弟子たちもそう思っている。そうなれば、彼はさまざまな近代小説の流派のなかで位置づけられ批評される。ここで漱石が「自分は自分である」というのは、彼がもともと「近代小説」とは異質なものを追求していたことを、自分自身にも他人に対しても宣言しようとしたからである。これはとりわけ彼の弟子たちに対する宣言である。

ロマン主義といおうと、自然主義といおうと、そうした議論自体がすでに確立された「近代小説」の技法のなかで語られている。それはすでに一様化されているのだ。文体(スタイル)は、この均質化のなかでのみ意味を持つ。それは、均質的で中性的な文章が確立した後での差異でしかない。漱石の「差異」は、もっと根本的なものである。漱石は、江戸文学以来の滑稽本・読本・俳諧・漢詩といった諸ジャンル、あるいは多様なエクリチュールをいわば肉体的に所有していた。それは鷗外にもなかったものだ。だが、このことを、漱石自身もいう西洋文学と東洋文学の差異においてのみ見るのは的外れである。というのは、漱石を漱石たらしめたのは、たんにこうした日本語のエクリチュールの富ではなくて、彼が英文学においてロマン派以前の「小説」に通暁していたことだからである。とりわけ、ローレンス・スターンの『トリストラム・シャンディ』。

小説を自己言及的に解体してしまうこの驚異的な小説が、近代小説が確立されてまもなく書かれていることに注意すべきである。小説が新しいジャンルとして確立されたのは、リチャードソンの『パミラ』(一七四〇年)、フィールディングの『ジョゼフ・アンドルーズ』(一七四二年)においてだが、一七六〇年にはすでに、スターンの『トリストラム・シャンディ』の最初の二巻が出版されたのである。二十世紀に「意識の流れ」を書きはじめた前衛的な作家たちは、この作品の「前衛性」に驚く。しかし、実際のところ、それは驚くべきことではない。スターンにとっては、「近代小説」はなんら確固たるものには見えていなかったからだ。彼の前には、セルヴァンテスやラブレーがあった。近代小説の話法が確立されたのはロマン派以後なのである。

むろん、スターンには近代的な意識がある。たとえば、彼は語り手のたえまない脱線を、ロックの連想(観念連合)の心理学(哲学)に言及することでもっともらしく意味づけている(『トリストラム・シャンディ』一巻四章・二巻二章)。そのこと自体が脱線なのだが。しかし、スターンはロックよりも、同時代のヒュームに近いだろう。物質的実体はないというロックの懐疑を、ヒュームは精神的実体(自我)の同一性にふり向けた。ヒュームによれば、自我は連合(連想)の法則により恒常的に配列されている表象系列の集合観念にすぎない。自我は表象の束(a bundle of ideas)にすぎない。

哲学史的にいえば、この強烈な、しかしどこかヒューモラスな余裕にみちたイギリスの哲学者の懐疑に困惑したカントが、『批判』において超越論的な自己を確保しようとし、そのあと、ロマン派(ドイツ観念論)は「自己」を実体的に確信していった。哲学は、むしろヒューム―カントのレベルから後退したというべきであって、小説の「意識の流れ」派が依拠したベルグソンは何よりもヒュームに戻って考えたのだ。そうであれば、スターンの「新しさ」に今さら驚くことはない。しかも、スターンの仕事は「意識の流れ」などに還元されはしない。スターンが「連想」心理学からいう自己の多数性は、実質的には「文」の多数性、ジャンルの多数性とつながっている。

注目すべきことは、近代小説が確立されるその時期に、すでにそれを根本的に解体してしまうような作品が書かれてしまっていることである。しかし、それが「小説」というものなのだ。「小説」の発展などはありえない。漱石が『吾輩は猫である』から書きはじめたことの意義はそこにある。

漱石がスターンの影響を受けたというのは当っていない。彼はスターンを独自に発見したのだ。ある意味で、漱石は前ロマン派的な十八世紀英文学のなかに、日本のロマン派(近代小説)以前のものを重ね合わせていたといってよい。しかし、重要なのは、英文学を「自己本意」で読んだ漱石の「自己」である。理論的なエッセイにうかがわれる漱石の哲学的背景は、基本的にロック系統の心理学的なものである。彼も、主観(主体)をこうした連合観念の束としての自己、多数的な自己に引き戻した。「筋がない」ということは、「現実」だけでなく、「自己」についてもいえるのだ。『坑夫』の主人公がいうのはこのことである。

しかし、これはたんに理論的懐疑ではない。ブランケンブルクは精神分裂病を「生きられた現象学的還元」であるといったが、『坑夫』あるいは『行人』にあるのは、いわば「生きられたヒューム的懐疑」である。自分が自分であることの自明性をもちえないときに、「自己表現」とは何を意味するのか。漱石の作品は、近代小説の「自己表現」の形式をけっしてとりえないような「自己」をめぐっているのである。われわれは漱石という作家個人の「内面」や「生活」に立脚することを斥ける。だが、同時に彼の作品をテクスト一般の多義的な戯れに帰着させることをも斥ける。「自己」は漱石のテクストの裂け目においてのみ存するからである。

『吾輩は猫である』を讃えた大岡昇平はこういっている。

『虞美人草』以来彼の小説はいつもはっきりしたテーマによって組立てられている。彼の小説が今日でも生き延びて一種の古典的性格を持っている所以だが、元来テーマとは或る作品から読者や批評家が取り出すべきものである。それを作者が意図し出したのは、恐らく「詩学」の発達と関係がある。そしてテーマをはっきり出した作品、古典主義は阿諛の形式である。十七世紀では貴族に媚びたように、現代では民衆に媚びるのである。

『猫』「坊つちやん」『草枕』は誰にも媚びようとしなかった。「低徊趣味」はこういう自由の現われである。新聞小説を書くことによって、彼は或る意味で不本意ながら、人間の心理にテーマを見出さねばならなくなったわけである。その探求をあくまで誠実に行ったのは、彼の倫理性であり、光栄でもあったが、無理は「わざとらしさ」という形で作品に現れた。

しかし漱石はその作品や、「則天去私」の哲学より一廻り大きい存在である。彼の作品には謎はないが、作者自身には謎がある。その謎は『猫』の機智と警句の間に、スイフト論の中に、或いは「文学論」に引用された西欧の文学的感動の例の中にある。

（大岡昇平「序説」〔一九五五年〕、『小説家夏目漱石』所収）

大岡は、漱石が長生きすれば再び『吾輩は猫である』に帰着しただろうし、『虞美人草』以後の作品は迂回にすぎないという。これは一九五五年当時を考えれば、鋭い考察である。その時期の漱石論は、いわば「則天去私」の神話が支配的であり、まもなくこの神話を破壊しようとした江藤淳の漱石論も、『明暗』をもって日本においてあらわれた最高の近代小説とみなすものであったのだから。

しかし、『虞美人草』はそれほどおとしめられねばならないだろうか。この作品において露骨にあらわれる「テーマ」あるいは「筋」は、たんに漱石の読者に媚びた迂回でしかないだろうか。また、「テーマ」によって書かれたこれらの作品に「謎はない」だろうか。「彼の作品には謎はないが、作者自身には謎がある」と大岡昇平はいうが、「作者自身の謎」は「彼の作品」の謎にしかありはしない。

＊1　おそらくこの「た」は、フランス語でいえば、近代小説を支配した単純過去に対応するだろう。それについて、バルトは次のように書いている。《単純過去は、どんなに暗いリアリズムが問題である場合でも安堵感を与えるが、それは、単純過去のおかげで、動詞が、ある閉じられ、限定され、実体化された行為を表明し、物語が名前をもって、無際限のコトバの恐怖から逃れるからである。現実は痩せほそって、親しげなものとなり、文体のなかに入って、言語からはみ出しはしない》(『零度のエクリチュール』渡辺淳・沢村昂一訳)。ところで、バルトは、半過去形で書かれたカミュの『異邦人』について、それがこうした単純過去の機制をこえて「中性的な(零度の)エクリチュール」を実現したといっている。私がこの評論で「中性的」と呼んでいるのは、バルトがいうのとは逆のケースである。ただ、写生文について「現在」とか「現在進行形」といっているのは、フランス語では半過去に対応するといっていいかもしれない。

漱石試論 III

詩と死――子規から漱石へ

1

近代日本の代表的な小説家として知られているにもかかわらず、夏目漱石は「小説」を書こうとしたことはなかった。彼は「文」、つまり写生文を書いたのである。そこには、『吾輩は猫である』から『漾虚集』、『草枕』、『坊つちやん』に及ぶさまざまなジャンルがふくまれる。[*1] これらが、同時代の自然主義者たちの支配する文壇で、小説と見なされなかったのは、むしろ正当だった。漱石の特異性は、近代小説が確立されていた時期に、「文」を書こうとしたことにある。また、漱石はそれ以前に、『文学論』に代表されるような理論的仕事をしていた。これも、日本だけでなく、世界的に見て特異な仕事であった。しかし、これらは、たんに漱石の「天才」によって突然生み出されたものではない。その源泉に、漱石の親友、正岡子規がいる。漱石の特異性を見るためには、子規の特異性を見なければならない。

われわれは、近代小説と言文一致の問題を考えるとき、坪内逍遥や二葉亭四迷が切開いたような道筋を中心にしてしまいがちである。つまり、最初から小説を書こうとした者を中心として。そうした偏見に対して、芥川龍之介は異議を唱えた。

しかし僕の言ひたいのは「しやべる」ことよりも「書く」ことである。僕等の散文も羅馬《ロオマ》のやうに一日に成つたものではない。僕等の散文は明治の昔からじりじり成長をつづけて来たものである。その礎《いしずゑ》を据《す》ゑたものは明治初期の作家たちであらう。しかしそれは暫く問はず、比較的近い時代を見ても、僕は詩人たちが散文に与へた力をも数へたいと思ふものである。

夏目先生の散文は必しも他を待つたものではない。しかし先生の散文が写生文に負ふ所のあるのは争はれない。ではその写生文は誰の手になつたか？　俳人兼歌人兼批評家だつた正岡子規の天才によつたものである。（子規はひとり写生文に限らず、僕等の散文、――口語文の上へ少からぬ功績を残した。）かう云ふ事実を振返つて見ると、高浜虚子、坂本四方太等の諸氏もやはりこの写生文の建築師のうちに数へなければならぬ。（勿論「俳諧師」の作家高浜氏の小説の上に残した足跡は別に勘定するのである。）けれども僕等の散文が詩人たちの恩を蒙《かうむ》つたのは更に近い時代にもない訣ではない。ではそれは何かと言へば、北原白秋氏の散文である。

僕等の散文に近代的な色彩や匂を与へたものは詩集「思ひ出」の序文だつた。かう云ふ点では北原氏の外に木下杢太郎氏の散文を数へても善い。

（『文芸的な、余りに文芸的な』昭和二年）

芥川は、ここで二つの異なった源泉をもった散文を無造作に並べている。一つは、写生文であり、これは正岡子規の俳句や短歌の革新に由来する。それは、「ホトトギス」（俳句）系の高浜虚子や「アララギ」（短歌）系の伊藤左千夫・長塚節らの写生文である。これらは、いずれも子規にはじまっている。もう一つは、子規とは別の詩の革新、すなわち新体詩に由来するもので、それは実は和歌にはじまっている。自然主義者の作家、島崎藤村や田山花袋などは、もともと桂園派の歌人であり、それから転じて新体詩の詩人に転じ、さらに小説を書きはじめたのである。芥川のいう北原白秋も歌人であった。要するに、この二つは、俳句と和歌の二系列に分かれるのである。

しかし、この二つの源泉は、無関係のものではなくて、互いに対立するものである。芥川は、こうした対立を無視して、あたかもそれらを綜合する立場に立っているかのように書いている。実際、大正時代には、これらの二系列は融合してしまっている。おそらく、子規のいう「写生文」の特質を保持していたのは、夏目漱石のみである。

芥川は、近代日本の散文の源泉が詩にあることを指摘する。が、彼の言い方は、圧倒的な優位にある小説家がときどき思いだしたように詩を称えるのに似ている。文学の源泉は詩にある、と。しかし、そうした「詩的なもの」は、きまって詩とは無縁である。それは、そもそも「詩」という言葉自体の「源泉」が忘れられているからである。

具体的にいえば、今日、ひとは、詩と歌と俳句を分け、詩人・歌人・俳人を区別している、あたかも歌や俳句が詩でないかのように。この区別はある時期からはじまっている。明治中期までは、詩とは漢詩のことであり、歌や俳句と区別されていた。そこに、poem の翻訳として「詩」という概念がもちこまれたのである。そのとき、一方で、西洋的な詩を、特にロマン派の詩を「詩」と呼ぶこと、他方で、歌、俳句、漢詩をふくめた一般概念として「詩」をとらえることが、同時に生じたのである。同じことが、novel の翻訳としての「小説」についていえる。

詩や小説の革新は、そもそも「詩」や「小説」という概念を受けいれたところからはじまっている。「詩」や「小説」を普遍的な概念として受けとめたとき、はじめて従来の和歌や俳句、あるいは物語や戯作を統一的に見る視点が生まれたのである。だが、同時に、その場合、西洋(近代)の詩や小説が普遍的だと見なされた。最初の「革新」がはじまったのはそこからである。「新体詩抄」(明治十五年)の「序」は、日本の短詩を否定した。これは、西洋の詩を普遍的な基準として、和歌や俳句を否定することである。この新体詩は、「鹿鳴館」や演劇の改良に象徴されるように、明治政府によって先導された「欧化主義」の流れに沿うものである。それは、坪内逍遥の小説改良についてもあてはまる。

和歌から新体詩、ロマン派の詩、さらに自然主義小説への歩みは、スムーズである。それは、たんに西洋化であったから。しかし、子規の俳句革新の運動は、そこからではなく、逆にそれに対抗してはじまったのである。いうまでもなく、子規は西洋の詩を拒否したのではない。逆に、彼は一般概念としての「詩」を根本的に受け入れたのだ。そうであるがゆえに、俳句や和歌を西洋化するかわりに、それを「詩」たらしめようとし、その詩的根拠を問うたのである。皮肉なことに、詩という語は、根本的に詩の根拠を問うた子規の側にではなく、和歌から新体詩へと進んだ側に付与された。また、子規自身がのちに、詩と区別される俳句や短歌の始祖と見なされてしまった。

しかし、この発端には、おそらく俳句と和歌の差異がある。子規の改革は、俳句から和歌、散文にいたるが、この時間的順序に拘泥することは不毛である。子規の改革の核心は、つねに俳句にあった。彼の和歌革新とは、いわば和歌を俳句にすることであり、写生文とは散文を俳句にすることである。なぜ俳句なのか。「新体詩」派が、日本の短詩形を否定したのは、それが意味内容を十分にもちえないからであった。そうであれば、「革新」とは、それを長くすることであり、もっと長くすれば、それは小説になってしまう。さしあたっていえば、「新体詩」派に対して日本の短詩形を擁護するためには、和歌ではなく、最も短い俳句を「詩」たらしめることが必要だったのである。

とすれば、子規・漱石と彼らの差異は、詩の「改革」をいかなる形で通過したかによっているといわねばならない。この差異は、ある意味では、俳句と和歌の差異である。正岡子規の文学革新運動は、俳句、和歌、写生文に及んだけれども、その核心は俳句にある。もっと正確にいえば、それは、俳句がもつ可能性を近代的な意味で取りだそうとしたことにある。

2

芥川は、写生文を正岡子規の「天才」に帰している。それは、こうした詩の改革と散文の形成をたんに文芸的に見ることである。それは、「文芸的な、余りに文芸的な」見方にすぎない。これらの二つの詩的源泉にあった対立は、むしろ政治的なものである。子規の俳句や短歌の革新は、陸羯南《くがかつなん》の主宰する新聞『日本』を主な舞台としてなされている。陸羯南の「日本」主義は、皇室を中軸とする、国民の権利幸福の平等という考えである。これは、実は、政府の天皇絶対観とは似て非なるものである。「国民の観念中には貴族なく平民なく民権なく君権なければなり」(陸羯南「国民的の観念」『日本』明治二十二・二・十二)。したがって、これは、佐幕派の旧士族によって支持された。子規もその一人である。

明治二十年代に「日本」派の主張がある説得力をもったとしたら、それがある意味で、典型的にナショナリズムを示していたからである。すなわち、ナショナリズムは、内部においてこういう「平等主義」あるいは「平民主義」をもっていなければならない。それは、国家主義とも、国学系統の国粋主義とも決定的に異質なのである。「日本」派のナショナリズム(国民主義)は、欧化主義と国粋主義のいずれに対しても対立するものとしてあった。杉浦明平は、『日本』でなされた子規の議論を、「日本」派の文学政策として見ている。《それはじつに富国強兵、国権拡張のために大胆に西欧文化を採入れようとした明治二十年代における日本的な要求そのものであった》。

……それらの新旧文学の洗礼をうけたのち、かれは庶民文学たる俳句に傾倒していたのである。なるほど俳諧は江戸時代の庶民のつくりだし伝来せる封建文学ではあるがしかし明治の民が決してすぐれて近代的な市民でなかったことを、今さらしく論じる必要もあるまい。とはいうもののやはり封建の民そのものでもなかった。多少とも文明開化の風に吹かれてチョンマゲも切りおとしていたのである。だから子規は俳諧のもつ庶民性をえりわけて、健康な創造力を孕んだもののみを取りあげることによって、俳句の革新運動を急激に展開した。つまり新体詩でもなく小説でもなく、俳句(続いて短歌)という伝統的詩型に明治の民の声を吹込もうとする点において、「日本」派の運動にドンピシャリと合っていたわけである。短歌ではすでに日南が万葉調の作品を作っており、これが子規の短歌改革論(つまり万葉への復帰を含んだ歌論)を準備していたともいえる。

いな、子規じしんの階級性が「日本」派の人々とほぼ一致していたのだ。

(『「薄ツぺらな城壁」をめぐって』昭和二十九年)


むろん、杉浦がいうように、この「一致」は、明治二十年代だけである。そして、「日本」派がこの時期に広い影響力をもちえたのは、その国民主義的な面による。つまり、そのナショナリズムは、政治的な言説においてではなく、「文学」においてこそ存在したのであり、その意味では、子規の政治的な言及よりも、その文学改革そのものにナショナリズムの核心を見るべきである。したがって、それは、狭義の「日本」派の範囲をこえて考察されねばならない。

たとえば、子規のように政治的にコミットしなかった漱石も、つぎのように言っている。《憾む所のものは日本に国民を代表すべき程の文学なきにあれど或る点に於ては却つて西洋の文字よりも人間を高尚優美にする者なきにあらず且つ俳偕の如き日本只一の文字にして而も平民的の文学なり》(「中学改良策」明治二十五年)。こうした「平民的の文学」と「国民を代表すべき程の文学」を求め、それを俳句に見いだす漱石の視点は、必ずしも子規あるいは「日本」派の影響によるのではない。士族意識のまだ濃厚だった子規と違って、漱石の「平民主義」は徹底しているからである。*2

3

子規の「大野心」は、たんにこの時代のナショナリズムを文学領域で充たすものにとどまりえない。彼は明らかに俳句を「国民」の文学として選んだ。だが、それはなぜ和歌ではなく、俳句なのか。すでにいったように、それは、短詩形一般の問題に解消されないし、また、「平民的」であるということにも還元しえない。俳句という形式そのものに、その鍵が見いだされねばならない。

たとえば、「歌よみに与ふる書」には、国学派系に対する批判がある。「皇国の歌は感情を本として」とか「日本文学の城壁とも謂ふべき国歌」といった反論に対して、子規はつぎのように答える。

従来の和歌を以て日本文学の基礎とし城壁と為さんとするは弓矢剣槍を以て戦はんとすると同じ事にて明治時代に行はるべき事にては無之候。今日軍艦を購ひ大砲を購ひ巨額の金を外国に出すも畢竟日本国を固むるに外ならず。されば僅少の金額にて購ひ得べき外国の文学思想抔は続々輸入して日本文学の城壁を固めたく存候。生は和歌に就きても旧思想を破壊して新思想を註文するの考にて、随つて用語は雅語俗語洋語漢語必要次第用ふる積りに候。

（「六たび歌よみに与ふる書」）

このような比喩、つまり「薄ツぺらな城壁」という比喩が、たとえば、杉浦明平をして先に引用した評論を書かせたのである。しかし、この比喩は、批判者の用いた比喩の延長にすぎない。子規にとって肝心なのは、「日本文学の基礎」を問うことであり、それは、「文学の基礎」を普遍的に問うことなくしてありえないという認識であった。それは、また「雅語俗語洋語漢語必要次第用ふる積りに候」という言葉に示されるように、言語への注目である。それらは、すでに、「俳諧大要」において十分に示されている。

たとえば、詩が長くなければならないというのであれば、事実そうなったように、詩は小説に移行するほかない。ポーは、『詩の原理』において、詩は短くなければならないといっている。詩それ自体の純粋性は、その短さに求められるほかない。とすれば、子規による短詩形の擁護は、日本の詩の擁護ではなく、本質的に「詩の擁護」なのである。それは、同時に、文学を文学たらしめる「基礎」を問うことである。彼は「理論的」でなければならなかった。それは、当時輸入された「文学理論」や「美学」のようなものとは別である。

世界的に最も短いと思われる詩形式(俳句)を取りあげたとき、彼は、まさにそのことによって、普遍的な問いを問わねばならなくなった。あるいは、まさにそのために、俳句を選んだといってよい。俳句を対象とすることは、言語が詩でありうるぎりぎりの本質を問うことからはじめることを意味する。それは、子規の方法を形式的なものたらしめる。なぜなら、俳句は、その短さのゆえに、意味内容(子規の言葉でいえば「理想」あるいは「思想」)によっては十分に論じえないことは明白だからだ。そして、事実、同時代の西洋において、かくも「言語」に焦点をしぼった批評家はいない。それゆえ、この特殊日本的な俳句こそが、普遍的な課題を問う出発点としてありえたのである。

たとえば、子規が「俳諧大要」(明治二十八年)において掲げるのは、つぎのような原理である。

俳句は文学の一部なり。文学は美術の一部なり。故に美の標準は文学の標準なり。文学の標準は俳句の標準なり。即ち絵画も彫刻も音楽も演劇も詩歌小説も皆同一の標準を以て論評し得べし。

(「俳諧大要」第二)

むろん「美の標準は各個の感情に存す」がゆえに、「先天的に存在する美の標準」はないし、あったところで知りようがない。しかし、「概括的美の標準」はある、と子規はいう。ここで彼がいうのは、二つのことだ。俳句は、芸術(美)の一部であり、東洋であろうと西洋であろうと、芸術であるかぎり、同一の原理の中にあるということと、そして、それは、個々の感情に根ざすとはいえ、知的に分析可能なものであり、したがって、批評が可能であるということである。

たとえば、ひとは、特に俳句のようなものにかんしては、それを特殊なものとして見捨てるか、その内部で閉鎖的に特権化してしまう。もちろん、それはのちに子規がもっと激烈に批判した「和歌」にかんしてもあてはまる。彼らは、理論に対して、分析しえないような微妙な神秘的な何かがあると抗弁するだろう。しかし、俳句や和歌だけでなく、もっと広くいって、ひとが日本文学を、西洋文学とは異質なものとして、つまり分析不能あるいは分析を拒否するものとして表象してしまうとき、同じことをやっているのである。子規がいうのは、とりあえず、こうした差異を廃棄するところからはじめなければならないということである。《俳句の標準を知りて小説の標準を知らずといふ者は俳句の標準をも知らざる者なり。標準は文学全般に通じて同一なるを要するは論を俟たず》(「俳諧大要」第七)。しかし、こうした同一性の主張は、さまざまに異なるジャンルを捨象してしまうことを意味するのではない。その逆に、子規は、ジャンルの意味を確保するためにこそ、あたかも自律的に存在しているかのように見なされている諸ジャンルから、その例外性や特権性を剝奪するのだ。その上でのみ、諸ジャンル genre は、その生成 genesis における「差異」として見いだされるのである。

俳句と他の文学との音調を比較して優劣あるなし。唯ゝ諷詠する事物に因りて音調の適否あるのみ。例へば複雑せる事物は小説又は長篇の韵文に適し、単純なる事物は俳句和歌又は短篇の韵文に適す。簡樸なるは漢土の詩の長所なり、精緻なるは欧米の詩の長所なり、優柔なるは和歌の長所なり、軽妙なるは俳句の長所なり。然れども俳句全く簡樸、精緻、優柔を欠くに非ず、他の文学亦然り。

（「俳諧大要」第二）

ここで、俳句ははじめて一つの固有のジャンルとして見いだされる。しかし、こうした手続きには、それとは逆のプロセス、マルクスなら、下向に対して上向と呼んだであろう過程が同時にふくまれている。つまり、子規は一般的な詩学や美学からはじめて特殊を説明したのでもなく、特殊を一般化したのでもない。俳句という特定の歴史的に存する形式への精密な考察なしに、「古今東西の文学の標準」に至ることはできないのであり、しかも、それは、後者をすでに念頭に置くことなしにできないのである。このことは、文字どおり「古今東西」の文学を形式的に考察しようとした『文学論』の漱石の意志とつながっている。*3

子規や漱石が特異な詩形式に固執したことは、彼らの普遍性への志向とすこしも矛盾しない。漱石の『文学論』は、もともとロンドン(一九〇二年)では、「趣味の差違」という題目のもとに、「自分の立場を正当にするために」構想されたのである。彼の考えでは、趣味の普遍性は全体に及ぶものではない。ある素材に対するわれわれの反応は、文化的・歴史的差異によって違っている。《趣味と云ふ者は一部分は普遍であるにもせよ、全体から云ふと、地方的《ローカル》なものである》。だが、普遍的なものがあるとすれば、それは、材料ではなく、「材料と材料の関係案排の具合」にある。

……此材料の相互的関係から生ずる趣味は比較的土地人情風俗の束縛を受けぬ丈夫丈《それだけ》普遍的なものであつて、人によつて高下の差別はあるが種類の差別は殆んどなからうと思はれるから、如何に外国に生れた日本人でも適当に発達した趣味さへ持つてゐれば、夫が唯一の趣味なので、之を標準にして外国人にも之を呑み込ましめて成程と合点させる事の出来るものである。

(『文学評論』序言)

趣味すなわち知覚の様式の歴史的累積の相対性に対して、漱石は、関係すなわち構造の普遍性をもってくる。こうした姿勢は、かつて私が指摘したように、ロシア・フォルマリストに先行するものである(「風景の発見」『定本 日本近代文学の起源』参照)。この姿勢は、西洋=文学の外部に立つ者によってしか不可能である。したがって、私は、以前には、漱石の『文学論』を、その時代において、世界的に特異な、したがって孤立した企てだと思っていた。しかし、漱石のいう「自己本位」の姿勢は、突然ロンドンで確立されたのではない。彼はもともと「自己本位」でやろうとしていたのであり、そうであるがゆえに、彼の苦痛も大きかったのだ。いうまでもなく、この「自己本位」は、彼がちょうどロンドンに留学中に死んだ親友、正岡子規によって共有されていたものである。

子規のいう「大野心」は、欧化主義者とはいうまでもなく、「日本」派とも異質な、普遍性への志向にある。だが、それはきわめて特異なものである俳句を前提することなしにありえない。

4

江藤淳は、一九七〇年代の初めに、日本のリアリズムの源流を、二葉亭四迷の言文一致運動とは別の所、つまり子規のはじめた写生文に求めた。これは画期的な論文だったといえる。私は、『日本近代文学の起源』において、彼の考察に従っていた。しかし、現在、私は、とりわけ子規にかんする見方において、それを大幅に修正しなければならないと感じている。

江藤淳は、高浜虚子が子規の死後に書いた「写生趣味と空想趣味」(明治三十七年)というエッセイを引用して、虚子と子規の違いを強調している。それは、子規と虚子が「空想趣味」をめぐって対立した論争を回想したものだが、江藤淳は、それにもとづいて、子規にとって、写生の客観性は無限に自然科学の客観性に近いという。

……これに対して、虚子にとっては、「夕顔の花」はいくら「写生」的、あるいは客観的に用いようとしても、言葉という一点から離れられぬものである。それは対象を指示はするが、決して透明な記号にはなり切れない。(中略)したがって、もし俳句における「写生」が言葉によって成立するものなら、それは厳密には「古人の知らぬ新たらしい趣味」などというものではあり得ず、どこかに「歴史的連想」の附着したものでしかないはずである。(『リアリズムの源流』昭和四十六年)

しかし、子規の死後に書かれた、高浜虚子の回想には注意を要する。たとえば、「俳諧大要」において、子規は、まさに虚子が主張していることを、より正確に書いているのだ。「正確に」というのは、彼は「空想」とか「写生」とか「主張」とかいった語を、そのつどの文脈で定義しており、別の文脈では違った意味で用いることをつねに明らかにしていることであり、虚子のように俳人仲間でしか通じないような直観的ジャーゴンをもちいないということである。たしかに、子規も漱石も「科学」的であろうとする。だが、それは文学を「自然科学」的に見ることではなく、それを普遍的に問い直すことを意味するだけである。しかし、これに似た「大誤解」は、以前からあった。

生の写実と申すは合理非合理事実非事実の謂にては無之候。油画師は必ず写生に依り候へどもそれで神や妖怪やあられもなき事を面白く画き申候。併し神や妖怪を画くにも勿論写生に依るものにて、只と有りの儘を写生すると一部々々の写生を集めるとの相異に有之、生の写実も同様の事に候。是等は大誤解に候。

（「六たび歌よみに与ふる書」）

「詩」という事実性を「合理」的に認識しようとする姿勢と、詩は合理的でなければならない、空想を排除しなければならないなどという態度が異なることは自明である。そして、言語が「歴史的連想」を伴うというようなことは、子規にとっていうまでもないことであった。《自ら俳句をものする側に古今の俳句を読む事は最必要なり》、《古句を半分位窃み用ふるとも半分だけ新しくば苦しからず》(「俳諧大要」第五)。

月並を斥けるためには月並に習熟しなければならない、と子規はいう。膨大な「俳句分類」をやったのは子規その人である。「写生」とは、むしろ過去のテクストとの「差異」においてのみ可能なのだということ、それは、空想とか現実とかいった言語外の対象自体に存するのではないということを、彼は最も理解していた。大岡信は、子規の和歌にかんして、古今調を修練した時期があったこと、のみならず晩年の短歌においては、枕詞を愛用したことを指摘している(『日本語の世界11』)。たとえば、有名な「藤の花」十首のなかに、つぎのような歌があるとき、子規が「歴史的連想」を拒否したといえるだろうか。《藤なみの花をし見れば奈良のみかど京のみかどの昔こひしも》。

子規がいう写生文の「写生」は、俳句にかんしていわれた「写生」である。それに対して、リアリズムという意味での「写生」の観念は、西洋においてはありふれており、すでに、当時の日本でもそうだった。子規の独創は、何よりも「写生」を俳句において見いだしたということなのである。子規自身も絵画(油絵)における写生を見習ったといっている。しかし、実際に彼が俳句にかんして「写生的」とか「絵画的」といっているのは、すべて言葉にかかわっている。

たとえば、子規が蕪村の句や実朝の歌に絵画性を見るのは、彼らが漢語を使っているところ、あるいは助辞が少なく名詞が多いところである。和歌の腐敗について、彼はいう。《此腐敗と申すは趣向の変化せざるが原因にて、又趣向の変化せざるは用語の少きが原因と被存候》(「七たび歌よみに与ふる書」)。それゆえに、「用語は雅語俗語洋語漢語必要次第用ふる」というのである。

要するに、「写生」という観念よりも大切なのは、言葉であり、言葉の多様性であり、その差異化である。この意味で、俳句はもともと写生的だといえるだろう。それは、たんに庶民文学だったのではなく、その用語において「平民主義」的だったからだ。そこには、滑稽さをふくめて、固定した文語への反抗があった。したがって、「写生」という言葉で語られているのは、言語の多様性の解放なのであり、「写生文」の本質も実はそこにある。むろん、のちにのべるように、それを自覚していたのは漱石だけである。たとえば、『吾輩は猫である』には、当時の東京に存在した多様な表現形式が用いられており、それは高浜虚子や長塚節の平板な写生文とは決定的に違っている。

5

たぶん、子規自身の理想はつぎのような「大文学」にあったといえるだろう。《空想と写実と合同して一種非空非実の大文学を製出せざるべからず。空想に偏僻し写実に拘泥する者は固より其至る者に非るなり》(「俳諧大要」第七)。だが、これは、漱石がシェークスピアについていったことと同じなのだ。つまり、特殊俳句に限定されることではない。

こうして見ると、虚子の回想は戦略的な誇張・歪曲であることがわかる。それは、子規の一側面を受け継いだ河東碧梧桐《かわひがしへきごとう》との対立を、逆に過去に投射しているのである。山本健吉はいっている。

碧梧桐が抱いた近代の詩人的決意を棄て、碧梧桐が棄て去つた特殊文学としての俳句固有の方法論を追求し完成しようとした。言はば俳句が、近代の詩歌たらんとする誇りを棄て、大衆の深層との伝統的な繋りの糸をもう一度手ぐり寄せ、わが身に確保しようとしたところに、彼の成功の秘訣がある。加ふるに、碧梧桐派の饒舌な理論闘争に対して、彼は無理論を以て拮抗した。そして大衆の支持を得るためには、この方がかへつてよかつたのである。

（「高浜虚子」筑摩版明治文学全集56）

山本健吉は、この論の中で、「偉大な俗物」としての虚子を描いている。むろん、彼自身は虚子を擁護するためにいっているのだが、しかし、ここから、虚子が子規を巧妙に利用したやり方が自ずと読みとれるのである。たとえば、虚子は、「子規居士と余」や子規をモデルにした小説「柿二つ」などで、子規に「後継者」になれといわれて断わった話を書いている。子規が後継者を求めるというのは、奇妙である。それは、彼が否定した宗匠たちの慣習なのだから。しかし、子規は、俳句における後継者を求めたのではあるまい。もしそうなら、和歌にも後継者を求めなければならないだろうから。実際、伊藤左千夫や長塚節のように子規の運動をアララギ派として「後継」して行ったものがいる。が、彼らには、俳句界のように暗黙に「後継者」を競うような意識はない。

虚子の回想がかりに事実だとしても、子規の望んでいた「後継者」はそういうものではなかっただろう。死を運命づけられていた子規は、何を虚子に「後継」してほしかったのか。それは彼の「大野心」を受け継ぐことである。つまり、そのためには学業を続けねばならないような仕事、つまり、より基礎的に文学を問うような仕事である。しかし、学校を放擲して小説家を夢見ている虚子に、それを期待しえなかったことはいうまでもない。むしろ碧梧桐の方が、俳句を「詩」たらしめようとする子規の後継者であった。

しかし、虚子は、子規の「後継者」たることを拒否したことを伝説化することで、間接的に、子規の後継者であることを主張したのである。これは、一種の貴種流離譚の捏造にほかならない。のみならず、彼は、もともと子規が否定していた宗匠的慣習をつくることをそれによって正当化したのだ。「無理論」によって「大衆の支持」を獲得したのである。山本健吉によれば、虚子は、よく「日本の全人口の百分の一が俳句をつくる」といったそうだが、むろんその中心に「黙って」君臨しているのは自分だということをいいたいのだ。

江藤淳は、碧梧桐の句が「空間的」であるのに対して、虚子の句は「時間的」であり、すでに小説的であるという。しかし、この分析自体が子規によることに注意すべきだろう。虚子には、そういう分析力もその必要性の意識もないのだ。また、江藤淳はいう。それゆえに、「彼はやがて写生文におもむき、日本のリアリズム小説に「活《い》」きた文章をあたえることになる」と（『リアリズムの源流』）。

しかし、虚子が俳句から写生文・小説に転じて行ったというのは正しくない。むしろ子規と虚子の対立の源泉は、虚子がもともと小説家を目指していたことにあった。虚子の「子規居士と余」によれば、西鶴が俳人であったといわれて俳句をやる気になったのであり、それ以後も小説家をめざして高等学校を中退している。つまり、彼はすでに西鶴が「リアリズム」の祖として評価された時代に、小説家を志望していたのであって、子規に出会って「俳句」や「写生」を説かれる前に、リアリズムを考えていた。彼の俳句が「時間的」になるのは、その意味で、当然である。

虚子はいわば、その意志なしに小説から俳句に至ったのだ。であれば、小説に向かうのは必然である。だが、またその後に、小説に挫折して俳句に戻ったのも当然なのだ。学生時代もそうしたのだから。彼は本質的に、子規がいう「写生」の問題を、そして「俳句」にこそはじまるような問題を考えていなかった。子規がいう意味での「写生」の問題を考えていて、しかも小説に向かったのは、漱石だけである。実際にも、虚子が小説を書きはじめたのは、彼の主宰する雑誌に漱石が書きだした後である。むしろ、虚子が漱石の影響を受けたというべきであろう。

また江藤淳は、学生だった志賀直哉らが虚子に「ファン・レターめいた手紙」を書いたことを指摘して、つぎのようにいっている。《直哉が虚子にそれほどの親近感を覚えていたというのは、二人のあいだに地下水のようにリアリズムへの志向が共通していたからと推測される。雑誌『白樺』が創刊されたのは、この二年後である》。しかし、虚子と志賀直哉の共通性は、理論の拒否、分析の拒否にある。漱石がいったように、写生文には筋がないとするならば、そのことは、漱石がいうのとは違った意味で、彼らに受けつがれていったということができる。つまり、それはやがて「心境小説」となったのである。

いわゆる私小説は、田山花袋の『蒲団』において、西洋的な小説を構築することがねじ曲げられたところに始まったとされている。しかし、私小説の本流は、いわば「心境小説」であり、それは、高浜虚子・志賀直哉の写生文にあるというべきである。そして、それが成立するのは、漱石がいうような「差違」の意識がなく、したがって、「普遍性」への懐疑と要求もなく、あたかも日本がすでに西洋と並ぶ近代社会であるかのように考えられはじめた大正時代(日露戦争後)の言説空間においてである。そこにおいて、逆に、日本の「特殊性」を主張する議論が出てきたのだ。俳句や和歌が、子規においてそうであったように「詩」の普遍性という視点から問われることなく、たんに「特殊」なものとして隆盛して行ったのも、この時期であった。

6

たとえば、子規はアジア大陸が世界の中心にあると主張し、また富士を特権化している。《乃ち知る、富士は日本国民を代表するのみならず日本国其物をも代表せるを。富士を仰望せらるゝ所以の者偶然に非るなり》(「東洋八景」明治三十一年)。一見すれば、これは、彼の偏狭なナショナリズムを示しているように見える。それに対して、ロマン派詩人は、国木田独歩がそうであるように、そうした過去の言葉から絶たれた「風景」を見いだした。しかし、この方が、アメリカに於てエマソンがそうであったように、近代ナショナリズムにつながるのである。

かつて私は、国木田独歩にかんして、「風景」は、外界を拒否する「内的人間」によって見いだされると書いたことがあった(「風景の発見」)。その「風景」とは、カントの言葉でいえば、美ではなく崇高(サブライム)であり、また、独歩が見いだしたのは、外的な対象ではなくて、それに対する超越論的な自己の優位であった。

美が感覚にもとづき、また事物の「合目的性」の発見によるのに対して、崇高は、人を圧倒し畏怖させ無力に感じさせるような風景から生じる。それは、もはや外的な事物や感覚によるのでもなく、われわれの内なる理性の無限性によるのだ、とカントはいう。

それだから我々が、自分のうちにある自然に優越し、それによってまた我々のそとにある自然(それが我々に影響を与える限りにおいて)にも優越するものであることを自覚し得る限り、崇高性は自然の事物のうちにあるのではなくて、我々の心意識のうちにのみ宿るのである。そこで我々の心にかかる感情を喚びおこすところの一切のものは(本来の意味においてではないにせよ)崇高と呼ばれる、そして我々の心力に挑む自然の威力は、実にこのようなものに属するのである。我々のうちにはかかる理念が存するという前提のもとでのみ、またかかる理念に関してのみ、我々は存在者そのものの崇高性の理念に到達し得るのである。そしてかかる存在者こそ、彼が自然において証示するところの彼の威力によるばかりでなく、それにも増して我々のうちに宿る能力、即ち恐怖の念を懐くことなくこの威力を判定し、また我々の本分をいささかも恐怖に煩わされぬものと思いなすところの能力によって、我々のうちに甚深な尊敬の念を喚起するのである。

(カント『判断力批判』篠田英雄訳)

それに対して、子規が固執しているのは、過去の歌や俳句、すなわち言葉であった。

「富士」もまた言葉なのだ。彼のいう「写生」は、その言葉のなかでの差異化にほかならなかった。たとえば、現代の俳句に、「この国の言葉によりて花ぐもり」(阿部青蛙)という句がある。ここから、「花ぐもり」は実在するものではなく、たんにこの国の詩歌によって存在するだけだという批評を読みとるのはつまらない。むしろ、この批評性は、「花ぐもり」という言葉そのものを、対象との結びつきから切り離して露出させるのだ。とすれば、写生とはとても見えないこの句は、子規的な意味で「写生」的なのである。

それに対して、注目すべきことは、国木田独歩の「風景」が、アイヌ語以外の言葉あるいは詩歌におおわれていなかった北海道の原野において見いだされていることである。それは、言葉を離れた対象、あるいは言葉を越えた「自己」を見いだすことである。その意味では、子規は「風景」を発見していない、あるいは、それを拒否しているといってもよい。彼は、差異としての言葉以外に、あるいは、言葉の差異以外に、「自己」も「対象」も認めなかった。

先に、私は、子規は最も短い俳句を選んだとのべた。しかし、俳句はたんに短いのではない。それは、和歌において、下の句の七七によって、完了し内面化されてしまうものを、中途で切断してしまうものであり、そうであるがゆえに、切断＝未完成を含んでいる。したがって、短さが短さに終わらない。

俳句における「写生」性は、そのことと関係している。つまり、俳句は、物がリアルに描かれているからではなく、内面化される手前での中断をはらむがゆえに、即物的に見えるのだ。子規はいう。「発句に於ては、歌よりも短しと雖も。一種特有の質ありて。言外に余情を含蓄するに於ては。詩や歌の比にあらず」（「発句と新体詩」『俳諧矯風新誌』明治二十三・十二）。しかし、この「余情」は、内面的に回収することを拒む中断から生じるというべきである。

具体的にいえば、俳句の恋愛詩は、かりにありえたとしても、考えにくいだろう。対照的に、新体詩系の詩人は、おおむね桂園派の歌人からきており、したがって、恋愛抒情詩である。しかるに、子規の和歌改革は、先にのべたように、和歌を俳句にしてしまうことである。和歌から新体詩形へ移行したロマン派詩人は、和歌の字数を引き延ばしたという意味もふくめて、自身同じコースをたどった柳田國男がいったように、和歌の「延長」なのだ。いいかえれば、新体詩から小説へという「革新」のコースには、本質的に子規がいうような「革新」が存在しないのである。

俳句がこうした抒情的自己完結を拒むことは、それが連歌における「発句」が自立したものだという起源からも明らかである。そこでは、和歌の自己完結性が、他者によって破られざるをえない。だが、連歌・連俳には、大岡信のいう「宴」が前提とされる。この「宴」には、もともとあった「他者」が欠落してしまう傾向がある。それは、同好者の共同体として、宗匠制度の根拠となる。子規が連俳を拒否したのは、俳句を「詩」

たらしめようとしたからだといえる。それは、俳句を個に閉じられた近代詩たらしめることではなく、けっして内面化しえない他者性をもたらすことであった。他方、虚子が連俳を積極的に回復したとき、それは近代詩への懐疑に根ざしていたのではなかった。したがって、それは宗匠制に帰着しただけである。

連俳を排した子規の意図は、俳句の、切断性あるいは反完結性を強めることであったといってよい。それは、俳句をたえず「現在」たらしめる。写生文が「現在形」で終わっているのは、そのためである。和歌が上下の句の反照関係によって「時間」を持ち、したがって物語を内在させているとすれば、俳句はそれを切断する。漱石が、写生文の特質の一つを、筋がないことだといったのは、その意味である。《筋とは何だ。世の中は筋のないものだ。筋のないもの丶うちに筋を立て丶見たつて始まらないぢやないか。(中略)筋がなければ文章にならんと云ふのは窮窟に世の中を見過ぎた話しである》(「写生文」明治四十年)。

むろん、写生文は、「筋」をもつことと背反しない。しかし、『倫敦塔』のような回想でさえ、また『薤露行』のような中世ロマンスでさえ、現在形で書かれていることに注意すべきである。そのように現在形であることが、筋あるいは全体的なまとまりをつけることを拒んでいる。

もともと、日本語にはインド・ヨーロッパ語でいうような時制(テンス)はない。それは、文末詞によって指示される。言文一致運動において生まれたのは、過去や完了すべてを「た」によって統一してしまうことであった。これは、日本の「文」において決定的な変化だったといわねばならない。たとえば、フランス語でも「言」においては、単純過去や半過去などはめったに使われないが、それらが「文」として残っているかぎり、「言」においても使われる。ところが、日本の言文一致は、さまざまな時間意識を分別していた文末詞を、東京地方の口語である「た」に統一してしまったのである。

しかし、この「た」は、たんなる過去指示ではなく、全体を統合し回想するような視点を可能にするものであって、いわばフランス語の単純過去に相応するものである。たとえば、漱石が『吾輩は猫である』を発表した時点では、島崎藤村の『破戒』がそうであるように、「三人称客観描写」がすでにたやすくなされていた。三人称客観描写とは、ナレーターと三人称があいまいに融合するスタイルである。ところが、『道草』にいたるまでの漱石の作品には、それがない。漱石の作品は、たんに過去を指示する「た」を別にすれば、つねに「現在形」であり、またナレーターが露出している。『坑夫』や『坊つちやん』のような一人称でなく、三人称で書かれている作品の場合でも、そうである。

しかも、厳密にいえば、漱石の作品には三人称も一人称もないといわねばならない。彼は、吾輩、俺、余、自分、私といった語を、作品ごとに使い分けている。漱石はまた、三人称としての「彼」を避けている。たとえば、『こゝろ』では、「先生」が使われ、『行人』では、「兄さん」が使われている。それらはすべて相手との関係をはらみ、相手との関係によって浮動する。だが、これらは、当時の慣習からいえば、むしろ普通であって、「私」とか「彼」という方が新奇だったのだ。一人称の「私」が成立することは、そうした諸関係を越える超越論的な「私」が意識されることと切り離せない。逆にいうと、言葉から離れた「自己」の意識は、ある種の「文」(言文一致)によって可能になったのである。

近代小説が表現する「自己」も「対象」も、実は、ある種のエクリチュールによってもたらされた。いうまでもなく、それは二葉亭四迷以来の言文一致の結果である。だが、そのことを最も忘れてしまうのが、近代小説なのだ。「自己」や「対象」が実在するという確信は、そうした思考に抵抗する言葉の物質性が中性化(消去)されたときに揺るぎないものとなった。漱石がそれに対して「文」(写生文)を書きつづけたことは、いいかえれば、そのような「自己」を拒否したということである。

ロマン派の詩人は、その後に、島崎藤村や田山花袋に代表されるように、ほとんど「自然主義者」となった。すなわち、この抒情的な主観性を自ら攻撃しはじめたのである。しかし、あとでいうように、彼らの主観否定は、実は、この「超越論的な自己」を確保する身ぶりにほかならない。したがって、まさに自然主義が彼らの「自己表現」となったのだ。

漱石と藤村・花袋らとの差異は、こうした俳句の「写生」の意味をつかんだ「写生文」から小説に至った者と、桂園派の和歌から、新体詩に向かい、さらに自然主義小説に向かった者との差異である。その意味で、最も短詩形である俳句の革新という問題は、すべてのエクリチュールの領域にかかわらざるをえないのである。

7

子規が「客観的」というとき、われわれは注意すべきである。それは、主観を混じえぬという意味ではない。「客観的」を強調することは、虚子がいったように、空想を斥けることを意味しない。そのことは、つぎのような子規の言い方に見られる。

……余の如き長病人は死といふ事を考へだす様な機会にも度々出会ひ、又さういふ事を考へるに適当した暇があるので、それ等の為に死といふ事は丁寧反覆に研究せられてをる。併し死を感ずるには二様の感じ様がある。一は主観的の感じで、一は客観的の感じである。そんな言葉ではよくわかるまいが、死を主観的に感ずるといふのは、自分が今死ぬる様に感じるので、甚だ恐ろしい感じである。動気が躍つて精神が不安を感じて非常に煩悶するのである。これは病人が病気に故障がある毎によく起こすやつでこれ位不愉快なものは無い。客観的に自己の死を感じるといふのは変な言葉であるが、自己の形体が死んでも自己の考は生き残つてゐて、其考が自己の形体の死を客観的に見てをるのである。主観的の方は普通の人によく起こる感情であるが、客観的の方は其趣すら解せぬ人が多いのであらう。主観的の方は恐ろしい、苦しい、悲しい、瞬時も堪へられぬやうな厭な感じであるが、客観的の方はそれよりもよほど冷淡に自己の死といふ事を見るので、多少は悲しい果敢ない感もあるが、或時は寧ろ滑稽に落ちて独りほゝゑむやうな事もある。

（『死後』「ホトトギス」第四巻第五号、明治三十四年）

しかし、この『死後』というタイトルから、読者があの世とか霊界というようなものを期待するならば、見事に裏切られるだろう。彼はほとんど落語のようなことを書いているからである。《去年の夏の頃であつたが、或時余は客観的に自己の死といふ事を観察した事があつた》。子規がいうのは、棺が窮屈なのは厭だとか、土葬も火葬も厭だといったようなことである。《土葬も火葬もいかぬとして、それでは水葬はどうかといふと、この水といふやつは余り好きなやつで無い。第一余は泳ぎを知らぬのであるから水葬にせられた暁にはガブ〳〵と水を飲みはしないかと先づそれが心配でならぬ》。つぎにミイラになることを考えるが、これも気にいらない。

だが、こうした落語めいた考察のあとに、「去年の夏も過ぎて秋も半を越した頃」に、強い「主観的の感じ」の煩悶におそわれたあとの幻覚的体験が書かれている。

……然るにどういふはづみであつたか、此主観的の感じがフイと客観的の感じに変つてしまつた。自分はもう既に死んでゐるので小さき早桶の中に入れられてをる。其早桶は二人の人夫にかゝれ二人の友達に守られて細い野路を北向いてスタ〳〵と行つてをる。其人等は皆脚袢《きやはん》草鞋《わらぢ》の出立ちでもとより荷物なんどはすこしも持つてゐない。一面の田は稲の穂が少し黄ばんで畦の榛の木立には百舌鳥《もず》が世話しく啼いてをる。早桶は休みもしないでとう〳〵夜通しに歩いて翌日の昼頃にはとある村へ着いた。其村の外れに三つ四つ小さい墓の並んでゐる所があつて其傍に一坪許りの空地があつたのを買ひ求めて、棺桶は其辺に据ゑて置いて人夫は既に穴を掘つてをる。其内に附添の一人は近辺の貧乏寺へ行て和尚を連れて来る。やつと棺桶を埋めたが墓印もないので手頃の石を一つ据ゑてしまふと、和尚は暫しの間廻《ママ》向して呉れた。其辺には野生の小さい草花が沢山咲いてゐて、向ふの方には曼珠沙華も真赤になつてゐるのが見える。人通りもあまり無い極めて静かな瘠村の光景である。附添の二人は其夜は寺へ泊らせて貰ふて翌日も和尚と共にかたばかりの回向をした。和尚にも斎をすゝめ其人等も精進料理を食ふて田舎のお寺の座敷に坐つてゐる所を想像して見ると、自分は其場に居ぬけれど何だかいゝ感じがする。さういふ具合に葬むられた自分も早桶の中であまり窮屈な感じもしない。斯ういふ風に考へて来たので今迄の煩悶は痕もなく消えてしまふてすが〳〵しいえゝ心持になつてしまふた。

冬になつて来てから痛みが増すとか呼吸が苦しいとかで時々は死を感ずるために不愉快な時間を送ることもある。併し夏に比すると頭脳にしまりがあつて精神がさはやかな時が多いので夏程に煩悶しないやうになつた。

子規の写生文を考えるとき、彼が結核で死ぬことを運命づけられていたという事実をつねに念頭におく必要がある。『死後』でいわれる「客観的の感じ」は、自分が死ぬということをたんに「客観的」に見ることではない。そうだとしたら、「病牀六尺」のような作品にあるような「おかしさ」は生じないだろう。そして、子規における「写生文」は、この「客観的の感じ」と切り離せないのである。

それは、世界内存在である自己を、メタレベルから見おろすような視点である。こうした子規の姿勢を、必ずしも伝統的な「俳諧」の精神と結びつけることはできない。というのは、彼は、俳句そのものにかんして、同じ姿勢を示しているからである。たとえば、彼は、俳句を、その字数の順列組み合わせから見て有限であるというのみならず、その命数は、明治年間に尽きるだろうといっている。そのことは、彼が俳句の革新を熱烈にやることと矛盾しないのである。のちに、子規の「俳句命数論」に引っかかった人が沢山いて、大真面目に反論したりしているのだが、それは、「主観的の感じ」と「客観的の感じ」を混同することにすぎない。

8

子規は、俳句の革新において、それを永遠の芸術たらしめようと思っていたのではない。それは、彼自身と同様に、まもなく「終る」ほかないものである。だが、それは彼をニヒリズムにはしない。そのような認識と、にもかかわらず、俳句を革新しようとする情熱は背反しないのだ。こうした子規の精神的姿勢を、私は、フロイトにならって、ヒューモアと呼ぶ。

誰かが他人にたいしてユーモア的な精神態度を見せるという場合を取り上げてみると、きわめて自然に次のような解釈が出てくる。すなわち、この人はその他人にたいしてある人が子供にたいするような態度を採っているのである。そしてこの人は、子供にとっては重大なものと見える利害や苦しみも、本当はつまらないものであることを知って微笑しているのである。

（S・フロイト「ユーモア」、高橋義孝他訳『フロイト著作集3』所収）

ところが、これは、漱石の「写生文」についての考察と見事に符合するのだ。漱石は写生文の「源泉」を、つぎのような「作者の心的状態」に求めている。《他の点は此一源泉より流露する》。

写生文家の人事に対する態度は貴人が賤者を視るの態度ではない。賢者が愚者を見るの態度でもない。君子が小人を視るの態度でもない。男が女を視、女が男を視るの態度でもない。つまり大人が小供を視るの態度である。両親が児童に対するの態度である。世人はさう思ふて居るまい。写生文家自身もさう思ふて居るまい。しかし解剖すれば遂にこゝに帰着して仕舞ふ。

（「写生文」）

フロイトのメタ心理学的な説明によれば、それは、超自我によって、自我の直面している苦痛を相対化してしまうことである。また、それは、「快感原則が、自分にとって不利な現実の状況に対抗して自己を貫徹する」ことである。

このように膨張した超自我にとってこそ、自我は取るに足らない小さなもの、自我の有する関心などはすべて吹けば飛ぶようなものと映ずることが可能になるのであり、また、ユーモリストの人格の内部における自我と超自我とへのエネルギーの配分がこのように新しいものとなったならば、超自我としては、安んじて自我の外界の現実にたいする反応可能を抑止してしまうこともできるのかもしれない。

いってみれば、ユーモアとは、ねえ、ちょっと見てごらん、これが世の中だ、随分危なっかしく見えるだろう、ところが、これを冗談で笑い飛ばすことは朝飯前の仕事なのだ、とでもいうものなのである。

おびえて尻込みしている自我に、ユーモアによって優しい慰めの言葉をかけるものが超自我であることは事実であるとしても、われわれとしては、超自我の本質について学ぶべきことがまだまだたくさんあることを忘れないでおこう。

（「ユーモア」）

このことは、たとえば、漱石がロンドンから書き送ったつぎのような「文」にかんしていえるだろう。

……向へ出て見ると逢ふ奴も〳〵皆んな厭に脊いが高い。御負《おまけ》に愛嬌のない顔ばかりだ。こんな国ではちつと人間の脊いに税をかけたら少しは倹約した小さな動物が出来るだらう抔と考へるが夫は所謂負惜しみの減らず口と云ふ奴で、公平な処が向ふの方がどうしても立派だ何となく自分が肩身の狭い心持ちがする。向ふから人間並外れた低い奴が来た。占《しめ》たと思つてすれ違つて見ると自分より二寸許り高い。此度は向ふから妙な顔色をした一寸法師が来たなと思ふと是即ち乃公《だいこう》自身の影が姿見に写つたのである。不得已《やむをえず》苦笑ひをすると向ふでも苦笑ひをする是は理の当然だ。

（「倫敦消息」明治三十四年）

これは、西洋人のなかに混じって劣等感に打ちのめされているときに、そのように「おびえて尻込みしている自我」に「優しい慰めの言葉をかける」ものだといってよい。それは、知らぬ間に優劣および優劣にこだわる自意識を無化してしまっている。人はこれを読んで微笑するだろうが、その笑いは、ベルグソンが考察したような「笑い」とは根本的に異質である。なぜなら、こうしたヒューモアには、フロイトがいうように「一種の威厳」があるからだ。

フロイトが問うのは、第一に、そうしたヒューモアが、なぜ他者にまで快感を与えるか、ということである。彼はつぎのようにいっている。

一番手取り早い例をあげるならば、月曜日、絞首台に引かれて行く罪人が「ふん、今週も幸先がいいらしいぞ」といったとする。この場合には、ユーモアを惹き起こしたのは当の罪人自身であり、このユーモアは彼だけで完結しており、それが彼にある種の満足を与えることは明白である。一方このユーモアにはなんの関係もない傍観者たる私は、この罪人が惹き起こしたユーモアからはある程度の間接的な影響を受ける。すなわち私は、おそらくはその罪人が覚えるのと同じような、ユーモアの快感を感ずるのである。(中略)ユーモア的な精神態度は、その内容のいかんを問わず、自分自身にたいしてもまた他人にたいしても向けられうる。こういう態度をとる人にとってこのユーモア的態度は快感の源泉であるらしい。そして、そのユーモアに関係のない聴き手にも同じような快感が与えられる。……　(「ユーモア」)

たとえば、カントは、その「崇高」論において、経験的な現実あるいは自己に対して、それを超越する内的な自己の「優位」を示した。これは、ドイツ・ロマン派(シュレーゲル)においては、イロニーとして語られる。イロニーにおいて、経験的な感覚的な現実、あるいは、経験的な自我の苦痛は、それを侮蔑する「超越論的自我」によって乗り越えられる。だが、それは、けっして他人に快感を与えない。それは、ただ当人の超越論自我の「優位」を証明するだけだから。ヒューモアは、それとは違っている。

カントがその美学において、美と崇高しか論じなかったからといって、「ヒューモア」は無視さるべきではない。それは、イロニーが発生する時点に、同時にそれと対立する「精神態度」として生じたものなのだ。それは、ニーチェが賛美したローレンス・スターンに見いだされる。いうまでもなく、スターンを日本に紹介したのは漱石である。日本のロマン派、たとえば、国木田独歩の中には、すでにイロニーがある。「忘れえぬ人々」では、忘れてはならないような大切なものに対して、どうでもいいような風景を「忘れえぬ」ものとする転倒がある。こうした価値転倒において示されるのは、経験的な現実あるいは自己に対する「超越論的な自己」の優位なのだ。


医師は極めて「死」に対して冷淡である、しかし諸友とても五十歩百歩の相違に過ぎない、吾等は生から死に移る物質的手続を知ればもう「死」の不思議はないのである、自殺の源因が知れた時はもう其れ丈けで何の不思議もないのである。

自分は以上の如く考へて来たら丸で自分が一種の膜の中に閉ぢ込められてゐるやうに感じて来た、天地凡てのものに対する自分の感覚がなんだか一皮隔てゝゐるやうに思はれて来てたまらなくなつた。

そして今も悶《もが》いてゐる自分は固く信ずる、面《フエース》と面《ツーフエース》、直ちに事実と万有とに対する能はずんば「神」も「美」も「真」も遂に幻影を追ふ一種の遊戯たるに過ぎないと、しかしてたゞ斯く信ずる計りである。（「死」）

『牛肉と馬鈴薯』では、こうした非現実感はさらに極端化されている。主人公の岡本は、「驚きたい」という「不思議なる願」をもつ。彼の願いとは、「宇宙の不思議を知りたいといふ願ではない、不思議なる宇宙を驚きたいといふ願」であり、「死の秘密を知りたいといふ願ではない、死てふ事実に驚きたいといふ願」であり、また、信仰そのものではなく「信仰無くしては片時《かたとき》たりとも安《やす》ずる能《あた》はざるほどに此宇宙人生の秘義に悩まされんことが僕の願」なのである。

しかし、これは、現実感の喪失を嘆いているかに見えて、実は、そうしたなかにも在る「自己」を誇示しているのである。それは、「驚きたい」といいながら、驚くものなど何もないということを告げている。一方、漱石は、つぎのように書いている。

……まだふわ〳〵してゐる。少しも落ち附いてゐない。だから此の世にゐても、此の汽車から降りても、此の停車場《ステーション》から出ても、又此の宿の真中に立つても、云はゞ魂がいや〳〵ながら、義理に働いてくれた様なもので、決して本気の沙汰で、自分の仕事として引き受けた専門の職責とは心得られなかつた位、鈍い意識の所有者であつた。そこで、ふらついてゐる、気の遠くなつてゐる、凡てに興味を失つた、かなつぼ眼を開いて見ると……　　　　　　　　　　（『坑夫』）

　ここでは、独歩などよりはるかに深刻なはずの分裂病的な現実喪失感が、いわば「客観的な感じ」で書かれている。独歩がイロニーだとすれば、これはヒューモアである。独歩以後の自然主義者は、抒情性を捨てて「客観的」に書きはじめた。しかし、彼らの姿勢も、実はイロニーである。彼らのリアリズムは、「主観的」なものを嘲笑するかのように見えるが、そのこと自体が、超越論的主観の優位を示すことなのである。自己さえ否定できるような高次の自己(主体)を。

　だが、漱石の写生文においては、そのような自己はまったくない。「一人称」で書かれていても同じである。それ自体無意識に属する「超自我」は、漱石の作品におけるナレーターとして顕在化し、他方、「超越論的自己」は、それ自体隠されて、三人称客観描写のなかに身をひそめるといってもよい。後者の場合、ナレーターがいながらそれがいないかのように中性化されるのである。その結果、逆説的だが、写生文の語り手が漱石自身とは無縁であるのに対して、三人称客観描写においてこそ、作家の「自己表現」が見いだされることになる。

　あらためていえば、三人称客観描写を可能にするのは「た」という文末詞であり、それによって回顧する超越論的自己が維持されるのだが、他方、写生文は現在形でありつづける。それは、そのナレーターが、そうした時間性を統合する「自我」の変形ではなく、いわば「超自我」の働きを指示するものとしてあるからだ。

9

ヒューモアは、イロニーと似ていながら、対極的なものである。それは、当人だけではなく、他人に対しても、現実の苦痛からの解放を果たすからである。たとえば、江藤淳は、高浜虚子がつぎのように言ったことを重視している。

昨年の後半に成つていろんな原因から社会といふ感じが強くなつて、斯ういふことを堅く信ずるやうになつた。其は、自分は人に愉快を与へて貰ふ権理があると同時に、自分は又人に愉快を与へて遣らねばならぬ義務がある、といふことである。

人は到底単独では寂寥に堪へぬ者である。社会を形作つて互に交際し嬉遊してゐるのは其天性であらう。従て其社会の一員としての人間の義務は、積極的にいへば他人に快楽を与へてやるので、消極的にいへば他人に不愉快を与へてはならぬとい

ふことになる。　（「ホトトギス」第三巻第四号、明治三十三年）

江藤淳は、虚子のいう「社会といふ感じ」が「他者の感触」であり、それが「日本の近代のリアリズム小説に、おそらくはじめて「社会といふ感じ」を導入」したといっている。しかし、それが漱石に影響を与えたというのは、まちがっているといわねばならない。子規や漱石には、もともとヒューモアとしての「社会性」があり、それは、虚子がいうのとはべつのものだ。事実、虚子に共鳴した志賀直哉には、「社会という感じ」はまったくない。

フロイトはいっている。《ついでながらいうと、人間誰しもがユーモア的な精神態度を取りうるわけではない。それは、まれにしか見出されない貴重な天分であって、多くの人々は、よそから与えられたユーモア的快感を味わう能力をすら欠いているのである》。このことは、子規が「主観的の方は普通の人によく起こる感情であるが、客観的の方は其趣すら解せぬ人が多いのであらう」というのと同じである。この「貴重な天分」は、カントがいう「天才」(ロマン派的な)とは無縁である。にもかかわらず、これは稀有な能力である。

そして、このことは、子規や漱石のヒューモアが、ある過激さをもっていることを意味する。子規にかんしていえば、それは、彼が文字どおり「死にいたる病」にあったことである。その点で、フロイトがユーモアの例として死刑囚をあげていることは、符合的である。たぶん、最大の「苦痛」は、死ぬことが確実に迫っていることだろうから。漱石は、写生文家にかんして、「かくの如き態度は全く俳句から脱化してきたものである」といっている。しかし、すでにいったように、それは、たんに俳句のものではない。それは、やはり死に長く直面してきた子規のある種の極端さからきたのだ。

だが、漱石にかんしては、どうだろうか。子規は、「墨汁一滴」で、漱石について、最も真面目で厳格でありながら、「我俳句仲間に於て俳句に滑稽趣味を発揮して成功したる者は漱石なり」と書いている(明治三十四年一月)。いうまでもなく、漱石のヒューモアは、俳句の「滑稽趣味」とは異質である。明らかに、それは、漱石の「病」にかかわっている。その点で、フロイトがヒューモアを「病理」として見たことが参考になるだろう。

いま述べたこれら二つの特色、すなわち現実の側からの要求の拒否と快感原則の貫徹とによってユーモアは、精神病理学の分野においてわれわれが頻繁に出くわす、退行的ないしは反動的現象に類似したものとなってくる。ユーモアが、自分を苦しめそうな現実をわが身に近づけないようにする機能を持つということは、それが、強制的な苦しみを逃れるために人間の心の営みが編み出したあの諸方法の系列、神経症に始まり、精神錯乱にきわまり、陶酔、自己沈潜、恍惚境などをも含んでいるあの系列に属するものであるということを意味する。それゆえにこそユーモアには、たとえば機知などにおいては全然見られない一種の威厳が備わっているのである。なぜなら、機知とは、ただ快感をうるためだけのものであるか、ないしはそのえられた快感を攻撃欲動の充足に利用するだけであるから。ところで、ユーモア的精神態度の本質は何であろうか。人々はこの態度を持することによってわが身から苦しみを遠ざけ、自我が現実世界によっては克服されえないことを誇示し、堂々と快感原則を貫きとおす。けれども、そうだからといって、同じ意図に出た他の方法のように、そのために精神的健康の土台を掘り崩すようなことはないのである。快感原則の貫徹と精神的健康の保持というこの二つのものは、通例たがいに相容れがたく思われているから、このことはいっそう不思議に思われる。（「ユーモア」）

フロイトがこのように重視し、ある意味で、彼自身の「精神態度」でもあったヒューモアが、フロイト派によって一般的に無視されてきたのは、奇異に思われる。だが、私がここで注目したいのは、漱石の「病」それ自体ではなく、それが何よりも写生文という形態としてあらわれているということである。

ヒューモアとは、いわばレベルを自在に往還しうる能力である。子規がいう「主観的の感じ」が世界内的実存を意味し、「客観的の感じ」がその外部に立つことだとすれば、ヒューモアはどちらかではなく、そのどちらをも往還できるところにある。たとえば、『倫敦塔』では、「主観的の感じ」として不気味で華麗な幻想の記述が、最後に、宿の主人によってあっさり打ち消されてしまう。

こうした両極性は、漱石の作品相互の関係においても見られる。たとえば、『吾輩は猫である』は、「客観的の感じ」で書かれ、『道草』は、同じ時期の状況が「主観的の感じ」で書かれている。この言い方は、常識に反している。自然主義者たちは、『道草』を、客観的な小説として評価したのであるから。だが、こうしたレベルの往還は、べつの観点からみれば、レベルのたえまない混同なのである。漱石の作品群を錯綜させているのは、それがけっしてコントロール可能なものではなかったということを示している。

あらためていいたいのは、漱石における写生文を、やがて「小説」に発展すべきものとしてみる見方が斥けられねばならないということである。子規にとって俳句の終焉が自明だったように、ある意味で、漱石にとって、近代小説はローレンス・スターンで終っていた。彼は近代小説の終りからはじめたのだ。こういう作家に「発展」を見いだすのは滑稽である。だが、今日、それをポストモダニズムの観点から評価するのももっと滑稽である。子規や漱石がそうであったように、ヒューモアとは、すでに終っているにもかかわらず、あるいはもはや終り(目的)がないにもかかわらず、書きつづけ闘争しつづけることではないのか。

漱石は『吾輩は猫である』以来、大衆的な人気を一貫して持ちつづけている。それは、中野重治がいった、漱石の「気違いじみた暗さ」と何ら矛盾しない。漱石の文学は読者にも「精神的健康の保持」を与えるものであったのだが、まさにそのゆえに、病的なものを誇示したがる文学者に「大衆文学」と見なされたのである。漱石の「貴重な天分」は、彼の「気違いじみた暗さ」を、読者をたえず解放させる力へと転換させたところにある。

＊1　漱石のジャンル論にかんしては、すでに書いている。「漱石とジャンル」（本書「漱石試論Ⅱ」）参照。

＊2　漱石の「平民主義」は、彼が共感していたスウィフトさえも批判するほどであった。

スヰフトの批評も大分長く成つたから好い加減に切上げる積りであるが、最後に一言して置く。彼の想像の性質は上来、述べ来つた如くである。それには好い点も悪い点もあるが、其得失は今論ずる必要が無いとして、彼はいやに政治的である、貴族的である、勿論彼自身が政治家であつて、政治に最多く興味を有する所から、自づと政治に関する諷刺が多くなる訳ではあらうけれども、吾々から見ると余りに其傾向が著るし過ぎる様に思はれる。彼は小人国へ行つても大人国へ渡つても直ぐ国王が如何だとか、皇帝が奈何したとか云つて居る。やれ宮殿が如何の大臣が奈何したのと、そんな詮索ばかり気にして居る。吾々帝王にも又貴族や金持にも余り興味を有しない者からいふと、今少し平民的に社会的方面から筆を執つて貰ひたい様な心持がする。大人国では漂着するや否や、畠の中で百姓に捕まつて居るから、これは面白いと思ふと、直ぐ王様の所へ持つて行かれる。何だか物足りない様な気がする。

（『文学評論』第四編）

また、彼は、一九〇六年の東京市電の値上げに反対する民衆運動に共鳴してつぎのような書簡を送っている。《都新聞のきりぬきわざ〳〵御送被下難有存候電車の値上には行列に加らざるも賛成なれば一向差し支無之候。小生もある点に於て社界《ママ》主義故《ゆえ》堺枯川氏と同列に加はりと新聞に出ても毫も驚ろく事無之候ことに近来は何事をも予期し居候。新聞位に何が出ても驚ろく事無之候。都下の新聞に一度に漱石が気狂になつたと出れば小生は反つてうれしく覚え候》（深田康算宛、一九〇六年八月十二日付け）。これは、その年に書かれた『野分』に反映されている。さらに、一九一五年の馬場孤蝶の選挙運動への積極的な支援がある。したがって、松尾尊兊は、漱石を大正デモクラシーの担い手の一人にあげている（『大正デモクラシーの群像』）。

だが、この徹底的な「平民主義」は、必ずしも外国人に及ぶものではない。漱石は、日露戦争以前に、朝鮮にかんして、イギリスの新聞を読んでつぎのように書き送っていた。《今日のにには魯国新聞の日本に対する評論がある。若し戦争をせねばならん時には日本へ攻め寄せるは得策でないから朝鮮で雌雄を決するがよからうといふ主意である。朝鮮こそ善い迷惑だと思つた》(「倫敦消息」)。にもかかわらず、『満韓ところ〴〵』(一九〇九年)では、彼は、日本の帝国主義的支配を当然とする立場に立っている。しかし、こうした、内に対しては民主主義、外に対しては帝国主義、という姿勢は、石橋湛山や社会主義者を例外として、大正ヒューマニストの基本的な姿勢である。漱石の場合、その源泉は「日本」派のナショナリズムの両義性にあるということができる。

＊3　内容的にも、『文学論』の漱石は子規と似ている。たとえば、松井利彦は、『子規と漱石』で、漱石の『文学論』の理論が、子規の「写生」と同じものだといっている。

漱石、子規の交流は、明治三十三年の漱石の英国留学によって遠いものとなるが、漱石は明治三十四年の七月から書きはじめた『文学論』の中で、実作体験としてもった「写生」を活用する。細部は帰国後の東大の講義で述べられる。それは、その第一章の「文学的内容の形式」の中で示された「およそ文学的内容の形式は(F＋f)なることを要す。Fは焦点的印象または観念を意味し、fはこれに付着する情緒を意味す。」「上述の公式は印象または観念の二方面すなはち認識的要素(F)と情緒的要素(f)との結合を示したものといひうべし。」と基本的な公式からはじまっている。そして、

一、Fありてfなき場合すなはち知的要素を存し情的要素を欠くもの。

二、Fありてfを生ずる場合。

三、fのみ存在して、それに相応すべきFを認めえざる場合。

の三つの場合を示しているが、この二は、子規的写生の発想であり、三は、漱石の先の

漢詩句の中で語った実感を述べたものといえよう。そして、F+fは、先に掲げた子規の、自己の美を感じたる事物と自己の感じたる結果(「我が俳句」)の漱石的理論化であるのを見れば、創作方法の骨子の中に活きた子規を認めることが出来よう。

漱石の作品世界

1　漱石の謎

私は一九六九年に「意識と自然――漱石試論」（本書「漱石試論Ⅰ」）という評論で『群像』新人賞をもらいました。それを書いたのは二十六のころですが、いまや五十二歳です。この間にたくさんの漱石論を書きました。ずっと漱石について考えてきたわけではないし、漱石の研究者というわけでもないんですが、ただ気がつくと、いつの間にか漱石について書いたものが膨大な量になっていたということですね。それで、昨年（一九九二年）、『漱石論集成』（第三文明社）という本を出しました。しかし、それはこれまで考えてきたことをまとめて世に問うというようなものではないんです。これを出版したのは、あらためて漱石論を書いてみようと思ったからなんですね。そのためには、それまでにいろいろ書いてきたものをとりあえず本にしてしまった方が、気分的には自由になれるだろうと思った。実は、そう思ったのは、一五〇枚ぐらいの漱石論を書き終わったときでして、これは二年ほど前に『群像』に発表しましたが、『漱石論集成』の中に入れませんでした。入れなかったのは、それを書いた結果、新しい漱石論を書けると思ったからだし、その続きを書こうと思っているからです。今日お話しするのはその論文をもとにしたものです。

しかし、〝新しい〟漱石論が書けると思ったと言っても、それは実は私にとって新しい問題ではないのです。それは、自分が最初に書いた「漱石試論」の問題を再考することだったからです。それは、私にとって、たんに最初の「漱石論」というのではなくて、いわば最初の評論なんですね。だから、そこには、自分が十代からずっと考えてきた問題がふくまれています。それをあらためてとりあげるということは、たんに「漱石論」の問題だけではないのです。

私がそこに書いたのは、ある謎のことです。これは必ずしも漱石でなくてもよかったのかも知れません。私自身が感じていた謎だったからです。しかし、漱石を論じる以外にそれを書けるとは思えなかったし、今も思いません。また、私がそれをもう一度考えようと思ったのは、漱石が死んだ年齢に近づいたときでした。それはどのような謎か。その部分を長くなるけれども引用します。

漱石の長篇小説、とくに『門』『彼岸過迄』『行人』『こゝろ』などを読むと、なにか小説の主題が二重に分裂しており、はなはだしいばあいには、それらが別個に無関係に展開されている、といった感を禁じえない。たとえば、『門』の宗助の参禅は彼の罪感情とは無縁であり、『行人』は「Hからの手紙」の部分と明らかに断絶している。また『こゝろ』の先生の自殺も罪の意識と結びつけるには不充分な唐突なにかがある。われわれはこれをどう解すべきなのだろうか。まずここからはじめよう。

むろんこれをたんに構成的破綻とよんでしまうならば、不毛な批評に終るほかはない。ここには、漱石がいかに技巧的に習熟し練達した書き手であったとしても避けえなかったにちがいない内在的な条件があると考えるべきである。この点に関して私が想起するのは、T・S・エリオットが『ハムレット』を論じて、この劇には「客観的相関物」が欠けているため失敗していると指摘したことである。エリオットはこういっている。

ハムレットを支配している感情は表現することができないものなのであり、なぜならそれは、この作品で与えられている外的な条件を越えているからなのである。そしてハムレットはシェークスピア自身なのだということがよくいわれるが、それはこういう点で本当なので、自分の感情に相当する対象がないためのハムレットの困惑は、彼が出てくる作品を書くという一つの芸術上の問題を前にしての、シェークスピアの困惑を延長したものにほかならない。ハムレットの問題は、彼の嫌悪がその母親によって喚起されたものでありながら、その母親がそれに匹敵しないで、彼の嫌悪は母親に向けられるだけではどうにもならないということにある。それゆえにそれは、彼には理解できない感情であり、彼はそれを客観化しえず、したがってそれが彼の存在を毒し、行動することを妨げる。どんな行動もこの感情を満足させるにはいたらず、そしてシェークスピアにしても、どのように筋を仕組んでも、そういうハムレットを表現するわけにはいかないのである。(中略)われわれはただシェークスピアが、彼の手に余る問題を扱おうとしたと結論するほかない。なぜ彼がそんなことをしたかは、解きようがない謎であって、彼がどういう種類の経験をした結果、表現することなどできない恐しいことに表現を与えることを望んだか、われわれには知るすべがない。

(T・S・エリオット『ハムレット』傍点引用者)

まったくおなじことが漱石についていえよう。たとえば、『門』における宗助の参禅は、三角関係によって喚起されたものでありながら、その三角関係が宗助の内部の苦悩に匹敵しないで別の方向に向けられるほかないというところに起因している。したがって、「どのように筋を仕組んでも、そういう宗助を表現するわけにはいかない」のであって、やはり漱石も「彼の手に余る問題を扱おうとしたと結論する」ことができると私は思う。それにしても、漱石は「どういう種類の経験をした結果」そのような問題をかかえこむにいたったのか、そしてそこにはどんな本質的意味があるのか。これから私が論じようとすることはすべてこういう謎にかかわっているといってよいのである。

以上が、昔書いた「漱石試論」の冒頭の文句です。私は、今日は『彼岸過迄』を中心に話すつもりですが、この「漱石試論」では『彼岸過迄』についてほとんど言及していないのです。しかし、今引用したような問題点は『彼岸過迄』にもあてはまります。たとえば、主人公の須永は母親のことで苦しんでいるのですが、最終的にわかるのは、母親(義母)は須永が持っている問題に「匹敵しない」ということですね。須永の「病」は母親との関係から来たことは確かですが、そのことを知っても、須永は自分の固有の「病」から回復しないし、母親とは関係がないということを悟ります。

このように、今『ハムレット』について述べたことは、『彼岸過迄』にもあてはまります。と同時に、須永はハムレットとは違って、何が問題なのかをある程度わかっています。のみならず、この作品は、「漱石は「どういう種類の経験をした結果」そのような問題をかかえこむにいたったのか」を照らし出しているのです。その意味で、この作品は、漱石の作品の中でも例外的なものです。私が最初の「漱石試論」において、『彼岸過迄』について論じなかったのも、そのことと関係しています。

今述べたような「謎」は、しかし、必ずしも漱石だけの「謎」ではありません。それが漱石固有の謎にすぎないなら、私が二十数年たってもそれに固執するはずがないのです。ここには本質的な問題がひそんでいます。それをあらためて考え直そう、というのが、漱石論を新たに書こうとした動機でもあります。たとえば、この謎とは、われわれが一方で、現代のさまざまな状況で生き、さまざまな他者との諸関係からくる問題をかかえながら、他方で、それらとは別な、けっしてそれらに還元できないような問題をかかえて生きているということとつながっています。別の言い方でいえば、一方に、個々人の意志をこえた諸関係(構造)があり、他方に、そうした諸関係に還元できない実存がある。われわれは、そのどちらも認めないわけにはいかないし、しかも、それらをつなぐ道がない、ということです。

簡単なのは、そのどちらかだけを認めるか、さもなければそれらをつないでしまうことです。私が漱石の諸作品に見いだした希有なものは、彼がけっしてそうしなかったことであり、こうした分裂をそのままに、かつ同時に分析的に生きたということです。たとえば、われわれは同時にいろんなレベルで生きています。政治的なレベル、社会的なレベル、家族のレベル――。それはいわば「他者」との関係です。一口に「他者」といっても、他者との関係はさまざまなレベルにあります。たとえば、異性の他者と同性の他者とは違うし、また同じ異性といっても、母や姉妹と恋人・妻との関係は違います。そして、それらの間には矛盾や葛藤があります。

ところが、それらとは違ったレベルの他者があります。それは自己自身との関係というものです。これも他者との関係だというと、奇妙に思われるかも知れません。しかし、自己自身との関係という場合、自己が関係している自己自身とは他者なのです。だから、われわれは「自分がよくわからない」とか「自分がなぜあんなことをしたのかよくわからない」と言うわけです。自己自身が不透明な他者性をもっています。しかし、他者の場合と違うのは、自己自身は自己と「同一」だからです。だから、普通は、そんなことを疑問にしません。自己と他者は明瞭に区別されます。

しかし、自己自身が他者のように見えたら、どうでしょうか。たとえば、自分が自分でありながら、自分のような気がしない。『坑夫』の主人公はそういうものです。他人との関係でいろんな齟齬があるとしても、究極的に自己自身との関係において齟齬があるのではないか？　漱石の長篇小説の主人公が最後に気づくのは、いつもそこです。簡単にいえば、たぶん漱石の主人公たちは、一種サイコティック(精神病的)な問題をかかえているのです。

漱石は、こうしたさまざまなレベルを少しも捨象しなかった作家です。二十世紀の文明の問題とか天下国家の問題をも小説の中で書こうとした人です。だから、社会的レベルから、家族、異性から自己自身との関係のレベルにいたるまで、すべてが書かれています。ところが、まさにそのために、これらの違ったレベルのものが区別なしに混然とあらわれ、また突然別のレベルに移行するということがおこります。たとえば、『門』では、人の奥さんを奪ったという過去をもってひっそりと暮らしていた主人公が出てきます。しかし、彼はその問題に直面するというよりも、妻にも真相を告げないでお寺に参禅してしまいます。『行人』では、妻の愛を確かめずにいられない主人公が、最後は、自分の悩みが妻の問題ではありえないということを語っています。『こゝろ』の先生もそうです。彼は奥さんに黙って自殺してしまいます。『行人』の一郎は「自殺か、宗教か、狂気しかない」と言っていますが、漱石自身がそれを『こゝろ』『門』『行人』といった作品でそれぞれ書いたと言ってもいいわけです。

まとめて言いますと、漱石の長篇小説では、他者との葛藤が提示されながら、それが他者との関係では解決できないような「自己」の問題に転換され、そして、『行人』の一郎の言葉でいえば、「自殺か、宗教か、狂気」かに終ってしまうということです。いいかえると、他者との関係のレベルから、唐突に、自己自身との関係のレベルに移行してしまうのです。その結果、私が「構造的亀裂」と呼んだものがあらわれるほかないのです。

昔、私は、自分の書いた漱石論(「意識と自然」)で、それを倫理的位相と存在論的位相というふうに区別しました。「倫理的」というのは、いわば実際上の他人との関係における位相ですね。「存在論的」というのは、いわば自己自身との関係という位相だと言っていいかも知れません。その二つが漱石の小説の中で同時に出て来る。正確にいえば、「存在論的」レベルは最後に唐突に出現します。それが、小説を奇妙なふうに破綻させているわけです。これは、ハムレットが破綻しているというのと同じような種類の破綻です。どこかで奇妙にずれてしまっている。漱石の長篇小説を読んだ人は、どれを読んでもそういう奇妙な印象をもたれるだろうと思うんです。

そこで、私は、昔はそれをこういうふうに言ったわけです。「主人公たちは本来倫理的な問題を存在論的に解こうとし、本来存在論的な問題を倫理的に解こうとして、その結果小説を構成的に破綻させてしまったのである」。たとえば、「存在論的問題を倫理的に解こうとした」というのは、『行人』においてなら、一郎が自分の存在論的な苦悩を、奥さんが自分を愛していないのではないかという猜疑に還元してしまうことです。次に、「倫理的問題を存在論的に解こうとした」というのは、あれほど奥さんの愛を確かめようとしていながら、それを自己自身との関係の問題に還元してしまうことです。それは、他の作品にも見られます。

そういうふうに主人公が他者との関係のレベルから出ていってしまうということを、三十年以上前に、江藤淳が『夏目漱石』という本で——それは彼の処女作でしたが——、「他者からの遁走」であると批判しています。しかし、私が最初の「漱石試論」で考えたのは、そうではないのではないかということでした。むしろ主人公たちは他者から遁走したのではなく、別の他者に向かい合おうとしたのではないか、と。先ほど言いましたように、自己自身との関係もある意味で他者との関係です。というよりも、主人公たちにとっては、自分自身こそ他者だったのです。たしかに、彼らは途中で、他者を放り出して、自己に向かってしまう。しかし、それは遁走あるいは逃避だろうか。

普通の作家の場合、自己と他者の区別ははっきりしています。つまり、他者との関係のレベルと自分の内面の問題は混同されません。しかし、「自分」がそれほどはっきりしているだろうか。あるいは、「自分」が積極的に在るだろうか。漱石の場合、それははっきりしていません。それはたんなる理論的反省とは違います。『行人』の一郎は、自分が感じているのは、「頭の恐ろしさ」ではなく、「心臓の恐ろしさ」なんだと言っています。私は、漱石がそのような「心臓の恐ろしさ」をいだいていた人だと思います。それは疑いなく精神症的な問題です。

しかし、それは漱石の問題をたんに病気として見ることではありません。たんなる病気であれば、こんなものは書けません。しかも、漱石自身がこの「病」を対象化しようとしています。特に『彼岸過迄』において、それはかなり分析的に深いレベルに迫っています。かつては私はそれを「存在論的レベル」と呼んだのですが、今はそういう言い方をしたくない。というのは、それではやはり心理学的な問題になってしまうからです。現在では、私はこういいたい。それは、漱石が、何かけっして表象できないもの、つまり言語化できないものに迫ろうとしたということです。このようにいうのは、漱石の作品を心理学的に読むことではなくて、テクストとして読むことです。いいかえれば、漱石は表象・言語化できないものを言語化しようとして悪戦苦闘したのだということです。

2　変物としての漱石作品

ご存知のように、漱石は多種多様なテクストを残しています。多種多様なジャンルといってもいい。これは異例のことです。こういう作家はほかにいません。私は最初の「漱石試論」で、長篇小説のみをとりあげました。しかし、本当は、それでは不十分なのです。なぜなら、もし長篇小説において或る「構造的亀裂」があるならば、そして、それが漱石固有の問題によるならば、そのことは、近代小説がすでに確立されていた時期に、漱石がかくも多様なジャンルを一気に書いたということと切り離せないはずだからです。

漱石は自分が若いころ「変物」だと他人に思われていたことを回想しています。しかし、重要なのは、漱石の作品が同時代において「変物」だったことです。自然主義が全盛時代だった時期に、『吾輩は猫である』や『虞美人草』を書いている漱石を考えて下さい。そのころは、島崎藤村の『破戒』が書かれていました。『虞美人草』はそれと比べてみると、たいへん古くさい。漢文的な美文で塗り固められた厚化粧のものです。正宗白鳥は、したがって、それを「現代化した馬琴」と言って酷評しています。

たしかにそれは古くさい。しかし、なぜ漱石はそんなものから書き始めたのでしょうか。同時代の西洋の小説を知らなかったからでしょうか。自然主義者は西洋の小説の真似をしていたわけですが、漱石はそうではなかった。しかし、漱石は日本の自然主義者より同時代の西洋の小説を知っていました。にもかかわらず、そうしなかった。これも「謎」です。そして、このことは、最初に私が言った「謎」と無縁ではないと思います。

それにかんしては、二つの方向から考えることができます。一つは、日本の内部からです。明治十年代・二十年代には「文」というジャンルがありました。正岡子規がはじめた写生文というのもその中の一つです。たとえば、漱石は『倫敦塔』というような短篇はいうまでもなく、『吾輩は猫である』も写生文として書いた。小説として書いたのではありません。

写生文というと、スケッチのようなものと思われていますが、そうではないのです。

それはいわば『吾輩は猫である』をふくむようなものです。もともとそれは俳句・俳諧から来ていますから、一種滑稽な要素をもっているのです。写生文は、言文一致運動の一環としてあらわれています。つまり、新しい文をつくるということは、明治二十年代から三十年代にかけて必然的に出てきた問題でした。その場合、二葉亭四迷の『浮雲』というのが、言文一致の最初の小説だというふうに言われています。しかし、二葉亭四迷はそれを完成させなかったし、小説を書くことさえもやめてしまいました。言文一致というのは、初期の企てとしては非常に難しいものだったのです。森鷗外は擬古典文で書きましたし、漱石はそのころ何も書いていない。むしろ俳句をやっていたわけです。そして、子規を中心とした俳句のサークルから写生文が出てきました。

明治三十年ぐらいにはだいたい言文一致が確立されています。しかし、それは必ずしも二葉亭四迷の『浮雲』の延長ではありません。むしろ、彼のツルゲーネフなどの翻訳の影響によると思います。つまり、確立された言文一致の文は、西洋小説の翻訳を通してなされたのです。それは、俳句からはじまってきた写生文と異質です。明治四十年ごろには、それらが融合しあい、ほぼ区別がなくなっています。しかし、漱石は、ある意味で「写生文」の本質を保持していたのです。それが『吾輩は猫である』などの作品としてあらわれたわけです。高浜虚子その他の写生文の人たちは、漱石ほど「写生文」の特質をそなえておりません。だから、二葉亭の翻訳を通して広がってきた言文一致の小説と融合しあうようになっています。

ところが、漱石だけが極端に違います。その理由は、日本の中だけからは説明できません。彼は英文学者であり、イギリスに留学していました。そのとき、彼は十八世紀の小説に最も関心をもち、また研究しています。たとえば、スウィフトやローレンス・スターン(『トリストラム・シャンディ』の著者)。スターンにかんしては書こうとしていながらあまり書いていないのですが、スウィフトについてはかなり書いています。いうまでもなく、スウィフトは「変物」です。漱石は強い共感をスウィフトにいだいています。明らかに、彼は、自分の「変物」性をスウィフトにおいて見ようとしているのです。

しかし、今言うべきことは、第一に、スウィフトやスターンの作品が、われわれが慣れている十九世紀以後の「近代小説」とはまったく異質だということです。同じ十八世紀に書かれたデフォーの『ロビンソン・クルーソー』は、そうでもありません。しかし、漱石はデフォーの文章を毛嫌いしているのです。ここから言えることは、第一に、漱石が日本の「写生文」と、十八世紀のこれらの小説との類縁性を認めていたということです。第二に、日本の「写生文」家が狭い領域にいたのに対して、漱石はそれを世界文学と結びつけていたということです。

いいかえれば、漱石は「写生文」によって、「近代小説」から閉め出されていたジャンルの「文」をすべて意味していたといえるのです。たとえば、漱石において、写生文は『吾輩は猫である』のような作品をふくみ、『漾虚集』に書かれたようなロマンスをもふくみます。ノースロップ・フライは、フィクションの諸ジャンルを、四種類、ロマンス・告白・アナトミー(サタイアなどをふくむ)・小説に分けていますが、漱石はそのすべてを書きました。そして、それは「写生文」として書かれたのです。つまり、「写生文」という概念がなければ、漱石もそういうことはできなかったはずです。

ところで、注意すべきことは、漱石が日本の写生文を十八世紀英文学と結びつけたとき、彼が英文学の権威にもとづいてそうしたのではないということです。というのは、彼が留学した時点では、英文学の主流は十九世紀フランス文学の影響下にありました。十八世紀の小説は未熟なものと思われていて、それを重視する人はいなかった。そういうなかで、漱石は十八世紀の小説を重視したのですから、やはり「変物」です。英文学者としての漱石の孤立感もそこから来ています。彼は「自己本位」ということを留学中に考えたというのですが、それはこのことと関係しています。つまり、イギリス人が認めなくても、彼らの評価にしたがう必要はないのだ、と。

この「自己本位」の姿勢は、彼が日本にもどっても続きます。先に言ったように、日本の小説は、フランスから来た自然主義小説を模範にしていたわけです。それ以外は古くさいと言われる。そういうなかで、漱石は『吾輩は猫である』のようなものを堂々と書いた。しかし、それが大衆的に人気があっても、文壇主流から馬鹿にされていることを漱石は知っていました。それにかんしては、あとでいうように、彼が『彼岸過迄』の序文に書いたこととつながっています。

漱石は「自己本位」を押し通したのです。つまり、漱石は、あえて意図的に、近代小説とは異質な、そこに入らないような多くのジャンルの作品を書いたのです。しかし、この「自己本位」の姿勢には、たんなる独立心とは違って、彼がスウィフトについて書いたように「変物」的なものがあります。それはたんに近代小説批判というようなことではなくて、彼自身にとってどうしようもない必然があったということです。いいかえれば、このようなジャンルでなければ、彼が感じている問題を書けないということです。そこで、次に、近代小説と「写生文」の差異を簡単に見てみたいと思います。

3　写生文の位相

近代小説の特徴の一つは、三人称客観描写にあると思います。しかし、三人称客観描写は本来一人称からはじまっているのです。旧来の小説ですと、語り手がいることがはっきりします。そこで、「彼は——」と書いてあっても、それを語る語り手がたえず顔を出すわけです。たとえ顔を出さなくても、「彼」が知りえないような事柄を述べます。このような形式から、ただちに三人称客観描写は出てこないのです。まず最初に一人称の小説が必要です。一人称では、「私」自体が語り手です。したがって、語り手と主人公の差異が消えてしまいます。その結果として、読者は、主人公＝私の中に入り込むことができるように感じます。

たとえば、十八世紀の『ロビンソン・クルーソー』は一人称で書かれています。日本でなら、森鷗外の『舞姫』が一人称です。しかし、この一人称で小説を書くということは、実は、画期的なことなのです。なぜなら、それまで「私は——」と一人称で書かれたものは、基本的に語り手＝著者であるような実話にかぎられるからです。「私は——」という書き方で小説(フィクション)を書くことは、その意味で、たいへん紛らわしいことで、今でも錯覚のためにトラブルが起こるぐらいです。たとえば、私小説はそれ自体フィクションなのにそうでないと思っている人がいますし、また、私小説家自身がその錯覚を利用することがあります。つまり、一人称小説は、語られていることがリアルであるという錯覚を利用するものとして、リアリズムの出現にとって不可欠なのです。

三人称小説は、この一人称を三人称に転化するところにあらわれます。つまり、「私は——」というかわりに、「彼は——」と書くことです。しかし、これは容易なようでいて、けっしてそうではありません。十八世紀のイギリス小説では、リチャードソンの『パミラ』というのがそうですが、書簡の交換、つまり、複数の一人称が交錯されることによって書かれています。三人称客観小説は、そのあとに出現します。そこでは、旧来の小説のように三人称で書かれながら、語り手が消えている。したがって、主人公には知りえないことが書かれているのに、読者は、主人公＝「彼」の中に直に入り込めるような気がします。いうまでもなく、これは近代小説の装置なのです。それに慣れてしまいますと当たり前になりますけれども、人工的な装置です。

たとえば映画でも、一つのショットと次のショットが非連続であるにもかかわらず、そこに何らかのつながりや因果を読みとります。しかし、映画ができた当初は、観客にはそれは理解できないものでした。映画を見慣れているうちに、そういう映像の文法のようなものを習得してきたわけです。近代小説も同様で、それに慣れると、それが新しい装置だということを忘れてしまいます。ごく自然に見えるのです。

ここで、「写生文」について考えてみます。漱石の小説には、ほとんど語り手がいるわけです。たとえば、『吾輩は猫である』は一人称ですから、これは当然ですが、この「猫」は、一方で高いところに立ち、他方で人間たちに馬鹿にされるような低いところにいます。写生文の「語り」とは、そういうものです。漱石はロンドンから『倫敦消息』というのを書き送っていますが、その中にこういう条《くだ》りがあります。イギリスに来てから、背の高いやつばかりに囲まれていて面白くない。こんな背の高い連中には高い分だけ税金をかけるべきだとか、そんなことを言っているわけですね。ところが、ある日、道を歩いていたら、向こうから一寸法師のようなやつが来たなと思うと、鏡に自分の姿が映っていたことがわかる。「やむを得ず苦笑いすると向こうでも苦笑いをする。是は理の当然だ」、というようなことが書いてあるんです。

自分が背の低い男を見おろした瞬間、見おろされた男が自分自身であった。たぶん、『吾輩は猫である』の「吾輩」はそういう視点で書かれています。よくこの作品は風刺だと言われるんですが、風刺というのは、一貫して高いところにいる者の視点で書かれています。「猫」はそんなものではない。実際、登場人物たちによって、しょっちゅうからかわれたり馬鹿にされたりもしています。終いには甕に落ちて死んでしまう。いずれにしても、語り手は、高いレベルには立つが、同時にいつも低いレベルに属しているという、そういう二重性をいつももっているわけです。写生文の語りの特徴は、そういうものです。これは、三人称客観描写のようなニュートラルな超越的なレベルとは別のものです。

もちろん、『吾輩は猫である』や『坊つちやん』などをのぞくと、漱石の多くの作品は三人称で書かれているのですが、そこでも、写生文の「語り」が出てきます。語り手が文明批判をしたりもする。たとえば、今日取り上げる『彼岸過迄』でも、最初に敬太郎という人物が出てきますが、これは三人称客観描写で書かれているのではありません。明らかに語り手がいます。したがって、何となくユーモラスに書かれているわけです。これが写生文の特徴です。ところが、この作品では、「須永の話」と「松本の話」、最後は須永の手紙というように、一人称で書かれた部分があります。ここにはユーモアがありません。

しかし、先に言ったように、手紙や話をいれるのは、三人称客観描写が成立する前の形態です。『行人』や『こゝろ』もそのように手紙を使っています。漱石が三人称客観描写に近いものを書いたのは、『道草』が最初だと言っていいのです。それはたぶんはじめて文壇で評価されました。自然主義的だと思われたからです。しかし、それは内容によるのではなくて、書かれた形式によるのです。漱石は、それなら、なぜ三人称客観描写で書かなかったのか。なぜ彼はそれを拒否していたのか。これも「謎」ですね。そして、この「謎」は、最初に述べたこととつながっています。

近代小説の特質としての三人称客観描写ということにかんして、もう一つ言っておくことがあります。それは、三人称客観描写では、語尾が必ず「た」で終るということです。それはフランス語でなら単純過去ですが、日本語には本質的には過去形というのはないわけで、文末に過去を指示する文末詞をつけます。旧来の文語では、それがさまざまにありました。「つ」とか「ぬ」とか「けり」のように。それらは、それぞれ意味合いが違います。西洋文法でいえば、完了形にあたるものとか、また「けり」のように伝聞を意味するものもあります。それが言文一致において「た」に統一された。これは、実は、言文一致の小説においては、フランス語の単純過去に対応するものです。この

「た」によって、全体を回想できるような超越的視点が確保されるのです。三人称客観描写では、語り手が消えると言いましたが、それはこのような「た」によって可能になるのです。

それに対して、写生文というのは、ほとんどが現在形なんですね。「た」というのを使う場合もないわけではない。しかし、基本的には常に現在なんです。現在進行形といってもいいですけど、英語の進行形じゃなくて、たえず現在として事態があるということです。内容が過去のことでも、それはたえず現在として書かれています。けっして終りから回想するというかたちで書かれていない。

たとえば、『虞美人草』の後で、漱石は『坑夫』というのを書きます。これは一人称（「自分」）で書かれています。しかし、回想ではありません。主人公は、ほとんど自分が自分だと思えない、自分が自分としては感じられない、外界も実感できないという人物です。それは、ほとんど離人症あるいは分裂病的な症状です。そういう人物がふらふらっと山道を歩いていて、いつの間にか炭鉱の現場に入る。最後は、そういう状態から治って、東京に戻ってくるわけです。しかし、それは常に現在進行形で書かれているのです。いいかえれば、「た」が使われていない、つまり過去を統合するような視点で書かれているのではなく、いきあたりばったりで進行していく事態が書かれています。

しかし、もし写生文でなく一人称でこういう心的状態を書くとどうなるでしょうか。

非常に深刻なものになるはずです。たとえば芥川の最晩年の作品、『歯車』などは、そういった病的状態を、内側から書いたものです。しかし、『坑夫』にはある余裕、ユーモアがあります。それはまさに写生文の「語り」だからです。つまり、病的でありながら、同時にその外側に立っているからです。いいかえれば、メタレベルに立っている。しかし、それは「客観的」に見ているということとは異なるのです。

4　表象されない物自体

この『坑夫』の人物は分裂病的だと言いました。彼は、自分が自分のような気がしない。そこで、こういうことを言っています。「人間《にんげん》のうちで纏《まとま》つたものは身体《からだ》丈《だけ》である。身体《からだ》が纏《まとま》つてるもんだから、心《こゝろ》も同様《どうやう》に片附《かたづ》いたものだと思《おも》つて、昨日《きのふ》と今日《けふ》と丸《まる》で反《はん》対《たい》の事《こと》をしながらも、矢張《やは》り故《もと》の通《とほ》りの自分《じぶん》だと平気《へいき》で済《す》ましてゐるものが大分《だいぶ》ある。のみならず一旦責任問題《いつたんせきにんもんだい》が持《も》ち上《あ》がつて、自分《じぶん》の反覆《はんぷく》を詰《なじ》られた時《とき》ですら、いや私《わたくし》の心《こゝろ》は記憶《きおく》がある許《ばか》りで、実《じつ》はばら〱なんですからと答《こた》へるものがないのは何故《なぜ》だらう。かう云《い》ふ矛盾《むじゆん》を屢《しば〱》経験《けいけん》した自分《じぶん》ですら、無理《むり》と思《おも》ひながらも、聊《いさゝ》か責任《せきにん》を感《かん》ずる様《やう》だ。して見《み》ると人間《にんげん》は中々《なか〱》重宝《ちようはう》に社会《しやくわい》の犠牲《ぎせい》になる様《やう》に出来《でき》上《あが》つたものだ」。

しかし、この人物が言っていることは、べつに妄想ではありません。それは、十八世紀イギリスの経験論的哲学者ヒュームが言っていることに対応しています。ヒュームの懐疑は徹底していました。彼は因果性というものを、二つの事態が隣接的であり連続的に見えることから想定される慣習にすぎない、と言いました。また、自己にかんしても同じです。多数の自己があるだけで、同一性としての自己はない、と。漱石の言葉で言えば、それは「社会」的な慣習でしかない。しかし、そう言ったとしても、ヒュームの場合は哲学的な懐疑であって、日常的にはごく普通に生きていたわけです。が、この「懐疑」が現実に生きられるとしたら、どうなるでしょうか。たぶん、『坑夫』の人物のようになるでしょう。

おそらく漱石はそのような体験をもっていたはずです。しかし、同時に、彼はヒュームの哲学についてもよく知っていました。というのも、彼が最も好んだローレンス・スターンは、明らかにこのヒュームの哲学を反映しているからです。ところで、このヒュームの懐疑に衝撃を受けた哲学者がいます。『純粋理性批判』を書いたカントです。ヒュームによれば、科学的法則は慣習でしかないし、「自己」も慣習でしかなくなる。しかし、カントはそれではすまなかった。科学的認識が、あるいは自己がどのように成立するかを基礎づけようとしたわけです。

ロンドンにいた漱石は、『文学論』で同じような問題を考えています。つまり、漱石はヒュームと同じ懐疑を提示するのです。西洋人が西洋文学が普遍的だと思っているが、それは西洋人がそれに慣れている(慣習による)からであって、したがって、そのような文化的背景を共有しない者には享受されない。東洋文学にかんしても同様である、と漱石はいうのです。しかし、彼はそこにとどまらない。漱石は、趣味は相対的であるけれども、普遍性がそこになければならないと考えました。その場合、漱石は、素材はたしかに違うけれども、素材と素材の関係構造(形式)は同一であると考えた。一種の形式主義・構造主義ですね。その意味で、漱石は、カントが出会った問題にもう一度出会っているわけです。もちろん、ヒュームもカントも十八世紀の人ですから、古くさいと思われるかも知れません。しかし、けっしてそうではないのです。

ヒュームに対して、カントはこう考えたのです。ヒュームによれば、人間の認識はすべて感覚にもとづく。しかし、カントはそのように認識が感性的な内容にもとづくことを一方で認めながら、他方で、「認識」(科学的認識といってもいいのですが)は、人間がア・プリオリに(経験に先立って)もつ感性の形式や悟性のカテゴリーをそこに能動的に投げ入れることによって成立するのだと考えたのですね。つまり、物の内容は多様だけれども、その構造は普遍的であり、またそれは主観が構成するものだ、と。われわれが認識するのは、主観がそのように構成した「現象」である、しかし、「物自体」は知ることができないと、カントはいうのです。それは観念論ではありません。彼は「物」が外部にありわれわれの感官を触発すること、それなしに認識はないということを前提しているのですが、ただ「物自体」を知ることはできないというのです。

この「物自体」という考えは、カント以後評判が悪くて、すぐに否定されてしまいました。しかし、私の考えでは、この考えは非常に重要です。「物自体」というのは、われわれの主観的な形式によって構成される「現象」からは洩れてしまわざるをえないものです。ここで、「形式」を言語と言い換えると、われわれがとらえている世界や歴史は、言語によって構成されたものだという考えになります。それは今日支配的な考え方です。この文脈においては、「物自体」は何を意味するでしょうか。それは、そこからどうしてもずれてしまうものがあるということです。あるいは、われわれが世界を能動的に構成しているように思うけれども、根本的なところで感性的な受動性としてあるのだ、ということです。たぶん、「物自体」とは、ヒュームがいったような多様で流動的で因果性が成立しないような領域です。カントはいわばヒュームのいう感覚を「物自体」のほうに送り込んだといってもいいでしょう。もちろん、われわれは「物自体」という言葉そのものは使う必要はありません。しかし、そのような言葉を使わなかったとしても、それはたとえば、マルクス、ニーチェ、フロイトというような思想家において、べつの形で活きています。

たとえば、フロイトが見いだした「無意識」というのは、いわば物自体なのです。われわれは意識において、ある事柄の原因を知っているつもりですが、実はそれは構成された「現象」であって、われわれを触発している「原因」については知らないのです。後者が無意識です。マルクスは、そのような「原因」を、歴史的な経済的下部構造として見いだしたといえます。彼がいう「下部構造」とは、われわれが知っているような経済的状態ではないのです。そのようなものはすでに「現象」です。歴史学者や経済学者が知るのは現象です。しかし、そのような歴史学者や経済学者そのものをたえず動かしており、しかも彼らが意識できないような歴史性、それがいわば「物自体」です。

ところで、現代のフロイト派のラカンという人は、フロイトをもっとカント的な構造で解釈しています。彼は、心的な領域を、リアルなもの、象徴的なもの、想像的なものという三つに分けています。象徴的なものというのは、いわば、言語形式で組織されるものと言い換えてもよいでしょう。カントでいえば、感性の形式と悟性のカテゴリーですね。それから、想像的なものはカントのいう構想力です。これは感性と悟性をつなぐものです。いずれにしても、問題は、リアルなものは、けっして言語化されず表象されないということです。

なぜこのことを言うかというと、漱石という作家は、このけっして表象されない「物自体」あるいは「リアルなもの」にたえず脅かされていた作家だったからです。先ほど、私は近代小説が一つの装置であるといいました。それは、いいかえると、近代小説は一つの形式(象徴的なもの)であるということです。そして、漱石は、そのような形式においてはけっして入らないようなものにたえず迫られ、またそれをとらえようとしていたということです。それは、一面からいえば、漱石の「病」ということになるでしょうし、他面からいえば、漱石がけっして近代小説の構えで書かなかったということを意味するわけです。

5　理念としての構成

三人称客観描写＝リアリズムというのは、いわば、近代科学的な認識に対応しています。それは、そのような世界自体があるのではなく、そのような形式こそが成立させる「現象」としての世界です。それに対して、反リアリズム的な物語や幻想文学はどうでしょうか。これはいわば「想像的なもの」にすぎません。つまり、リアリズムも反リアリズムも同一のレベルにあるのです。たとえば、日本の近代文学は自然主義に代表されますが、他方に泉鏡花のような人がいます。これらは対立的なものとして見られていますが、たとえば、柳田國男のような人はどちらもやっています。自然主義の祖であり、同時に民俗学の祖でもある。そのように、近代文学も反近代文学も同じところに立っているのです。

ところが、漱石はどちらとも違っていました。彼は、『彼岸過迄』の序文において、自分は、自然主義者でもなければ、ネオロマン主義者でもないと言っています。ということは、彼はどちらにも見えたわけです。しかし、自分はそのどちらでもない、と彼は言わねばならなかった。事実、漱石はそういった人たちと根本的に違っていました。

すでに言ったように、漱石は非常に多くのジャンルを書き分けました。近代小説から排除されたようなジャンルの作品を書いた。しかし、現在は、それが回復されているのです。今の小説を見れば、サイエンス・フィクションから井上ひさしにいたるまで、それまで純文学でないとして排除されていたジャンルが公然と認められている。そうすると、漱石はそうした多様なジャンルをすでに回復していった人だという見方ができるでしょう。しかし、そのことは、現在の作家がそうしているのとは別の理由からですね。

漱石が向かっていたのは、物自体、つまり、絶対に表象できない、言語のレベルに入って来ないものです。このことは、『坑夫』とか『行人』とかいった作品よりも、むしろ『虞美人草』のような作品を見ることによって示されると思います。

漱石は、大学を辞めて職業作家になろうとしたとき、『虞美人草』を最初の作品として書いたのですが、これは非常に人工的な凝りに凝った文章で書かれているだけでなく、型通りになっているわけです。いうならば、勧善懲悪の小説です。先ほどいったように、これは大衆的に人気がありましたが、文学者の間では評判が悪い。正宗白鳥がこれを「現代化した馬琴」と呼んだのも無理はないんです。馬琴といえば、勧善懲悪ということで、坪内逍遥の『小説神髄』以来否定されている。しかし、そんなことは百も承知のはずの漱石が、こういうものを書いた。これをどう考えればいいでしょうか。

漱石は手紙の中で、『虞美人草』に関してこういうことを言っています。「最後に哲学をつける。此哲学は一つのセオリーである。僕は此セオリーを説明する為めに全篇をかいてゐるのである」。そのセオリーはどういうものかというと、それは『虞美人草』の中でこう書かれている。「道義《だうぎ》の観念《くわんねん》が極度《きよくど》に衰《おとろ》へて、生《せい》を欲《ほっ》する万人《ばんにん》の社会《しやくわい》を満足《まんぞく》に維持《ゐぢ》しがたき時《とき》、悲劇《ひげき》は突然《とつぜん》として起《おこ》る。是《こゝ》に於《おい》て万人《ばんにん》の眼《め》は悉《ことごと》く自己《じこ》の出立点《しゆつたつてん》に向《むか》ふ。始《はじ》めて生《せい》の隣《となり》に死《し》が住《す》む事《こと》を知《し》る」。

それを「自然の法則だ」と呼んでいるわけです。また、それを「悲劇の哲学」とも呼んでいます。しかし、漱石は、馬琴の時代に生きていたのではありません。まさに「二十世紀」に生きていたわけです。実際は、馬琴の時代でさえ、それは「理念」であって、現実にそういう「自然の法則」が働いていたのではありません。それなら、漱石は、この時代に、なぜこのような「哲学」を書くのか、あるいは、そのような勧善懲悪の構成をとるのか。

このことは、最初に言いました『ハムレット』を考えると、よくわかると思います。『ハムレット』は、本来ならば、自分の父親を殺して母親と結婚した叔父に対して復讐する劇です。そのことによって、「自然の法則」が働き、自然＝社会の秩序（コスモス）が回復される。『ハムレット』も大枠ではそうなっています。しかし、ハムレットは容易に復讐に踏み切らない。何やら不可解な「存在論的」問題にとらわれている。エリオットがそこに「客観的相関物」が欠けていると批判したのはそのためです。『ハムレット』が悲劇だとしても、それは「悲劇の哲学」からずれています。ずれているところにこそ、シェークスピア的悲劇が成立しているのです。

しかし、逆に見ると、このような勧善懲悪や復讐という中世以来のシステムがないならば、このズレ自体が見えなくなるでしょう。たとえば、もしハムレットのような人物を現代小説で描きますと——事実そういうものはたくさんあるのですが——、内的な世界だけになってしまうでしょう。漱石が書いた『虞美人草』の構造は、勧善懲悪的なものです。漱石自身、最後に藤尾という悪い女を殺してやる、そのために、自分はこの小説を書いているんだと手紙で書いています。ところが、この作品では、ハムレット的な人物が二人出てきます。宗近と小野です。彼らをもっと内側から描くと、たぶん、『虞美人草』という作品の構成は崩壊するでしょう。

『虞美人草』には最初に述べた「構成的破綻」はありません。しかし、それは漱石が藤尾を唐突に死なせてしまい、むりやり勧善懲悪を実現してしまったからです。あとでいうように、その後の漱石は、『虞美人草』と同じような構成をもちながら、それが崩壊してしまう小説を書いています。しかし、このような勧善懲悪的な「構成」、あるいは「自然の法則」は、漱石において不可欠な前提です。それがなければ、崩壊も破綻もないからです。すでにいったように、漱石は封建時代に生きていたのではなかった。そのような世界像は、絶対に現実には存在しないものです。つまり、「理念」です。しかし、漱石はなぜそれを必要としたのか。同時代の作家たちに馬鹿にされても、なぜそれを枠組として必要としたのか。

ここで、カントのいう「物自体」について再考する必要があります。カントは、人間は物自体を認識できないと言ったのですが、その例は、神とか不死というものです。神や死後の世界はあるかも知れない。しかし、「認識」というものは、経験つまり感性を通さねばならない。その意味では、神や死後の世界は認識できない。それを強引に理論的に証明しようとしたのが形而上学です。カントはそういう証明を批判します。しかし、彼は人間の理性が神や不死といったものをどうしても必要とすることを認めるのです。必要とするが認識はできない。カントによると、神や不死というものは「理念」であるということになります。「理念」というものは、仮象にすぎないけれども、ある統整的な機能をするというわけです。しかし、それを理論的に証明することはできない、と。

漱石にかんして言いますと、彼は『虞美人草』を書いたあと、『坑夫』を書きました。つまり、分裂症的な人間、いわば復讐劇なしのハムレットを主人公にしています。もっとも、『坑夫』はやはり『虞美人草』的な構造をもっていますが。しかし、『虞美人草』

のあと『坑夫』を書いたのは、漱石が『虞美人草』を書く時点においても『坑夫』のような可能性をもっていたということを意味します。いいかえれば、『虞美人草』にあるような「理念」は、『坑夫』とちょうどうらはらな「病」に対応しているのです。漱石は、彼の時代がどうであれ、そのような「理念」をいわば「病的」に必要としたのです。それが、漱石がけっして表象できない世界、物自体にたえずかかわっていたということの証拠です。

なぜなら、「理念」とは、表象できないような世界を想像によって表象してしまうことだからです。それは仮象に決っています。普通の近代人、あるいは漱石の同時代の作家は、そんなものを否定しました。自然主義的な世界観で十分だった。しかし、漱石がそのような「理念」を必要としたのは、彼が古くさい「道義」観をもっていたからではなくて、いわば、近代的な形式の中に入らないような「物自体」をのぞき込まずにいなかったからです。『坑夫』のような形態だけが病的なのではなくて、『虞美人草』のような理念的世界もいわば病的なのです。

6 『彼岸過迄』と『吾輩は猫である』

『虞美人草』の中で、漱石は、ほとんど後の作品の構造をすべて書いているのです。

そこには、『彼岸過迄』と同じ構造が出てきます。たとえば、母親との関係、異性との関係、友人との関係において。しかし、『彼岸過迄』には、『虞美人草』のような理念的「構成」はありません。最初に言ったように、漱石の長篇小説の中では、『彼岸過迄』は、『吾輩は猫である』と並んで、「構成」が欠けている、というよりあえてそれを拒否している例外的な作品です。私が昔の「漱石試論」で『彼岸過迄』を論じなかった理由もそこにありました。なぜなら、「構成的破綻」というのは、「構成」があるときに生じますが、もともと『彼岸過迄』にはそのような意味での構成がないからです。たとえば『ハムレット』みたいな悲劇的な構成をもっていたのが、途中でずれてしまうというわけではない。

しかし、まったく構成がないわけではないんですね。ある意味では非常に構成的にできているわけです。それは、章ごとに、レベルが下降していくようになっています。そのかわり、全体としての小説の構成ということは否定されています。むしろ、この作品は、漱石でいえば、『吾輩は猫である』に似ているんですね。つまり、あれは連作的に長くなっていったわけで、漱石は構成を考えていなかった。『彼岸過迄』は、それとは違うけれど、やはり構成を斥けている。タイトルもそういったものですね。漱石のタイトルは大概いい加減なものですけれども、それでもそれなりの根拠がある。『それから』という題も、いい加減なものですが、これは『三四郎』の後の作品で、「三四郎のそれから」というような意味もあるわけです。

しかし、『彼岸過迄』というタイトルの無造作さは、漱石がこの作品をいい加減に考えていたということにはならない。漱石が『門』を書いてから、だいたいこの作品が書かれるまでに、一年半のブランクがあります。この間にいろんな事件がありました。一つは漱石は、「修善寺の大患」といわれていますが、病気で死にかけた。もう一つは、朝日新聞に入っていたんですが、彼をそこに引っ張った池辺三山という人が辞めたのです。そのため、彼も辞表を出したという事件があります。

それから、娘が死んでいるんですね。『彼岸過迄』の前半部分に、突然、千代子の話として「雨の降る日」というのが入ってきます。これは本筋とほとんどなんの関係もないといってもいいんですけれども、それは自分の娘が死んだときのことを書いたのだ、と一般的には言われています。要するに、自分自身にしても、家族にしても、勤めていた新聞社にしても、漱石が作家になって以来の重大の危機を経験していたと思うのです。だから、漱石は『彼岸過迄』に序文を書き、そこで非常に思い切った挑戦的なことを書いています。

……実《じつ》をいふと自分《じぶん》は自然派《しぜんは》の作家《さくか》でもなければ象徴派《しやうちようは》の作家《さくか》でもない。近頃《ちかごろ》しば〳〵耳《みゝ》にするネオ浪漫派《ローマンは》の作家《さくか》では猶更《なほさら》ない。自分《じぶん》は是等《これら》の主義《しゆぎ》を高《たか》く標榜《へうばう》して路傍《ろばう》の人の注意《ちゆうい》を惹《ひ》く程《ほど》に、自分《じぶん》の作物《さくぶつ》が固定《こてい》した色《いろ》に染附《そめつ》けられてゐるといふ自《じ》信《しん》を持《も》ち得《え》ぬものである。又《また》そんな自信《じしん》を不必要《ふひつえう》とするものである。たゞ自分《じぶん》は自《じ》分《ぶん》であるといふ信念《しんねん》を持《も》つてゐる。さうして自分《じぶん》が自分《じぶん》である以上《いじやう》は、自然派《しぜんは》でなからうが、象徴派《しやうちようは》でなからうが、乃至《ないし》ネオの附《つ》く浪漫派《ローマンは》でなからうが全《まつた》く構《かま》はない積《つもり》である。

東京大阪《とうきやうおほさか》を通《つう》じて計算《けいさん》すると、吾朝日《わがあさひ》新聞《しんぶん》の購読者《こうどくしや》は実《じつ》に何《なん》十万《まん》といふ多数《たすう》に上《のぼ》つてゐる。其《そ》の内《うち》で自分《じぶん》の作物《さくぶつ》を読《よ》んでくれる人《ひと》は何人《なんにん》あるか知《し》らないが、其《そ》の何人《なんにん》かの大部分《だいぶぶん》は恐《おそ》らく文壇《ぶんだん》の裏通《うらどほ》りも露路《ろぢ》も覗《のぞ》いた経験《けいけん》はあるまい。全《まつた》くたゞの人間《にんげん》として大自然《だいしぜん》の空気《くうき》を真率《しんそつ》に呼吸《こきふ》しつゝ穏当《をんたう》に生息《せいそく》してゐる丈《だけ》だらうと思《おも》ふ。（中略）自分《じぶん》は是等《これら》の教育《けういく》ある且尋常《かつじんじやう》なる士人《しじん》の前《まへ》にわが作物《さくぶつ》を公《おほやけ》にし得《う》る自分《じぶん》を幸福《かうふく》と信《しん》じてゐる。

漱石はいまや文壇の中で分類されている。また彼の弟子たちも文壇の一派をなしている。それに対して、彼は「自分は自分だ」と言うのです。『猫』を書いたときはたぶんこういう気持だったと思うんですね。さっきも言ったように、周りにはすでに近代小説が出ていました。その中で、『吾輩は猫である』を書いているのはやっぱり奇妙なものだったと思います。まさに「変物」ですね。しかし、「自分は自分だ」と、「自己本位」

でやっていたと思うんです。ところが、以後ある期間、文壇の作家としてやってきますと、いろいろな評価なり、位置づけなりが起こっている。自分自身も一つの文壇を形成している。だから、それを全部否定してやろうというか、ゼロへ帰ろうというか、そういうことをこの序文は意味していると思うんです。

漱石は一度死にかけたといいましたけれども、『彼岸過迄』は再出発というよりも、再生です。それは『吾輩は猫である』の地点に戻ったといってもいいわけです。たとえば、『猫』では、筋もない。短篇の連続という形で書き続けられたのです。方向は徐々にずれていく、内容も深まってはいくんですけれども、それらの短篇がどうしてつながっているのかといいますと、あちこちを徘徊する猫がいるからです。

漱石は、『彼岸過迄』にかんして、「個《こ》々《ゝ》の短篇《たんぺん》を重《かさ》ねた末《すゑ》に、其《そ》の個《こ》々《ゝ》の短篇《たんぺん》が相合《あひがつ》して一長篇《ちやうへん》を構成《こうせい》するやうに仕《し》組《く》んだ」と書いています。しかし、これは新しい趣向というよりも、『猫』でやられてきたことです。違いは、『猫』のときと違って、漱石は、それを意識的にやろうとしたということにあると思います。この作品では、最初に出てくる敬太郎という人物は、いわば猫なんですね。少なくとも猫の役割を果しています。彼は、須永とか、千代子の形成する世界の周辺をぐるぐる回っているだけです。そこに入り込むことはしないし、できない。

「結末」のところにこう書かれています。「彼《かれ》の役割《やくわり》は絶《た》えず受話器《じゆわき》を耳《み》にして「世《せ》間《けん》」を聴《き》く一種《いつしゆ》の探訪《たんぼう》に過《す》ぎなかつた」。ところが、娘の死んだところもそうなんですが、すべて敬太郎の聞いた「話」ということになっているわけです。たとえば、「須永の話」や「松本の話」。これらはあれこれ動き回り聞き回る敬太郎を通してのみ存在するものです。

7 『彼岸過迄』の構成

『彼岸過迄』は、人間関係の骨格においては『虞美人草』と同じなんです。が、こうした形式において基本的に違っています。つまり、この敬太郎が聞いた「話」が、進行するにつれてレベルが違って来るのです。どんどん下降していくわけですね。それはほとんど精神分析的です。

第一のレベルでは、敬太郎は主人公として現れるのですが、彼は探偵にあこがれている。漱石はしばしば探偵というものを最も唾棄すべきものだと書いているのですが、実は、それを最初に言ったのは『吾輩は猫である』においてです。しかし、猫は自分で探偵のような仕事をしているのです。それは矛盾ではないか。『彼岸過迄』では、探偵は二種類に分けられています。一つは、「其目的《そのもくてき》が既《すで》に罪悪《ざいあく》の暴露《ばくろ》にあるのだから、予《あらか》じめ人《ひと》を陥《おとしい》れやうとする成心《せいしん》の上《うへ》に打《う》ち立《た》てられた職業《しよくげふ》である」というタイプの探偵です。

敬太郎はそれを嫌うわけです。彼が考えている探偵というのは、「自分《じぶん》はたゞ人間《にんげん》の研《けん》究者否人間《きうしやいなにんげん》の異常《いじやう》なる機関《からくり》が暗《くら》い闇夜《やみよ》に運転《うんてん》する有様《ありさま》を、驚嘆《きやうたん》の念《ねん》を以《もつ》て眺《なが》めてゐたい」というような探偵です。

そういう探偵は犯人をとらえることに何の関心ももっていないわけです。彼がもつ関心は、犯罪という事実、そして、犯罪の形式だけですね。むしろ、犯罪者以上に善悪に関心がない。この種の探偵はエドガー・アラン・ポーにおいて初めてあらわれたのですが、現実には存在しません。実在するのは、漱石がいう警視庁の探偵と大差はないわけですね。「其目的《そのもくてき》」は「罪悪《ざいあく》の暴露《ばくろ》」にあり、かつ実証的である。小説でいえば、自然主義になります。漱石が蔑んで探偵と呼ぶものは、文学でいえば自然主義に対応します。

ポーがつくり出した探偵はデュパンですが、彼はたえず警察の実証主義に対立するわけです。それは必ずしもロマンティックなものではないんですね。それは実証的な知性に対立する、本来的な知性を意味するものでもあります。日本で、デュパンのような探偵が初めて書かれたのは、漱石より十数年後、大正十四年に書かれた、江戸川乱歩の『D坂の殺人事件』です。そこに有名な明智小五郎が出てきます。このような連中の特徴は、遊民ということにあります。漱石自身が「高等遊民」という言葉を使っていますけれども、この「遊民」という現象は、ベンヤミンなんかが強調した問題なのですが、これは歴史的に出現したものですね。遊民と探偵は結びついています。

デュパンのあと、コナン・ドイルがシャーロック・ホームズという探偵をつくり出しました。コナン・ドイルの推理小説には、一つの特徴があります。それは犯罪の動機です。それはほとんどの場合、海外植民地でなされてきた犯罪を隠して本国でジェントルマンとしてごまかしている人間に関係しているのです。つまり、ホームズの推理は、たんに犯罪の形式ではなくて、そこに、いわばイギリスの資本主義の繁栄がどのような犯罪の上に成り立っているのかということを暴露するものです。

マルクスが『資本論』の中で、「資本の原始的蓄積」のことを資本主義の原罪であると言っています。彼はイギリスで大英博物館にこもって『資本論』を書いた。余談になりますが、シャーロック・ホームズも若いころ大英博物館で毒物学を研究したことになっていますが、それにもとづいて、マルクスとホームズが博物館で出会って議論するという小説もあるのです。一方、ホームズとフロイトが出会う小説もあり、それは映画にもなっています。このフロイトが明らかにしたのは、どの人間も一度やろうとしたことがある犯罪です。つまり、父殺し、あるいはエディプス・コンプレクスの問題です。そういう意味で、探偵小説というものと、精神分析、あるいはマルクスの『資本論』はある平行性をもっていることがわかります。しかも、ほとんど同時代です。

『彼岸過迄』の敬太郎は、もちろんホームズのような探偵ではない。全然分析力もない、たんにロマンティックな夢想をもっているだけだといえるんですが、しかし主要な人物の周りを回っているだけではなくて、いうならば、彼らの告白を引き出しているわけです。須永の話、松本の話、これはすべて敬太郎に語られたものですから。精神分析というのは、語らせる治療ですね。ある意味で、敬太郎とはそのような聞き役であって、主人公たちが告白していき、そして、須永の病因が次第に遡行的に明らかになっていくという形になっています。

次に、第二のレベルは、「須永の話」ということになります。ここでは、もう二十世紀の文明とか都市とかいうような問題は出てこない。須永と千代子の動きのとれない関係だけが書かれています。彼らは子供のころに双方の親の合意で婚約させられているのですが、そのことを知らないで育っている。須永は千代子を愛しているのかいないのかもはっきりわからないわけです。第三者が現れると嫉妬します。しかし、千代子が、「貴方は卑怯だ」と言っています。嫉妬するということは、べつに愛の証拠でもなんでもないからです。他人にとられると思ったとたんに出てくる感情ですから、それは愛の証拠ではない。

松本によれば、この二人は離れるために会い、会うために離れるという関係にある。夫婦になると、不幸を醸す目的で夫婦になったと同様の結果に陥るだろうし、また夫婦にならないと不幸になる、そういうような関係なんですね。千代子というのは、ある意味では『虞美人草』の藤尾みたいな人物の系譜にあります。しかし、この第二レベルでは、この二人の関係は、現代の男女関係というか、ある意味でソフィスティケートされた男女の関係として描かれていると思うんです。

第三のレベルは、「松本の話」です。松本というのは、須永の叔父にあたる人物ですが、須永の問題は、千代子との関係ではなくて、母親との関係にあるんだということを明らかにします。実は、須永の母親は義理の母親であり、本当は小間使いが産んだ子だということがわかります。

須永の母親はそれを隠してきた。まったく実の親子のような自然な関係を形成したんですけれども、実はそこに不自然があるのです。自然じゃないのに、自然にしようとしているということが、不自然なわけですね。彼女が須永と千代子の結婚を切望するのは、須永を自分の妹の娘である千代子と結婚させることで血のつながりを回復したかったからです。暗黙に「自然」な血のつながりを求めているわけです。しかし、そのことにさえ、彼女は気づいていない。この義母の中にある「無意識の偽善」――『三四郎』の美禰子について漱石はそう言っているのですが――それが、須永の病気をつくっているといえるのです。

次に、第四のレベルがあります。これは「須永の手紙」というふうに呼んでもよいと思います。須永が旅先から最後に出してきた手紙です。須永はもう全部わかっているのです。それまでは、彼は母親や千代子との関係で悩んでいながら、その原因がわからなかった。いまやすべてわかっています。にもかかわらず、彼がもっていた根源的な異和のような感覚は消えないんですね。旅に出て、解放される感じをもっているというふうなことは、手紙には書いてある。しかし、どうしてもそれは治ったとか、治るだろうということにはなっていないと思うんです。

さらに、この小説の最後には、再び探偵の敬太郎が出てきます。敬太郎が再び現れたことでどうなるでしょうか。それまでの主題は、現代文明の状況と、現代的な男女関係、親子関係、さらに自己自身との関係というふうにずれながら下降していったわけですが、どれも解決されておりません。どこにも出口がない。しかし、敬太郎がもう一度出てくるとき、こういう深刻な光景はいわば遠い視点から見られています。そこに、ある種のゆとりが生じます。最初と最後の部分は、「写生文」として書かれているからです。

8 無意識の偽善

『彼岸過迄』には、いま言ったように、四つのレベル、階梯がある。ここから、『虞美人草』を振り返ってみますと、この四つのレベルが一緒に全部出てくることがわかります。たとえば、文明の話から、都市の話から、義母の問題までが一緒に出てくる。ところが、『彼岸過迄』では、それらが違ったレベルに分けられています。これは、漱石自身がこの作品においてある自覚をもっていたからだと思います。つまり、これらを一緒に扱ったのではだめだということを。そして、たしかに、『彼岸過迄』以後の作品では、こうした雑然とした書き方はなくなっているのです。

『彼岸過迄』で、漱石が徹底的に解明しようとしたのは、いわば「無意識の偽善」という問題です。もちろん、彼はそれを『虞美人草』においても書いています。これは女性だけでなく、男もそうです。というよりも、漱石の主要な人物はすべて「無意識の偽善」で動いている。それは、一見してそう見えないような『それから』の三千代とか、『こゝろ』のお嬢さんもそうなのです。

『虞美人草』の中では、主人公の甲野さんには、義理の母親がいます。その娘、つまり彼の義妹が藤尾です。甲野さんも『彼岸過迄』の須永のような理由の知れない悩みをもっています。その甲野さんはこういうのです。

「母《はゝ》の家《うち》を出《で》て呉《く》れるなと云《い》ふのは、出《で》ゝ呉《く》れと云《い》ふ意味《いみ》なんだ。財産《ざいさん》を取《と》れと云《い》ふのは寄《よ》こせと云《い》ふ意味《いみ》なんだ。世話《せわ》をして貰《もら》ひたいと云《い》ふのは、世話《せわ》になるのが厭《いや》だと云《い》ふ意味《いみ》なんだ。——だから僕《ぼく》は表向《おもてむき》母《はゝ》の意志《いし》に忤《さから》つて、内実《ないじつ》は母《はゝ》の希望《きばう》通《どほり》にしてやるのさ。——見給《みたま》へ、僕《ぼく》が家《うち》を出《で》たあとは、母《はゝ》が僕《ぼく》がわるくつて出《で》た様《やう》に云《い》ふから、世間《せけん》もさう信《しん》じるから——僕《ぼく》は夫丈《それだけ》の犠牲《ぎせい》を敢《あへ》てして、母《はゝ》や妹《いもうと》の為《た》めに計《はか》つてやるんだ」

もちろん甲野さんは、母や妹の無意識の偽善を見抜いています。しかし、彼の場合、母が義母であることははっきりわかっているわけですね。それは、無意識の偽善というよりも、むしろただの偽善に近い。ところが、『彼岸過迄』の須永は、義母を母親と思って育ってきたのです。この母親は、いつも自然な母親、実の母親よりももっと自然な母親になろうとしてきた。それは、子供の須永にはわからないし、けっして意識できない。より自然であろうとすることの不自然さ、漱石のいう「無意識の偽善」というのは、むしろそういうものです。

漱石は、のちに、自伝的な小説『道草』の中で、こういうことを書いています。健三は島田夫婦に養子にもらわれた。しかし、養子だということを本人は知らないのです。ずっと後で知るんだけれども、島田夫婦について、こう回想しています。

　夫婦《ふうふ》は全力《ぜんりよく》を尽《つく》して健三《けんざう》を彼等《かれら》の専有物《せんいうぶつ》にしやうと力《つと》めた。また事実上《じじつじやう》健三《けんざう》は彼《かれ》等《ら》の専有物《せんいうぶつ》に相違《さうゐ》なかつた。従《したが》つて彼等《かれら》から大事《だいじ》にされるのは、つまり彼等《かれら》のために彼《かれ》の自由《じいう》を奪《うば》はれるのと同《おな》じ結果《けつくわ》に陥《おちい》つた。彼《かれ》には既《すで》に身体《からだ》の束縛《そくばく》があつた。従《しか》しそれよりも猶恐《なほおそ》ろしい心《こゝろ》の束縛《そくばく》が、何《なに》も解《わか》らない彼《かれ》の胸《むね》に、ぼんやりした不満足《ふまんぞく》の影《かげ》を投《な》げた。

夫婦《ふうふ》は何《なに》かに付《つ》けて彼等《かれら》の恩恵《おんけい》を健三《けんざう》に意識《いしき》させやうとした。それで或時《あるとき》は「御《お》父《とつ》ツさんが」といふ声《こゑ》を大《おほ》きくした。或時《あるとき》はまた「御母《おつか》さんが」といふ言葉《ことば》に力《ちから》を入《い》れた。御父《おとつ》ツさんと御母《おつか》さんを離《はな》れたたゞの菓子《くわし》を食《く》つたり、たゞの着物《きもの》を着《き》たりする事《こと》は、自然《しぜん》健三《けんざう》には禁《きん》じられてゐた。

自分達《じぶんたち》の親切《しんせつ》を、無理《むり》にも子供《こども》の胸《むね》に外部《ぐわいぶ》から叩《たゝ》き込《こ》まうとする彼等《かれら》の努力《どりよく》は、却《かへ》つて反対《はんたい》の結果《けつくわ》を其子供《そのこども》の上《うへ》に引《ひ》き起《おこ》した。健三《けんざう》は蒼蠅《うるさ》がつた。

「なんでそんなに世話《せわ》を焼《や》くのだらう」

「御《お》父《とつ》ツさんが」とか「御母《おつか》さんが」とかが出《で》るたびに、健三《けんざう》は己《おの》れ独《ひと》りの自由《じいう》を欲《ほ》しがつた。自分《じぶん》の買《か》つて貰《もら》ふ玩具《おもちや》を喜《よろこ》んだり、錦絵《にしきゑ》を飽《あ》かず眺《なが》めたりする彼《かれ》は、却《かへ》つてそれ等《ら》を買《か》つてくれる人《ひと》を嬉《うれ》しがらなくなつた。少《すく》なくとも両《ふた》つのものを綺《き》麗《れい》に切《き》り離《はな》して、純粋《じゆんすゐ》な楽《たの》みに耽《ふけ》りたかつた。


私は、この養父母が、無知だとしても特別に悪い連中だったと思いません。結局、彼らは、健三の親であるという確信をもてないから、ことあるごとに、自分たちが親なんだよ、親なんだよということを子供に念を押さざるをえない。しかし、それを聞かされている子供は、理解できないにもかかわらず、そこからあるメッセージを受けとるのです。「御母さんが――」ということを強調すればするほど、そうではないということをメッセージとして与えているのです。

漱石は、『硝子戸の中』で、九歳ごろ実家に戻ったあとも実の両親を祖父母と思いこんでいたということを書いていますから、これらの養父母を実の両親と思っていたはずです。しかし、同時に、彼はそうでないことを無意識に気づいていたと思います。重要なのは、それが養父母の言葉やふるまいの二重性から来ているということです。

コミュニケーションは複数のレベルでなされます。ひとが「馬鹿だねえ」といったとき、その人が笑いながらいっているか冷たい顔をしているかによって意味が違ってきます。このように、あることがいわれていても、その意味は言葉だけからは確定できません。今の例では言葉と表情ですが、言葉のレベルだけでもそういうことがありえます。たとえば、「おれの命令に従うな」と命令されたとき、どうしたらいいでしょうか。その命令に従えばそれに反することになり、動けません。グレゴリー・ベートソンはこれを「ダブル・バインド」と呼んでいます。

たとえば、本当は子供を愛していないのに愛しているかのように母親がふるまうとき、母親の言葉は、二つのレベルで発せられることになります。文字どおりでは「愛している」かのような、つまり、優しそうな言葉が吐かれるが、それが冷たい表情のもとに発せられる。子供はそのことに気づかないが、暗黙に気づいているのです。しかし、どちらが本当なのか決定できない。そのような親の態度が反復されると、子供はたえず「ダブル・バインド」におかれます。ベートソンは、精神分裂病になりやすい環境として、そうした親の両義的な態度を指摘しています。その結果、子供は、メタ・コミュニカティヴな能力、すなわち文字どおりの言明と、それが別に意味することとを区別する能力を失うことになる。分裂病者の場合、相手が何かをいうとき、それが真に何を意味しているかわからないし、「隠された意味」に過度にこだわり、それにだまされないように決意します。病気の最終的な段階は、一切応答しないことです。

先に引用した『虞美人草』の甲野さんは、義母が、あなたは、この家を出ていかないでくれ、私の財産を全部受け取ってくれと言うときは、全然別な意味になっているんだと言いました。おそらく、この母親は、甲野さんを幼年期からたえず「ダブル・バインド」においてきたのだろうと思います。ベートソンは、分裂病になる人は、親との関係でそういうダブル・バインドの状態を強いられたひとが多いと言っています。もちろん、そうであれば分裂病になるということではありませんし、また漱石が分裂病だというのでもありません。しかし、漱石には固有の「病」があり、それはこのようなダブル・バインドと関係があると思います。

たとえば、晩年の『硝子戸の中』で、漱石はこういう「苦悶」を語っています。「もし世《よ》の中《なか》に全知全能《ぜんちぜんのう》の神《かみ》があるならば、私《わたくし》は其神《そのかみ》の前《まへ》に跪《ひざま》づいて、私《わたくし》に毫髪《がうはつ》の疑《うたがひ》を挟《さしはさ》む余地《よち》もない程明《ほどあき》らかな直覚《ちよくかく》を与《あた》へて、私《わたくし》を此苦悶《このくもん》から解脱《げだつ》せしめん事《こと》を祈《いの》る。でなければ、此不明《このふめい》な私《わたくし》の前《まへ》に出《で》て来《く》る凡《すべ》ての人《ひと》を、玲瓏透徹《れいろうとうてつ》な正直《しやうぢき》ものに変化《へんくわ》して、私《わたくし》と其《その》人《ひと》との魂《たましひ》がぴたりと合《あ》ふやうな幸福《かうふく》を授《さづ》け給《たま》はん事《こと》を祈《いの》る。今《いま》の私《わたくし》は馬鹿《ばか》で人《ひと》に騙《だま》されるか、或《あるひ》は疑《うたが》ひ深《ぶか》くて人《ひと》を容《い》れる事《こと》が出来《でき》ないか、此両方《このりやうはう》だけしかない様《やう》な気《き》がする。不安《ふあん》で、不透明《ふとうめい》で、不愉快《ふゆくわい》に充《み》ちてゐる。もしそれが生涯《しやうがい》つゞくとするならば、人間《にんげん》とはどんなに不幸《ふかう》なものだらう」。

漱石は、しかし、それが何によるのかをこの作品で分析しようとしていると思うのです。『彼岸過迄』という作品は、その意味で、非常に精神分析的な作品なんですね。先に、探偵＝精神分析者と言いましたが、それがほとんど最終的な段階にまで行き着いていると思います。漱石は『彼岸過迄』を書くことで、自分は何に悩んでいるのかにある程度気づいています。その苦悶が治らないとしても、それが何によるのかをはっきりさせたといえると思います。漱石の作品は、それ以降は同じような問題をやるにしても、初期的な混乱はなくなっている。

『虞美人草』、『坑夫』、『それから』、『門』などには、いろんなレベルの問題が同時に混然と出てきたのですが、『彼岸過迄』以後の作品はそうではなくなっています。したがって、『彼岸過迄』は境目にあるわけですが、そのことは、この作品だけが漱石の長篇小説の中で、物語的な構成をもっていないことと関係があります。くりかえして言うと、構成がないのではない。それは次第にレベルを下降していくような構成になっていきます。そして、その最も下位のレベルで露出してくるのは、いわば表象できない「物自体」というべきものです。

［一九九三年十一月八日講演］

作品解説

『門』

『門』は明治四十三(一九一〇)年三月一日から六月十二日まで朝日新聞に連載された。前年に、漱石は『それから』を連載したが、その題名はその前年(明治四十一年)の『三四郎』のそれからという意味だった。『門』という題名は彼の弟子たちが決めたもので、漱石は書きはじめてからも、「一向門らしくなくつて困つてゐる」(寺田寅彦宛書簡)とこぼしている。つまり、『門』は、『それから』のそれからにほかならないのである。『それから』といい、『門』といい、題名のつけ方の無造作さは、新聞の連載小説のせいでもあるが、作家としての漱石が、作品が次の作品を要請するというような不可避的な流れにまきこまれていたことを示しているといってもよい。この創作衝動は、死にいたるまでやむことがなく、爆発的につづいたのである。

『それから』の主人公代助は、かつて子供っぽい義侠心から、友人と結婚させてしまった女を奪いかえす。このことで、彼は父や兄から義絶され経済的援助も絶たれてしまう。それまで「高等遊民」として斜に構えていた彼が、職業を探しに、炎天下の街頭にとび出していくところで、終っている。この人物がいったいどうなるだろうかという関心はたぶん当時の読者にも強くあっただろうが、漱石にとって『門』は、たんに続編というにとどまらず、それを深化させることによって、『行人』、『こゝろ』、『道草』といった作品にそれぞれつながる諸要素を提出しているという意味で、一つのターニング・ポイントだったというべきである。

たとえば、『それから』の代助は、友人の妻となっている女への愛を、「自然の命ずるもの」であり「天意に従う」ものだと考える。つまり、そこには「制度」に対する「自然」という図式がある。代助は戦闘的に「世の中」に立ちむかっていくし、この作品には一種の明るさ、『三四郎』にあったような若々しさがある。一転して、『門』の色調は暗く、またくすんでいる。しかし、この変化は、けっして『それから』の必然的な延長とはいえない。むしろこの暗さは、『それから』ではかなり図式的に考えられた三角関係の内実が突きつめられたところからきている。

漱石が三角関係を何度もとりあげたために、彼が実際にそれを経験したのではないかと考えられ、それをめぐって諸説紛々である。しかし、そうであってもなくても本当はどうでもよい。重要なのは、作品において三角関係がどのようにとらえられたかという点にある。『それから』とちがって、『門』の場合は、三角関係の把握は、「愛」または人間の「関係」はもともと三角関係としてあるのではないかと感じさせる程度に深化している。

たとえば、フロイトが人間の原体験としてとりだしたエディプス・コンプレクスは、いうまでもなく三角関係である。それは、人間が誰でも三角関係を経験するというよりも、他人との「関係」そのものが三角関係において可能だということを意味している。漱石は『それから』の代助の、友人の妻への愛を「自然の命ずるもの」だと書くが、けっしてそうはいえない。というのは、代助の愛は、女がまさに他人の所有であるがゆえに高まったといえるからだ。そうだとすると、「自然と制度」という図式などは成立たない。「自然」そのものがすでに非自然的な(制度的な)ものにからめとられている。『門』において、漱石の人間存在への問いが飛躍的に深まるのは、この意味においてである。三角関係はむしろ人間の「関係」そのものへの問いのなかで見直される。

『門』の宗助は急に鎌倉に参禅してしまう。それまでの問題を放りだしておいて、「悟り」も何もあったものではない。これはこの作品の欠点とされており、その理由として、漱石の肉体的衰弱があげられ、また、『門』という題名に落《おち》をつけるためにそうしたとも考えられている。しかし、この唐突な参禅において重要なのは、宗助がそれを妻に隠していることである。彼らは共通の過去をもち、世間からはなれた緊密な結合をもっているにもかかわらず、互いに通じ合うことのできない微妙な溝がある。たとえば、『こゝろ』の先生も妻に隠れて自殺するのであり、そこからみても、『門』における唐突な参禅は、たんに欠陥といってすますことのできない意味をもつ。この謎は、おそらく三角関係そのものに胚胎している。

われわれがある女(または男)を情熱的に欲するのは、彼女(または彼)が第三者によって欲せられているときである。もちろん、三角関係として顕在化しない場合ですら、恋愛はそのような構造をもつ。しかし、相手を獲得したとたんに情熱はさめ、そのあとは何となく相手を腹立たしく思う。ところが、相手の方はそれを心変りだと思ってしまう。こういう齟齬はごくありふれているが、明瞭な三角関係においては、それはもっと劇的な形をとる。

『門』や『こゝろ』がそうであるように、勝利した男はどこかで潜在的に女を憎んでおり、敗北した男に自己同一化している。彼らは、結局女の恣意にふりまわされたのだからである。もちろん女が冷酷で悪意があるからではない。それはもっぱら「関係」における場所からくる。そこでは、優しさ、無邪気さそのものが残酷たりうるのである。漱石はしばしば「恐れる男」と「恐れない女」の対比を書いたが、これも男や女の本質なのではなく、彼らがおかれた関係における場所の問題にほかならない。

たとえば、芥川龍之介は『藪の中』で、やはり三角関係をとりあげ、そこにおける心理的現実がどれほど異なるかを軽妙に示している。そのなかで、女を奪った多襄丸という野盗は、女の夫をほめたたえ、女を憎んでいる。同様のことが『門』の宗助についてもいえるだろう。ただ宗助はそのことを明瞭に意識していない。しかし、はっきりしているのは、宗助の不安が妻とけっして共有しえない性質のものだということである。

彼らはたしかに世間からかくれ、身をよせあって生きてきた。しかし、二人の罪悪感は異質である。子供ができない御米は、それを彼女の行為に対する「天罰」として受けとめている。彼女もまた傷を負って生きてきたのだが、宗助の傷は彼女の知りえないところにある。彼はいわば関係において傷ついたのであり、相手の男(安井)の接近がもたらす不安は、御米を疎外するのである。

このような両者の疎隔は、不可避的なものである。

御米は障子の硝子に映る麗《うらら》かな日影をすかして見て、

「本当に難有《ありがた》いわね。漸くの事春になつて」と云つて、晴れ〴〵しい眉を張つた。

宗助は縁に出て長く延びた爪を剪《き》りながら、

「うん、然し又ぢき冬になるよ」と答へて、下を向いたまゝ鋏を動かしていた。

このような夫婦の会話の平行線で終っているのは、「世の中に片付くなんてものは殆んどありやしない……」という『道草』の末尾によく似ている。この夫婦の溝は、『行人』のように極大化されないし、『こゝろ』のように破滅的でもない。そのくすんだ色調と、おだやかな境地において、『門』は『道草』につながっているといえる。つまり、『門』は、漱石が中年の日常をはじめてとらえた作品だといってもよい。

今読みかえしてみると、『門』の新しさはそういうところにあるような気がする。つまり宗助の日常は、今日のサラリーマンのそれと同じなのだ。前半の微妙な描写は、たとえあのような過去がなくても、結局宗助のようになるのではないかといいうるような質をもっている。宗助は弟の小六が現にそうであるように、かつては燃えるような知的活潑さと好奇心にあふれ行動的だったが、今ではそうではない。これは、たとえばかつて激しい学生運動をやっていた者が中年のサラリーマンとなって感じる感慨と類似するのであって、そのように読みうる描写の確かさにむしろ感心せざるをえない。

この日常には、希望もないが絶望もない。激しいものは何もない。彼らには過去があるが、時間がそれを癒すこともないが、かといってそれは劇的におそいかかってくるわけでもない。結局なしくずしのまま老いていくような予感がこの作品にはある。その意味では、参禅もそれほど重々しく受けとる必要はない。

宗助は軽い神経衰弱にかかっている。これも『行人』の主人公のような狂気とはちがっている。たとえば、冒頭に、「幾何容易《いくらやさし》い字でも、こりや変だと思つて疑ぐり出すと分らなくなる。此間も今日《こんにち》の今の字で大変迷つた……」という言葉がある。それは慣れ親しんだもの(日常生活)の意味がふっとわからなくなるといったようなもので、「無意味」ということにはいたらない。それでも何とか生きていけるし、生きていくほかないからだ。これは、そのあとにつづく、彼らが崖下に住んでいるという伏線についてもいえる。崖が落ちてくる気づかいはないのだが、漠とした不安がある。そして、これは結末においてもそうである。結局何ごともおこらなかったのであり、また何ごとも解決しなかったのである。

その意味で、『門』はある独特の時間をとらえている。それは激しくもなく、ただ生活において微妙に累積されていくような時間であり、漱石ははじめてそれを書いたのである。先にいったように、三角関係または人間の「関係」にはじめてメスをいれたという点もふくめて、そうしたさまざまな要素が出ているという意味において、『門』は漱石の読者にとって欠くことができない作品である。

［一九七八年四月記］

『草　枕』

　夏目漱石は、明治三十八年に、雑誌「ホトトギス」に『吾輩は猫である』を書き、それが好評だったために、つぎつぎと小説を書いていった。『草枕』はその翌年に書かれている。これらの作品は漱石の初期作品であり、彼が本格的に小説にとりくみはじめたのはそのあとだと考えられている。しかし、すでに四十歳であり『文学論』のような研究を経てきた漱石において、『草枕』を〝初期〟とよんでよいかどうか疑わしい。少くとも、それは若書きのようなものではありえない。漱石が小説家として活動したのは『草枕』から約十年間にすぎないから、この間に彼の文学観が本質的に変わるということは考えられないのである。

　たとえば、漱石が雑誌「ホトトギス」に拠る「写生文家」として小説を書きはじめた明治三十八年には、すでに、西洋文学の、とりわけフランスの自然主義の影響をうけた作家らが文壇の主流としてあった。つまり、漱石は、『猫』や『草枕』によって、文壇に横から飛びこんできたという感じであった。むろん彼の圧倒的な教養と多彩な文章はたちまち注目を浴びたけれども、基本的にはアウトサイダーとしてみられてきた。文壇的な作家はおおむね、漱石を「余裕派」として軽視してきたのであり、評価するとすれば、自然主義的な傾斜を示す『道草』などの作品だけだった。このことは、漱石が『猫』『坊つちやん』『草枕』によって「文壇」外の広汎な読者によって愛読されてきた事実に対応している。どちらかといえば、漱石はあまり〝文学〟的でないと考えられてきたのである。漱石が教養ある「余裕派」で大衆向きの作家であるどころか、最も暗い存在論的な作家だという見方が定着してきたのは、たかだかここ二十年ほどのことである。しかし、たぶんそのような評価もまた偏っているように思われる。

ある意味で、「余裕派」というラベルは当を得ている。文壇主流の人々が漱石に何かしら異和を感じていたことには根拠がないわけではない。というのは、漱石自身、『草枕』を書いたとき、それが〝文学〟として文壇的に受けいれられないことを充分に意識していたからである。現在からみると奇妙なこの小説は、その当時も奇妙にみえたのであって、漱石自身これを「天地開闢以来類のない」小説だと語っている。彼は、この「俳句的小説」を、充分自覚的に、つまりたんなる東洋趣味でなく、当時自明としてみなされるようになっていた十九世紀西洋の〝文学〟への批評として書いたのである。

漱石は、《余の言ふ事は自己の作物の為めでない事は明かである》と断わりながらも、結局『草枕』を弁護するといえる二つのエッセイ、「作物の批評」「写生文」(明治四十年)

を発表している。そのなかで、彼はこういっている。

……あるものは人間交渉の際卒然として起る際どき真味がなければ文学でないと云ふ。あるものは平淡なる写生文に事件の発展がないのを見て文学でないと云ふ。而して評家が従来の読書及び先輩の薫陶、若くは自己の狭隘なる経験より出でたる一縷の細長き趣味中に含まるゝものゝみを見て真の文学だ、真の文学だと云ふ。余は之を不快に思ふ。

（「作物の批評」）

漱石のいわんとするのは、近代西洋の文学だけが「真の文学」である必然性はないということ、どんな文学も可能ではないかということである。漱石の「不快」は、留学先のロンドンにおいて『文学論』を構想したときから徹底的に検討されてきたのであって、『草枕』という奇妙な小説は、古風な東洋趣味の小説というよりも、ある意味では、反〝文学〟的な文学であり「小説の小説」として読んでよいような意義をもっている。

たとえば、『草枕』は、画工の視点から書かれているが、画についていわれていることは文学についてもあてはまる。実際、この画工は詩人でもあるし、また小説そのものについても語られている。小説について「筋を読まなけりゃ何を読むんです」という那美に対して、画工は、「小説も非人情で読むから、筋なんかどうでもいゝんです」という。

事実、『草枕』には「筋」のようなものがないだけでなく、積極的に斥けられている。漱石は、那美という謎めいた人物が一つの筋つまり物語として読まれそうな最後の瞬間に、それを斥けてしまう。那美という女をめぐる現実は「画」に還元されてしまうのである。

このような「非人情」について、漱石はつぎのようにいっている。

……写生文家の人間に対する同情は叙述されたる人間と共に頑是なく煩悶し、無体に号泣し、直角に跳躍し、一散に狂奔する底の同情ではない。傍から見て気の毒の念に堪えぬ裏に微笑を包む同情である。冷刻ではない。世間と共にわめかない許である。

従つて写生文家の描く所は多く深刻なものでない。否如何に深刻な事をかいても此態度で押して行くから、一寸見ると底迄行かぬ様な心持ちがするのである。しかのみならず此態度で世間人情の交渉を視るから大抵の場合には滑稽の分子を含んだ表現となつて文章の上にあらはれて来る。（「写生文」）

漱石のいう「非人情」は、「不人情」ではない。つまり、それは、感情移入に対して、客観的なリアリズム（自然主義）を意味するものではない。たとえば、『草枕』では、一見すると、山中の桃源郷が描かれていてそこにも下界の現実が侵入してくるといったふうにみえる。だが、本当はその逆である。召集されて満州の野で戦わねばならない青年や、破産したあげく満州へ出稼ぎに行かねばならぬ中年の男や、彼らを見送る女……そういう〝現実〟しか実は存在しない。おそらくふつうの作家なら、「叙述されたる人間と共に頑是なく煩悶し、無体に号泣……」するか、そのような自然主義的現実をつき放して叙述するだろう。『草枕』の文章はそのいずれでもない。それはそのような〝現実〟を、「画」すなわち〝想像的なもの〟によって逆転させてしまう。出戻り娘で、村人から畸人とみなされながら固く精神的に武装している那美が、別れた夫が旅立つときに一瞬みせた〝現実〟性は、画工によって〝想像的なもの〟に回収されてしまう。

　だから、画工がみているような世界は〝現実〟によって消滅してしまうほかないというようなことを、この小説から読みとるのはつまらない。またこの作品が「底迄行かぬ様」にみえることをいってもつまらない。漱石はこの作品において、〝現実〟を無化するところに成立する〝想像的なもの〟の優位を、あるいは現前性《プレゼンス》に対して不在性《アブセンス》の優位を確保しようとしているのだから。そして、それを可能にしているのは、つぎのような文章である。

　　しかも此姿は普通の裸体の如く露骨に、余が眼の前に突きつけられては居らぬ。

凡てのものを幽玄に化する一種の霊氛《れいふん》のなかに髣髴《ほうふつ》として、十分の美を奥床しくもほのめかして居るに過ぎぬ。片鱗を潑墨淋漓《はつぼくりんり》の間に点じて、虬龍《きゅうりょう》の怪を、楮毫《ちょごう》の外に想像せしむるが如く、芸術的に観じて申し分のない、空気と、あたゝかみと、冥邈《めいばく》なる調子とを具へて居る。(中略)

輪廓は次第に白く浮きあがる。今一歩を踏み出せば、折角の嫦娥《じょうが》が、あはれ、俗界に堕落するよと思ふ刹那に、緑の髪は、波を切る霊亀の尾の如くに風を起して、莽《ぼう》と靡《なび》いた。渦捲く烟りを劈《つんざ》いて、白い姿は階段を飛び上がる。ホ、、、と鋭どく笑ふ女の声が、廊下に響いて、静かなる風呂場を次第に向へ遠退く。……

これは画工がいた風呂場に、那美という女があらわれ且つ消える情景である。まず驚かされるのは、何ひとつ明確なイメージを指示しない語(漢語)の奔放な駆使である。漱石が『草枕』を書く前に『楚辞』を読みかえしたという事実は、この小説が徹頭徹尾〝言葉〟で織りあげられたものだということを証している。

漱石が当時の〝文学〟を嫌ったのは、漢文学・俳句への趣味をもっていたからというよりも、たぶん彼が過剰に〝言葉〟をもっていたからだといえる。近代文学の文章は非常に貧しい。それは、近代文学が言葉の戯れで成立っているような文学を斥け、現実あるいは内的現実の「表現」として成立しているからである。そこでは、言葉はなにかをあらわすための記号にすぎない。しかし『草枕』の言葉はそのような機能から解放されている。それは現実を指示していないし、内的現実をも指示していない。

普通の画は感じはなくても物さへあれば出来る。第二の画は物と感じと両立すれば出来る。第三に至つては存するものは只心持ち丈であるから、画にするには是非共此心持ちに恰好なる対象を択《えら》ばなければならん。然るに此対象は容易に出て来ない。出て来ても容易に纏《まとま》らない。纏つても自然界に存するものとは丸で趣を異にする場合がある。従つて普通の人から見れば画とは受け取れない。描いた当人も自然界の局部が再現したものとは認めて居らん、只感興の上《さ》した刻下の心持ちを幾分でも伝へて、多少の生命を惝怳《しょうきょう》しがたきムードに与ふれば大成功と心得て居る。……

先に述べたように、このような絵画論はそのまま小説論である。つまり「普通の人から見れば」、『草枕』は小説「とは受け取れない」だろう。たとえば、『草枕』を最後まで読んだことのない読者でさえ、「山路を登りながら、かう考へた。智に働けば角が立つ。情に棹させば流される。……」といった言葉をすらすらと誦んじることができる。その場合、われわれはそれらの言葉の意味を考えるために立ちどまったりはしない。が、それは作者にとって不本意な読み方ではないだろう。われわれはたんに『草枕』の多彩に織られた文章のなかを流れて行けばよい。立ちどまって、それらの言葉が指示する物や意味を探すべきではない。漱石は、そのように書かれそのように読まれる作品が〝文学〟として受けとられないことをむろんよく承知していたのであり、むしろそのような状況において『草枕』を挑発的に書いたといえる。

［一九八一年九月記］

『それから』

『それから』は、明治四十二年、朝日新聞に連載された。これは『三四郎』に次ぐ作品で、漱石自身も予告でこういっている。《色々な意味に於てそれからである。「三四郎」には大学生の事を描たが、此小説にはそれから先の事を書いたからそれからである。「三四郎」の主人公はあの通り単純であるが、此主人公はそれから後の男であるから此点に於ても、それからである。此主人公は最後に、妙な運命に陥る。それからさき何うなるかは書いてない。此意味に於ても亦それからである。》

『それから』が『三四郎』のそれからであるとしたら、『門』は『それから』のそれからであるといえる。したがって、これらを三部作とみなすのが通説である。といっても、これらを、ある主題を追求した一連の物語のように読むべきではない。物語を聞くと、子供は「それから？」とせがみつづける。新聞小説の読者を意識した漱石が、読者の物語的好奇心をみたそうとしたことは疑いがない。

しかし、これら三作は、それぞれ自立した世界を形成しており、文体もまったく違っている。『それから』には、『三四郎』のように自由闊達で、夢幻的な雰囲気を漂わす、ヒューモアのある文体がなく、『門』のように静謐で日常的細部に眼のとどいた緻密な文体もない。それは、むしろ『虞美人草』に似て理窟っぽく、また語り手と人物との距離がとれていない文章である。そのために、ヒューモアがなく、また主人公代助の転回も、ある自然な流れのなかで生じるというよりも、唐突に強引になされているといった感がある。これは、西洋の〝心理小説〟あるいは漱石自身ののちの作品を読んだ者にとっては、不自然かつ不器用にみえるだろう。

これにはいくつかの理由が考えられる。一つは、漱石がこの作品において(『薤露行』のようなロマンスを別にすれば)、はじめて姦通を、しかも新聞小説でとりあげたことである。漱石は、西洋の姦通小説をよく読んでいたし、また〝姦通〟がブルジョア社会において小説の特権的主題となる必然をも理解していたと思われる。代助のいう「自然」と「制度」の対立が最も鮮明にあらわれるのは、姦通においてである。つまり、制度性が結婚に、自然性が恋愛に象徴されるとしたら、それらが軋み合うのは、姦通においてだからである。

『それから』の背景には、「日露戦争後の商工業膨脹」によって形成された新興ブルジョア社会があり、代助は、その過程でいかがわしいことをやって財をなしたにちがいない父の自己欺瞞を批判しながらも、それに依存している遊民である。さらに代助が果敢な行為に出るのは、経済が「……商工業膨脹の反動を受けて……不景気の極端に達してゐる最中」であり、またその状況が、平岡を三流新聞社の記者に転落させ、また代助の父をして代助に政略結婚をすすめさせたのである。おそらく、この新興ブルジョア社会に対して、『吾輩は猫である』のように諷刺的であったり、『野分』のように怒号したりするかわりに、漱石は〝姦通〟を正面から選んだといってもよい。もともと〝姦通〟は、そのような反ブルジョア的な動機をはらんだ主題なのである。

したがって、漱石は、基本的に中より上の階層に属する読者たちに、彼らの倫理にも法律(姦通罪)にも背反する代助の行為を正当化し共感させる必要があった。その意味では、代助が愛していた女を親友に譲ったという設定は、「多くの姦通小説が不倫を正当化するための筋立」(大岡昇平)の一例にすぎないといえるかもしれない。しかし、ほとんどの姦通小説が〝心理小説〟的であるのに対して、漱石は、後述するように、いわば〝悲劇〟的な作品を書こうとしたのである。

このように、『それから』は、姦通小説という点で、『三四郎』の世界や文体とまったく異質なのだが、ある意味で『三四郎』の続編だといいうる点がある。といっても、三四郎が年をとって代助になったというふうに考えるのは、当たっていないだろう。代助は、三千代を愛していながら、それを自覚できないで、親友の平岡にすすんで譲ってしまう。これは、『三四郎』の美禰子が三四郎を愛していながら且つ彼を軽蔑していて、べつの男とあっさり結婚してしまうのと似ている。漱石は、『三四郎』にかんする談話でそれを「無意識なる《アンコンシアス、》偽善者《ヒポクリット》」とよんだが、その意味で、代助の現在を理由なく苦しめているものは、彼の「無意識の偽善」の結果だといえる。

漱石の直弟子であった小宮豊隆は、それを指摘している。《『それから』では、さういふ過去を持つた代助が、竟《つひ》に自分の「アンコンシアス・ヒポクリシー」に堪へられなくなつて、本源的な自然に復《かへ》らうとする所が描かれるのである。その点では代助は、三四郎を棄てて他に嫁いだ美禰子の、後日に経験し得る、一つの場合を経験したものであると、言ふ事も出来るかも知れない》(『漱石の芸術』)。

漱石は、ウィリアム・ジェームスの心理学を知っていたが、フロイトの精神分析を知らなかったので、「無意識の偽善」という言葉を用いたけれども、ここではべつに〝偽善〟という語に気をとられる必要はない。たとえば、意識的な偽善なら、自覚もできるし、また「無意識の悪」なら、他人の非難にさらされるが、「無意識の偽善」は、自分も他人も気づかないままで終る。それは倫理以前のレベルである。いいかえれば、「無意識の偽善」とは、ついに意識されないままだがさまざまな症候として具現するような「無意識の抑圧」(フロイト)にほかならない。

代助は、父や兄、平岡や寺尾の自己欺瞞を敏感に見ぬいており、また自身にかんしてもどんな欺瞞も許容できない。彼は欺瞞を避けるためには「遊民」であるほかないと思いこむような男であり、たとえば嫂についても「場合によると、決して論理《ロジック》を有《も》ち得ない女」であるというふうに、論理的一貫性を追求してやまない。この意味では、彼は「無意識」とはほど遠い。彼からみると、周囲の人間はあまりに無意識的なのだ。だが、漱石が追求したかったのは、どんな欺瞞に対しても冷たく分析的になりうる、当の代助の「無意識の偽善」なのであり、それはもはや内省的・分析的には接近しようのない種類の欺瞞なのである。

ふつう〝心理小説〟では、嫉妬による愛の自覚とか、互いの心理的かけひきによる愛の深化の過程が描かれるが、漱石はそのような進行過程にまったく関心をもっていない。実際に、『それから』のなかでも代助に言及させているように、漱石は森田草平の『煤烟』について、《彼等が入らざるパッションを燃やして、本気で狂気じみた芝居をしてゐるのを気の毒に思ふなり。行雲流水、自然本能の発動はこんなものではない》(「日記」)と、批判している。漱石がとりあげた姦通小説が、〝心理小説〟的でありえないのは、この意味においてである。それは〝悲劇〟的でなければならない。

『それから』の代助は、ほとんど唐突に、かつて三千代を愛していたことを〝想起〟する。これは、三千代の働きかけによるのでもなければ、代助の自己分析によるのでもない。そして、彼は、すべてがそのことの〝忘却〟(「自然」の抑圧)によっていたことを見出すのだが、それは突然の自己認識として不意打ちのようにあらわれるほかない。

代助は、たとえば、自分の無為にかんして次のようにいったりする。《「何故働かないつて、そりや僕が悪いんぢやない。つまり世の中が悪いのだ。もつと、大袈裟に云ふと、日本対西洋の関係が駄目だから働かないのだ……。」》だが、こうした説明は、すべて社会的・外在的なもので、彼の内部から遊離しているように感じられる。彼の文明批評がどんなに正当であっても、それは彼自身の在り方の核心に迫るものではない。読者は、彼の言い分に共感するよりも、むしろ苛立ちをおぼえるだろう。

一方、それと対照的に、『それから』では、代助の心理というよりも、気分・情動の異常が執拗に描かれている。それはほとんど神経症的なものだ。つまり、ここでは、理知的な反省と、生理・情動的な不安だけが描かれており、どうしてもそのヴェールの内側に踏みこめないのである。代助が三千代への愛を〝想起〟したとき、彼は、それらが、そのことの〝忘却〟による症候にほかならないことを突然認識する。

彼の自己認識は、いわば精神分析と同様に、意識のレベルではなく、自然(無意識)のレベルで生じなければならない。しかし、それは、フロイトの「エディプス・コンプレクス」などではなく、ソフォクレスの『オイディプス王』に類似しているというべきだろう。オイディプス王は、その自己認識＝想起の結果として、自ら眼をつぶし、社会から自らを追放して漂泊することになる。

代助は三千代と次のように語り合う。

「貴方に是から先何《どう》したら好いと云ふ希望はありませんか」と聞いた。

「希望なんか無いわ。何でも貴方の云ふ通りになるわ」

「漂泊――」

「漂泊でも好いわ。死ねと仰しやれば死ぬわ」


『それから』のそれからである『門』を読むと、『オイディプス王』のそれからである『コロノスのオイディプス』において、老いたオイディプスが娘アンチゴーネにつきそわれているように、代助は三千代とひっそりと世間の片隅にくらしている。しかし、『オイディプス王』もそうだが、『それから』自体からは、さしあたって、そのような将来は予期できそうもない。

ゆるやかに進行してきたこの小説は、〝悲劇〟的な終局に急激に向かう。《仕舞には世の中が真赤になつた。さうして、代助の頭を中心としてくるり〳〵と焰《ほのほ》の息を吹いて回転した。代助は自分の頭が焼け尽きる迄電車に乗つて行かうと決心した。》これはほとんど狂気である。むろん〝悲劇〟は、もともと認識の劇であり、狂気にいたるまでの自己認識の劇なのである。

［一九八五年七月記］

『三四郎』

『三四郎』は、明治四十一年に、朝日新聞に連載された。これは、漱石が明治三十八年に『吾輩は猫である』や『倫敦塔』(『漾虚集』に収録)を書いてから、わずか三年後である。この間に、彼が書いた諸作品の多様性は、量的にも質的にも瞠目すべきものがある。文体はいうまでもないが、ジャンルとしてみると、たとえば、『猫』はサタイアであり、『漾虚集』はロマンスである。それらは、〝小説〟(十九世紀的な小説)とは異質な、またそれに先行するようなジャンルである。

漱石が、いわば〝小説〟らしい作品を書きはじめるのは、『三四郎』の次の作品、『それから』や『門』からだといってよい。この時期から、漱石の作品は重苦しく且つ深刻なテーマを追求しはじめた。それとともに、それまで自然主義系の文壇主流から〝余裕派〟として軽視されてきた漱石は、現代小説の書き手として急速に重要な位置を占めはじめた。この経緯は、今日でも評価の奇妙な分裂としてあとをとどめている。

たとえば、多くの読者にとって、漱石は、『猫』や『坊つちやん』や『草枕』の著者としてのみ知られている。他方、そのような素朴な読者を軽蔑する者は、後期の小説を重視し、初期作品に、のちに本格的に展開されるべき主題やモチーフの象徴的な提示をみようとする。このような視点は、明らかに〝近代小説〟を前提しているのであって、ここからみれば、漱石の初期作品は、内的欲求に根ざしているとはいえ、未熟なものでしかないことになる。

この事情は、漱石が愛読し研究した十八世紀イギリスの小説、スウィフト(『ガリバー旅行記』)、デフォー(『ロビンソン漂流記』)、フィールディング(『トム・ジョーンズ』)、スターン(『トリストラム・シャンディ』)についてもいえる。とくに、スウィフトやデフォーの作品は、今日では児童向けのように考えられている。実際には、大人のために書かれたのだし、大人が読むべきものなのである。が、十九世紀に確立された〝小説＝純文学〟概念が、それらを外にしめ出してしまった。それは、同時に、文学＝言語の自立的な可能性を閉じることでもあった。

漱石は、小説の文壇とはべつの場所で書きはじめた。『猫』や『漾虚集』は、俳諧誌「ホトトギス」で発表されている。正岡子規がはじめた「ホトトギス」派は、「写生文」を提唱していた。漱石自身も小説を、「筋の推移で人の興味を牽《ひ》く小説」と、「筋を問題にせず一つの事物の周囲に躊躇低徊する事によつて人の興味を誘ふ小説」の二つに大別し、後者は俳味・禅味を帯びたものであるといっている。いいかえれば、「写生文」は、何か書くべき意味や対象を表現するよりも、言葉が自ずから動くなかで或る俳味・禅味を一瞬在らしめることをめざすのである。

漱石はいっている。《私の『草枕』は、この世間普通にいふ小説とは全く反対の意味で書いたのである。唯だ一種の感じ——美くしい感じが読者の頭に残りさへすればよい。それ以外に何も特別な目的があるのではない。さればこそ、プロットも無ければ、事件の発展もない》(「余が『草枕』」)。

漱石は、ここで、当時すでに支配的であった〝小説〟に、異議をとなえている。もちろん、これはたんに「写生文」だけからきた異議ではない。最初にいったように、漱石は三年間に、およそ近代小説が斥けてしまったタイプの作品群を一気に書きつづけたからである。それは、『猫』と『漾虚集』という対極的な仕事からはじまっている。『猫』のサタイア。それは諷刺というよりももっと広い意味で考えらるべきであり、知的ペダントリー、たえまない逸脱や冗舌、社会的な価値体系の逆転などによって特徴づけられる。ここにも〝筋〟らしいものはなく、いつ終ってもかまわない。一方、『漾虚集』の世界にも、はっきりとまとまった意味内容がなく、現実的なものと想像的なものが融合しあう一瞬が定着されている。

そこからみると、『三四郎』において、『猫』のサタイアと、『漾虚集』の幻影的な気分がみごとに融合していることがわかる。三四郎が広田先生や野々宮、与次郎たちとかかわる世界は、前者であり、美禰子とかかわる世界は、後者である。

これらの「世界」は登場人物の人間関係によって交錯しているが、三四郎にとっては別々であり、また彼はそれらの未知な「世界」のいずれにも引きよせられる。むろん彼は、美禰子の「世界」の方に惹かれている。《此世界は三四郎に取つて最も深厚な世界である。此世界は鼻の先にある。ただ近づき難い。》

三四郎は、『草枕』の主人公(画工)と同様に、ほとんど受動的である。この作品で能動的に動きまわるのは与次郎だけである。彼は広田先生を大学教授に推挙する運動に三四郎をまきこみ、また彼を美禰子に近づける役割をはたす。おかげで、三四郎は知的サロンに出入りし、その雰囲気を味わうことができた。だが、ここでは、事実上何ごともおこらない。与次郎の運動は大失敗に終ったが、広田先生には何の動揺もない。しかし、広田先生を中心とし、俗的なものが斥けられたこの「世界」の色調は暗い。この暗さは、直接に示されているのではない。それは、俗事に頓着しない広田先生や野々宮、さらに与次郎の明るさが逆にきわだたせる陰影のようなものだ。それは、はっきりと露出された暗さよりも、われわれに強い印象を残すだろう。われわれが受けとるのは、広田先生の文明批評や人生認識よりも、あるいは〝筋〟よりも、「一種の感じ」のはずである。もしそれを〝俳味〟とよんでよいとすれば、『三四郎』の〝俳味〟は、登場人物たちが本来かかえているかもしれない鬱屈や苦悩を、距離をおいて自然の景物のように眺める

「非人情」(『草枕』)の文体によっている。

一方、美禰子にかかわる「世界」においても、何ごともおこらない。三四郎は、東大構内の池の端で、団扇をもった女と出会う。

「さう。実《み》は生《な》つてゐないの」と云ひながら、仰向いた顔を元へ戻す、其拍子に三四郎を一目見た。三四郎は慥《たし》かに女の黒眼の動く刹那《せつな》を意識した。其時色彩の感じは悉《ことごと》く消えて、何とも云へぬ或物に出逢つた。その或物は汽車の女に「あなたは度胸のない方ですね」と云はれた時の感じと何処《どこ》か似通つてゐる。三四郎は恐ろしくなつた。

二人の女は三四郎の前を通り過ぎる。若い方が今迄嗅いで居た白い花を三四郎の前へ落して行つた。三四郎は二人の後姿を凝と見詰めて居た。看護婦は先へ行く。若い方が後から行く。華やかな色の中に、白い薄《すゝき》を染め抜いた帯が見える。頭にも真白な薔薇を一つ挿してゐる。其薔薇が椎の木陰の下の、黒い髪の中で際立つて光つてゐた。

三四郎は茫然《ぼんやり》してゐた。やがて、小さな声で「矛盾だ」と云つた。大学の空気とあの女が矛盾なのだか、あの色彩とあの眼付が矛盾なのだか、あの女を見て、汽車の女を思ひ出したのが矛盾なのだか、それとも未来に対する自分の方針が二途《ふたみち》に矛盾してゐるのか、又は非常に嬉しいものに対して恐を抱く所が矛盾してゐるのか、――この田舎出の青年には、凡て解らなかつた。たゞ何だか矛盾であつた。

この出会いの一瞬は決定的である。これを脳裡に焼きつけたのは三四郎だけではない。美禰子も三四郎を意識していたことは、あとでわかる。その上、彼女は、画家の原口のモデルになったとき、その時の服装と持物と姿勢で描かれることを要求している。この出会いを恋というならば、彼らは恋しあったといってもよい。しかし、結局何ごともおこらなかった。「矛盾だ」という三四郎のつぶやきは、そのまま最後の別れについてもいえるだろう。美禰子は消え、「森の女」という絵がこの一瞬をとどめるだけである。漱石は、美禰子について、「無意識《アンコンシアス、》なる偽善者《ヒポクリット》」といういい方をしている。《其の巧言令色が、努めてするのではなく、殆ど無意識に天性の発露のまゝで男を擒《とりこ》にする所、勿論善とか悪とかの道徳的観念も、無いで遣つてゐるかと思はれるやうなものですが……》(「談話」)。

三四郎が「矛盾だ」と思うのは、おそらく美禰子の眼差のなかに読みとった「無意識の偽善」であろう。しかし、漱石は、この「矛盾」をそれ以上追求しない。たとえば、先の引用文をみても明らかなように、一つ一つのセンテンスに、飛躍と転換がある。それは、「矛盾」をそのまま放り出すのであって、説明的な論理でそれをつなごうとはしない。女の矛盾＝謎は、そのままで「森の女」という絵に定着されるだけである。

『草枕』の主人公(画工)は、山中で出会った女(那美)について、自分で「芝居をして居るとは気がつかん」という。彼女もいわば「無意識なる偽善者」である。しかし、『草枕』は、彼女の顔に「憐れ」が一面に浮いた瞬間、「それだ！　それだ！　それが出れば画になりますよ」というところで終っている。

『三四郎』では実際に画家によって「森の女」という絵が描かれるけれども、おそらく三四郎の脳裡の画像に描かれるのは、美禰子が一瞬示した「憐れ」のはずである。それは、彼女が「迷える子《ストレイシープ》」といい、あるいは、「われは我が愆《とが》を知る。我が罪は常に我が前にあり」という瞬間であるかもしれない。

『三四郎』のそれからである『それから』において、漱石は、「無意識の偽善」を、あるいは「我が罪」を、真正面から追求しはじめる。そして、それは彼を急速に〝近代小説〟の世界に入りこませる。しかし、くりかえしていうように、『三四郎』は、やがてそこから本格的な作品が書かれるような萌芽的作品として読まれるべきではない。田舎から都会へ移動する『三四郎』は、都会から田舎へ移動する『坊っちゃん』と並んで、青春小説の古典として愛読されてきている。これらの小説は構造的に単純であるが、むしろこの単純さこそが魅力を与えている。どんなリアリスティックな近代小説も、これらの作品で単純な勁い線でデッサンされた人物群像ほどに〝リアル〟な印象を与えないだろう。彼らは、初期の漱石が形成した言語空間においてのみ、活きつづけている。

［一九八五年八月記］

『明暗』

『明暗』は、大正五(一九一六)年に朝日新聞に連載され、漱石の死とともに終った、未完結の小説である。これが未完結であることは、読む者を残念がらせ、その先を想像させずにおかない。しかし、『明暗』の新しさは、実際に未完結であるのとは別の種類の〝未完結性〟にあるというべきである。それは、漱石がこの作品を完成させたとしても、けっして閉じることのないような未完結性である。そこに、それまでの漱石の長篇小説とは異質な何かがある。

たとえば、『行人』、『こゝろ』、『道草』といった作品は、基本的に一つの視点から書かれている。わかりやすくいえば、そこには「主人公」がいる。したがって、この主人公の視点が同時に作者の視点とみなされることが可能である。しかし、『明暗』では、主要な人物がいるとしても、誰が主人公だということはできない。それは、たんに沢山の人物が登場するからではなく、どの人物も互いに〝他者〟との関係におかれていて、誰もそこから孤立して存在しえず、また彼らの言葉もすべてそこから発せられているるからである。

〝他者〟とは、私の外に在り、私の思い通りにならず見通すことのできない者であり、しかも私が求めずにいられない者のことである。『明暗』以前の作品では、漱石はそれを女性として見出している。『三四郎』から『道草』にいたるまで、きまって女性は、主人公を翻弄する、到達しがたい不可解な〝他者〟としてある。文明批評的な言説がふりまかれているけれども、漱石の長篇小説の核心は、このような〝他者〟にかかわることによって、予想だにしなかった「私」自身の在りよう、あるいは人間存在の無根拠性が開示されるところにあるといってよい。だが、それらの作品は、結局一つの視点＝声によってつらぬかれている。

『明暗』においても、津田という人物にとって、彼を見すてて結婚してしまった清子という女は、そのような〝他者〟としてある。しかし、この作品はそれほど単純ではない。たとえば、お延にとって、夫の津田がそのような〝他者〟であり、お秀にとって津田夫婦がそのような〝他者〟である。

注目すべきことは、それまでのコケティッシュであるか寡黙であった女性像、あるいは、一方的に謎として彼岸におかれていた女性像に反して、まさに彼女らこそ主人公として活動するということである（最後に登場する清子にしても、はっきりした意見をもっている）。さらに注目すべきなのは、これらの人物のように「余裕」のある中産階級の世界そのものに対して、異者として闖入する小林の存在である。『明暗』の世界が他の作品と異るのは、とくにこの点である。いいかえれば、それは、知的な中産階級の世界の水準での悲劇に終始したそれまでの作品に対して、それを相対化してしまうもう一つの光源をそなえている。

さらに、このことは、津田が痔の手術を受ける過程の隠喩的な表現にもあらわれている。それは、たんに、津田の病気が奥深いもので「根本的の手術」を要するという示唆だけではない。たとえば、彼の病室は二階にあるが、一階は性病科であり、「陰気な一群の人々」が集まっている。そのなかに、お秀の夫も混じっていたこともある。それは、津田やお延、あるいは小林が求める「愛」とは無縁な世界であり、津田の親たちの世界と暗黙につながっている。

このように、『明暗』には、多種多様な声＝視点がある。それは、人物たちののっぴきならない実存と切りはなすことができない。つまり、この声＝視点の多様性は、たんに意見や思想の多様性ではない。『明暗』には、知識人は登場しないし、どの人物も彼らの生活から遊離した思想を語ったりはしない。むろん彼らが〝思想〟をもたないわけではない。ただ彼らは、それぞれ彼ら自身の内奥から言葉を発しているように感じられる。その言葉は、何としても〝他者〟を説得しなければならない切迫感にあふれている。もはや、作者は、彼らを上から見おろしたり操作したりする立場に立っていない。どの人物も、作者が支配できないような〝自由〟を獲得しており、そうであるがゆえに互いに〝他者〟である。

明らかに、漱石は『明暗』において変わったのである。だが、それは、小宮豊隆がいうように、漱石が晩年に「則天去私」の認識に達し、それを『明暗』において実現しようとしたから、というべきではない。「則天去私」という観念ならば、初期の『虞美人草』のような作品において露骨に示されている。そこでは、「我執」(エゴイズム)にとらわれた人物たちが登場し悲劇的に没落してしまうのだが、彼らは作者によって操作される人形のようにみえる。

『明暗』において漱石の新しい境地があるとしたら、それは「則天去私」というような観念ではなく、彼の表現のレベルにおいてのみ存在している。この変化は、たぶんドストエフスキーの影響によるといえるだろう。事実、『明暗』のなかで、小林はこう語っている。

「露西亜の小説、ことにドストエヴスキの小説を読んだものは必ず知ってる筈だ。如何《いか》に人間が下賤であらうとも、又如何に無教育であらうとも、時として其人の口から、涙がこぼれる程有難い、さうして少しも取り繕はない、至純至精の感情が、泉のやうに流れ出して来る事を誰でも知ってる筈だ。君はあれを虚偽と思ふか」

小林のいう「至純至精の感情」は、漱石のいう「則天去私」に似ているかもしれない。しかし、ドストエフスキー的なのは、そのような認識そのものではなく、そう語る小林のような人物そのものである。小林は、津田やお延に対して、「尊敬されたい」がゆえに、ますます軽蔑されるようにしかふるまえない。傲慢であるがゆえに卑屈となり、また、卑屈さのポーズにおいて反撃を狙っている。彼の饒舌は、自分のいった言葉に対する他者の反応にたえず先廻りしようとする緊張から生じている。

これは、大なり小なりお延やお秀についてもあてはまる。彼らは、日本の小説に出てくる女性としては異例なほどに饒舌なのだが、それは彼らがおしゃべりだからでも、抽象的な観念を抱いているからでもない。彼らは相手に愛されたい、認められたいと思いながら、そのように素直に「至純至精の感情」を示せば相手に軽蔑されはすまいかという恐れから、その逆のことをいってしまい、しかもそれに対する自責から、再びそれを否定するために語りつづける、といったぐあいなのである。彼らの饒舌、激情、急激な反転は、そのような〝他者〟に対する緊張関係から生じている。いいかえれば、漱石は、どの人物をも、中心的・超越的な立場に立たせず、彼らにとって思いどおりにならず見とおすこともできないような〝他者〟に対する緊張関係においてとらえたのである。

『明暗』がドストエフスキー的だとしたら、まさにこの意味においてであり、それが平凡な家庭的事件を描いたこの作品に切迫感を与えている。実際、この作品では、津田が入院する前日からはじまり、温泉で清子に会うまで十日も経っていない。人物たちは、何かがさし迫っているかのように目まぐるしく交錯しあう。われわれが読みながらそれを不自然だと思わないのは、この作品自体の現実と時間性のなかにまきこまれるからである。そして、この異様な切迫感は、客観的には平凡にみえる人物たちを強いている。他者に対する異様な緊張感に対応している。たとえば、小林は津田から金をもらったとき、傲慢に構えながら、突然次のようにいいはじめる。

「僕は余裕の前に頭を下げるよ。僕の矛盾を承認するよ、君の詭弁を首肯するよ。何でも構はないよ。礼を云ふよ、感謝するよ」
彼は突然ぽた〳〵と涙を落し始めた。此急劇な変化が、少し驚ろいてゐる津田を一層不安にした。先達ての晩手古摺《てこず》らされた酒場《バー》の光景を思ひ出さざるを得なくなつた彼は、眉をひそめると共に、相手を利用するのは今だといふ事に気が付いた。

小林のいっていることは「虚偽」ではなく、「至純至精の感情」の表出である。しかし、「至純至精の感情」がこのようなかたちでしか表出されえないというところに、これらの人物の不幸がある。事実、小林の言葉は、ただちに津田の「相手を利用するのは今だ」という意識によって無効にされてしまう。小林に対して津田と同様の態度をとっているお延もまた、津田に対して小林と同じような態度を示す一瞬がある。彼女は、津田に自分を「愛させる」という自尊心をすてて、「貴方以外にあたしは憑り掛り所のない女なんですから」と叫びはじめる。

お延は急に破裂するやうな勢で飛びかかつた。

「ぢや話して頂戴。どうぞ話して頂戴。隠さずにみんな此所《ここ》で話して頂戴。さうして一思ひに安心させて頂戴」

津田は面喰つた。彼の心は波のやうに前後へ揺《うご》き始めた。彼はいつその事思ひ切つて、何も彼もお延の前に浚《さら》け出してしまはうかと思つた。と共に、自分はたゞ疑がはれてゐる丈で、実証を握られているのではないとも推断した。もしお延が事実を知つているなら、此所迄押して来て、それを彼の顔に叩き付けない筈はあるまいとも考へた。

つまり、どの人物も(津田をのぞいて)、「至純至精の感情」を一瞬かいまみせるのだが、たちまち〝他者〟との関係に引きもどされてしまうのである。おそらく津田自身があらゆる自尊心を捨ててかからねばならぬ一瞬があるだろう。小林が津田に、「今に君が其《そ》所《こ》へ追ひ詰められて、何《ど》うする事も出来なくなつた時に、僕の言葉を思ひ出すんだ」というように。しかし、同時に、小林が「思ひ出すけれども、ちつとも言葉通りに実行は出来ないんだ」というように、それはまともなかたちで生じることはありえないだろう。しかし、われわれにとって重要なのは、書かれていない結末ではなく、どの人物も〝他者〟との緊張関係におかれ、そこからの脱出を激しく欲しながらそのことでかえってそこに巻きこまれてしまわざるをえないような多声的《ポリフォニック》な世界を、『明暗』が実現していることである。それは、一つの視点＝主題によって〝完結〟されてしまうことのない世界である。

［一九八五年十一月記］

『虞美人草』

この作品は明治四十(一九〇七)年に朝日新聞に連載された。東京帝大講師をやめて朝日新聞に入社した漱石の最初の仕事である。これは当時大きな話題となったようである。この時代では、作家は(新聞記者も)尊敬すべき身分ではなかった。一方、大学教授は(今日と違って)大変な権威があった。たとえば『虞美人草』でも、小野という人物が文学の博士号を取ることが大層なことのように書かれている。藤尾は小野が博士になるということで結婚を希望するほどである。そこから見ても、漱石が大学の職を捨てて職業作家になったことが世間にどう見えたかを想像できよう。小宮豊隆はこう書いている。

漱石が大学をやめて新聞に這入つたといふことは、当時の一大センセーションであつた。その漱石が今度愈『虞美人草』を書くといふので、三越では虞美人草浴衣《ゆかた》を売り出す、玉宝堂では虞美人草指環を売り出す、ステーションの新聞売子は「漱石の虞美人草」と言つて朝日新聞を売つてあるくといふ風に、世間では大騒ぎをした。

（小宮豊隆『夏目漱石』）

しかし、漱石の側から見ると、これは重大な転換であった。それまでむしろ受動的に動いてきた彼の人生において、唯一の能動的な選択だったといってよい。たとえば、松山中学への赴任にしても、積極的であるというより逃避的なものであった。英国留学にしても自発的なものではない。こうした受動性は、彼自身の仕事についてもいえる。漱石は『吾輩は猫である』を、彼自身の欲求に促されて自然発生的に書き出したのであって、けっして作家になろうとして書き出したのではない。しかし、それは『草枕』『漾虚集』を経て、これまでの勢いではやっていけない、あるいは「書く」ことを意識的に考え直さねばならない段階に達した。

漱石はこのときはじめて作家としての自覚をもったといえる。それは、「書く」ことを自分の感興の表出や趣味的な戯れとは別のところに見いだそうとしたことだといってもよい。また、大学を辞める前に書いた『二百十日』や『野分』にはもっと露骨にあらわれているが、漱石は「社会正義」の問題に強い関心を抱いている。職業的作家になろうとした漱石は、それまでの自分の文学の姿勢、というより受動的な生存形態そのものを否定しようとしたのである。当時の漱石の書簡は、彼の意気込みの大きさを伝えている。

只きれいにうつくしく暮らす即ち詩人的にくらすといふ事は生活の意義の何分一か知らぬが矢張り極めて僅小な部分かと思ふ。で草枕の様な主人公ではいけない。（中略）かの俳句連虚子でも四方太でも此点に於ては丸で別世界の人間である。あんなの許りが文学者ではつまらない。といふて普通の小説家はあの通りである。僕は一面に於て俳諧的文学に出入すると同時に一面に於て死ぬか生きるか、命のやりとりをする様な維新の志士の如き烈《はげ》しい精神で文学をやつて見たい。

（鈴木三重吉宛書簡、明治三十九年）

『虞美人草』で、小野が最後に大学の出世コースを棒に振るような決断をしていることは、漱石自身の決断と対応しているように見える。しかし、覚悟の重大さにもかかわらず、『虞美人草』はそれ以前の文学から違っているわけではない。そのことは、文章からみると明瞭である。どのページにも、『猫』の超越的な視点や諧謔があり『草枕』の俳諧と韻律があるだけでなく、それらがいわば「厚化粧」（小宮豊隆）と見えるまでに塗りかためられている。これはどういうことなのだろうか。

私の考えでは、初期の漱石は、「近代小説」とは別の、むしろそれに対立する考えをもっていた。『猫』や『草枕』、『坊っちゃん』などは「近代小説」から排除されるジャンルに属している。しかし、それを右のように烈しく否定する『虞美人草』もけっして

「近代小説」を志向するものではなかったのである。このことは、文壇の「普通の小説家」、つまり当時支配的であった自然主義作家にとって、この作品がどう映っていたかをみるだけで明らかであろう。年少の自然主義の作家、正宗白鳥がこうふりかえっている。《「虞美人草」では、才に任せて、詰らないことを喋舌り散らしてゐるやうに思はれる。それに、近代化した馬琴と云つたやうな物知り振りと、どのページにも頑張つてゐる理窟に、私はうんざりした。馬琴の龍の講釈でも虎の講釈でも、当時の読者を感心させたのであらうし、漱石が今日の知識階級の小説愛好者に喜ばれるのも、一半はさういふ理窟が挿入されてゐるためなのであらう》(正宗白鳥『作家論』)。

『虞美人草』はある意味で馬琴に似ている。すなわち、坪内逍遥が「近代小説」の確立のために否定した「勧善懲悪」にもどっている。今日われわれがこの作品に異和感をもつとしても無理はないだろう。すでに同時代の正宗白鳥にとって、この作品は読むに耐えないものだったのだから。正宗はこの作品では人物が「概念的」に描かれているだけだという。それは、ここでは人物が変わることのない性格(キャラクター)として描かれているということである。それは、たとえば、『坊つちやん』の赤シャツや野だいこらが変わることのないタイプとして描かれるのと同じだ。『虞美人草』の人物たちは、馬琴や西欧中世の道徳劇の人物と同様に、その「性格」を終始一貫させている。おそらく小野や甲野はやや例外的であって、小野には暗い過去があり甲野にはハムレット的な悩みがある。しかし、小野は簡単に悔い改めるし、甲野も正義漢としてふるまう。そして、のちの『三四郎』でなら美禰子のように不透過な女性として描かれたかもしれない藤尾は、たんにあっさりと死んでしまう。

漱石は手紙でこういっている。《藤尾といふ女にそんな同情をもつてはいけない。あれは嫌な女だ。詩的であるが大人しくない。徳義心が欠乏した女である。あいつを仕舞に殺すのが一篇の主意である。うまく殺せなければ助けてやる。然し助かれば猶々《いよいよ》藤尾なるものは駄目な人間になる。最後に哲学をつける。此哲学は一つのセオリーである。僕は此セオリーを説明する為めに全篇をかいてゐるのである》（小宮豊隆宛書簡、明治四十年）。

藤尾はいわばこの「セオリー」のためにむりやり殺されてしまうといった感がある。さらに、文明や都会に対する批判も紋切型である。漱石のいう「社会正義」にしても、たんに金持と貧乏人の対立といった古来からの図式にすぎない。それらは社会的な諸関係の問題としてとらえられていない。同時代にはすでに社会主義があったことを考えると、古めかしく見える。要するに、近代小説に慣れた視点から見ると、この作品はどうにも評価しようがないということになる。事実、多くの漱石論は、この作品をたんに「近代小説」にいたる過渡的なものとして無視しようとしてきた。

しかし、「近代小説」はそれ自体歴史的である。読者が平凡な主人公に内面的に共感し同一化してしまうという、今日ありふれた小説の体験は歴史的な装置のなかで可能であるにすぎない。たぶん漱石はそのことを充分に意識していた。誰よりも読んでいたにもかかわらず、彼は小説がフランスやロシアの近代小説のようにならなければならない「必然性」を認めなかった。

この時期の彼にとって大切だったのは、意識(心理)に傾斜し、したがって私小説的に狭隘化していく日本の近代小説のなかで、逆に、そのような意識を越えた骨格(性格)をもった世界を構築することであった。実際長篇小説には、それを構成する超越的枠組が不可欠である。「概念的」とみえようと、「物語的」とみえようと、それがなければ頭も尻尾もない作品が「純文学」として書かれることになる。のちに長篇小説を志向した「戦後文学」派は、マルクス主義の理論(やはり「勧善懲悪」的にみえる)を必要としたのである。

漱石の仕事を、『道草』や『明暗』に向かう発展過程としてのみ読んではならない。むしろ、彼はそのような方向を意識的に拒否するところからはじめたのである。漱石のいうセオリーまたは哲学、つまり『虞美人草』で甲野の口を通して語られている「悲劇」の理論は、次のようなものだ。《道義の観念が極度に衰へて、生を欲する万人の社会を満足に維持しがたき時、悲劇は突然として起る。是に於て万人の眼は悉く自己の出立点に向ふ。始めて生の隣に死が住む事を知る。》

これは、基本的にその後の作品を貫いている。漱石という作家を、いわゆる近代小説の観点から見て「不純」にしているのは、根本においてそういう枠組があることだ。漱石はこの作品に続いて、「性格」のない人間、つまりふわふわと流れる意識そのものと化した人間を『坑夫』に書いている。いいかえれば、『虞美人草』が書かれたとたんに、その道徳劇的な枠組を内的に崩壊させるような何かが逆に露出してきたのである。ある意味で、これは、道徳劇的な枠組のなかで書いていたシェークスピアが、後期においてそのなかで片付かない不安なものをかかえこみはじめたとき、《悲劇》を書くにいたったということと似ている。シェークスピアの《悲劇》は、道徳劇の内的崩壊としてあらわれたのである。漱石も『虞美人草』のあとで、彼のいう「悲劇」の理論とは違った《悲劇》を書くにいたった。それはけっして彼の本意ではなかった。しかし、不本意であろうと、彼は急激な速度でその方向に進んだのである。

その予兆は、すでにいったように、小野や甲野のなかにある。小野や甲野、あるいは藤尾は「悲劇」の枠組に納まらない何かをすでにそなえている。しかし、『ハムレット』が道徳劇の枠組のなかでこそ存立しうるように、漱石の後期作品も『虞美人草』という確固たる「悲劇」(道義の世界)の枠組のなかでのみ可能であった。漱石は、そこからどんどん逸脱しながら、なおこの簡明な世界を夢想していたといってよい。

［一九八九年四月記］

『彼岸過迄』

『彼岸過迄』は明治四十五(一九一二)年の一月一日から四月二十九日まで朝日新聞に連載された。このタイトルは、漱石自身が序文でことわっているように、彼岸すぎまで書く予定という意味でつけられている。漱石の作品には『それから』のように漠然とした題を付された例もあるが、それさえ『三四郎』の「それから」というような意味合いを含んでいる。「彼岸過迄」という題にはこの作品あるいは他の作品とつながるような意味がまったくない。しかし、漱石がたんに無造作にこの作品を書きはじめたのかといえば、そうではない。

漱石が先に『門』を書いてから、一年半の空白がある。この間にさまざまな事件があった。一つは瀕死の大病にかかったことである(「修善寺の大患」と呼ばれる)。また漱石を朝日新聞に引っ張った池辺三山が辞任したため、彼も辞表を出すという事件もあった。彼はもともと自然主義系の「文壇」から孤立していたが、この時期には彼の弟子たちも「文壇」に属しており、そこからも孤立感を覚えていたにちがいない。さらに娘の死がある(漱石はこの作品の「雨の降る日」という章でそのことを書いていると目されている)。漱石は私的にも公的にも、物書きになって以来の重大な危機に直面したのである。

こうしたことを念頭に置いて漱石の序文(「彼岸過迄に就て」)を読むと、何気ない彼の言葉、たとえば自分は自然主義者でもないがネオ浪漫派の作家でもなく、「たゞ自分は自分である」という言い方、あるいは「文壇の裏通りも露路も覗いた経験」のない「教育ある且尋常なる士人」に向かって書くのだという言い方に、漱石の孤立感の深さと決意のほどが示されていることがわかる。『彼岸過迄』は、その意味で、漱石の再出発である。つまり、それはさまざまな意味での「死」をくぐってきた者の新たな出発であると同時に、『吾輩は猫である』を書いた出発点への回帰でもある。

漱石は写生文として『吾輩は猫である』を書きはじめた。写生文は「小説」のように見えるが、近代小説に反するものである。つまり、漱石は当時の「文壇」とは別個のところからはじめ、それが「文壇の裏通りも露路も覗いた経験」のない読者に予想外の人気を博したのである。しかし、いつのまにか彼は小説家とみなされ、弟子たちもそう思っている。そうなれば、彼はさまざまな近代小説の流派のなかで位置づけられ批評される。ここで漱石が「自分は自分である」というのは、彼がもともと「近代小説」とは異質なものを追求していたことを、自分にも他人に対しても宣言しようとしたからである。

漱石は、写生文の特徴の一つを、筋がないことだといっている。たとえば、『吾輩は猫である』は筋もなく短篇として書かれ、書き続けられた。方向は徐々に逸れ内容は暗く深まって行く。それらがつながっているのは、あちこちを徘徊する「猫」によってである。すると、漱石が『彼岸過迄』について、「個々の短篇を重ねた末に、其の個々の短篇が相合して一長篇を構成するように仕組んだ」というとき、それは新しい趣向というより『吾輩は猫である』のように書くということにほかならない。事実、この作品では、敬太郎は、「猫」の役割を果たすのである。彼は須永や千代子が形成する世界の周縁をめぐるだけで、そこに入り込むことはない。《彼(敬太郎)の役割は絶えず受話器を耳にして「世間」を聴く一種の探訪に過ぎなかつた》(「結末」)。しかし、主要な人物たちは、すべてこの敬太郎への「話」においてのみ登場するのである。

漱石によれば、写生文のもう一つの特徴は、他人であれ自己であれ、親が子に対してとるような態度で見ることである。どんなに深刻な苦悩であろうと、それを突き放して見る、だが、ある愛情を以てそうすること、つまり、ヒューモアである。『彼岸過迄』の本当の主人公は須永であり、それはまた漱石自身の表現であるといえるだろう。事実、次作の『行人』では須永的な人物(一郎)が前面にあらわれる。しかし、『彼岸過迄』では、須永は都市を彷徨する敬太郎にとって遠い一風景として登場するだけである。この作品で、漱石が時代状況とも無縁の固有の苦悩を分析しようとしたことは明らかだが、同時にそれを遠景として相対化してしまう書き方をしているのである。敬太郎を主人公として活動させることによって、深刻な事態を結論のないままに一風景として「写生」するというのが、この作品の装置なのである。

敬太郎は探偵に憧れている。ところで、漱石は各所で探偵を最も唾棄すべきものとして語っている。実はそれが最初にいわれたのは『吾輩は猫である』においてなのだが、事実として、「猫」は探偵のような仕事をやっているのである。つまり、漱石がいう探偵には二種類がある。一つは、敬太郎によれば、「其目的が既に罪悪の曝露にあるのだから、予《あらか》じめ人を陥れやうとする成心の上に打ち立てられた職業である」。敬太郎はそれを嫌っている。彼が考えている探偵とは、「自分はたゞ人間の研究者否人間の異常なる機関《からくり》が暗い闇夜に運転する有様を、驚嘆の念を以て眺めてゐたい」というものだ。

後者の「探偵」は、犯人を捕えることに関心をもっていない。彼の関心は、犯罪の形式的な側面にしかない。むしろ彼は犯罪者以上に善悪に無関心なのである。この種の「探偵」はポー以後の推理小説の産物であって実在しない。実在するのは、私立探偵といっても、「警視庁の探偵」と大差はない。その目的は「罪悪の曝露」にあり且つ実証的である。小説でいえば、自然主義である。漱石が探偵を嫌うというのは、文学でいえば自然主義を嫌うというのと等価である。ポーが作りだした探偵(デュパン)は、そのような警察の実証主義に対立する。しかし、それはたんにロマンティックなのではない。他方で、それは実証主義知性にとって見えないような謎を解明する知性主義でもある。

日本で初めて探偵（明智小五郎）が書かれたのは、大正十四（一九二五）年、エドガー・アラン・ポーの名をもじった江戸川乱歩の『D坂の殺人事件』においてである。それ以後、日本では「探偵小説」が自明のパターンとなる。しかし、「探偵」がもつ意味はそれとともに消えてしまった。明治末に探偵を志願する青年を書いた漱石の方が、その意味をとらえているというべきである。注意すべきことは、第一にデュパンもホームズも明智小五郎も、ベンヤミンのいう「遊民」だということである。松本が自分や須永が「遊民」であることを敬太郎に語る場面があるが、実は敬太郎も遊民なのである。のみならず、漱石の小説の人物たちの多くは、都市の新たなタイプの遊民である。

第二に、十九世紀末の小説における「探偵」の出現が重要なのは、それがマルクスの経済学批判やフロイトの精神分析と並行していることである。たとえばホームズの推理は、決まってヴィクトリア朝のイギリスにおいて上品にすましかえった紳士たちの過去の犯罪（おもに海外植民地での）をあばきだすことに終る。それはつねに歴史的な遡行なのである。同様に、マルクスは自明視されたイギリスの資本制社会とその経済学を批判し、その歴史的「原罪」（資本の原始的蓄積）に遡り、さらに貨幣形態そのものの起源にまで遡行しようとしたし、フロイトは市民社会における意識の自明性を批判し、それをいわば隠蔽された「犯罪」（父殺し）にまで遡行しようとしたのである。つまり、彼らも実証的な知に反する知としての「探偵」なのだといってよい。

むろん、敬太郎はたんにロマンティックであって、右の意味での「探偵」ではない。しかし、『彼岸過迄』という作品全体が、「探偵」的、いいかえれば、精神分析的なのである。敬太郎はたんにロマンティックな夢想によって主要人物の周辺を表層的にかぎまわっただけのようにみえる。だが、「須永の話」や「松本の話」つまり、彼らの告白を引き出す役割をしているという意味では、彼は立派に精神分析医の仕事を果たしているといってよいのである。

彼らの「話」において注目すべきことは、それがたんに視点を変えたということだけでなく、レベルそのものが違っていることである。「須永の話」では、須永と千代子の動きの取れない関係が書かれている。須永は千代子を愛しているのかいないのかわからない。第三者があらわれると嫉妬するが、嫉妬がべつに愛の証拠でないことは千代子にも指摘されている。これは一見すると、現代人の愛の不毛性を描いているように見える。

しかし、「松本の話」では、須永の問題は千代子との関係ではなく、母親との関係にある。須永は小間使いの産んだ子であって、母親はそれを隠して育ててきた。まったく実の親子のような「自然な」関係を形成したのだが、そこに不自然(作意)があった。彼女が彼と千代子の結婚を切望するのは、暗黙に血のつながりを求めているからである。須永が「世の中と接触する度に、内へとぐろを捲き込む性質《たち》である」原因は、この義母の「無意識の偽善」(『三四郎』)にあると、松本は考える。

松本は、「一切の秘密はそれを開放した時始めて自然に復《かへ》る落着を見る事が出来るといふ主義」を抱いているが、須永はすべてを知っても、「自然」に帰ることができない。いいかえれば、自分のもつ根源的な異和感をとりのぞくことはできない。それは千代子との関係でも母親との関係でもなく、存在することそのものの問題だからである。こうして、敬太郎の彷徨のなかで、問題は時代状況、男女関係、親子関係、さらに自己自身との関係の異和に遡行される。それはずれながら深まって行く。どれも解決されていないし、出口がない。しかし、漱石はこうした光景を、そこに巻き込まれないある余裕をもった「写生文」として定着したのである。

［一九九〇年二月記］

『道草』

『道草』は大正四(一九一五)年朝日新聞に連載された。『こゝろ』に続く長篇小説である。同じ年の始めに、彼は新聞に『硝子戸の中』というエッセイを連載し、幼時の思い出を書いた。『道草』を書き出した契機はそこにあるといってよい。その中で、彼は「嘘《うそ》を吐《つ》いて世間を欺《あざむ》く程の衒気《げんき》がないにしても、もつと卑しい所、もつと悪い所、もつと面目を失するやうな自分の欠点を、つい発表しずに仕舞つた」と書いている。その意味で、『道草』は、ネガティヴな面を集中的にとりあげている。たとえば、『硝子戸の中』は実母の思い出が核になっているが、『道草』には実母は登場しない。つまり、彼をあたたかく受け入れてくれる人間は一人も登場しない。人間関係はすべて酷薄である。そして、主人公自身が他人に対して心を閉ざした偏屈な人間として描かれている。

この作品は、自然主義系の文壇から高く評価された。漱石が初めて評価されたといってもよい。彼らは漱石を『吾輩は猫である』以来の「余裕派」として見ていて、学識もあり人気もあるが、文学的でないと見ていたからである。そのことは漱石も意識していたはずである。たとえば、彼は「私の罪は、——もしそれを罪と云ひ得るならば、——頗《すこ》ぶる明るい側からばかり写されてゐただらう。其所《そこ》にある人は一種の不快を感ずるかも知れない」(『硝子戸の中』)と記している。しかし、漱石は別に文壇のためにこれを書いたのではないし、また、『道草』において漱石の文学観が変わったとか、発展したとかいうことはできない。

漱石は明治三十六年一月ロンドンから帰国し、その年の四月から高等学校と大学で教鞭《きようべん》をとりはじめ、三十八年一月に、「ホトトギス」に『吾輩は猫である』を書き始めている。この小説の素材となる時期はそのころであるといってよい。そのことは、次の記述からもいえる。《今から一ヶ月余り前、彼はある知人に頼まれて其男の経営する雑誌に長い原稿を書いた。(中略)彼はたゞ筆の先に滴《した》ゝる面白い気分に駆られた》(八十六)。むろん、この作品は厳密に漱石の体験に対応しているわけではない。たとえば、小宮豊隆によれば、漱石のかつての養父、塩原昌之助が漱石のところにまとまった金をくれと申し込んできたのは、明治四十二年、漱石が朝日新聞に入社して職業作家となったのちである。しかし、興味深いのは、サタイア的な『吾輩は猫である』と自然主義的な『道草』という対照的な作品が、ほぼ同一の時期を素材にしていることである。

『道草』にはこう書かれている。《彼は又其世界とは丸で関係のない方角を眺めた。すると其所《そこ》には時々彼の前を横切る若い血と輝いた眼を有《も》つた青年がゐた。彼は其人々の笑ひに耳を傾むけた。未来の希望を打ち出す鐘のやうに朗かなその響が、健三の暗い心を躍らした》(二十九)。『吾輩は猫である』には主として、この青年たちとの交遊が描かれている。そこには「未来の希望」の輝きがあるが、『道草』には学問一筋で生きてきた中年男の無為徒労感しかない。それは停滞し没落した「過去の人間」の世界である。『猫』が公的な世界であるなら、『道草』は私的な世界である。『猫』では、主人公は、精神的独立を誇る「高等遊民」たちとともに、知的な事柄に価値を認めない新興ブルジョアらと戦い、『道草』では、主人公は、貧しく且つ金銭にしか価値をおかぬ家族縁戚の間にのみ生きていて、よりにもよって彼の乏しい収入を当てにされている。

しかし、この明暗——それは漱石が『道草』の次に書いた作品の題であるが——を分けることはできない。『吾輩は猫である』を読む者はそこに『道草』を、後者を読む者は前者を同時に思い浮かべるべきである。そのとき、漱石という希有な作家の振幅が了解できるだろう。『道草』は、しかし、たんに自然主義的な小説ではない。表面上は、年老いたかつての養父母らが健三に金を要求してきて、それが最後に片付くというだけの話である。それは健三には最初からわかっていたことだ。《健三の眼から見ると、島田の要求は不思議な位理に合はなかつた。従つてそれを片付けるのも容易であつた。たゞ簡単に断りさへすれば済んだ》(二十八)。しかし、最後に健三はいう。《「世の中に片付くなんてものは殆《ほと》んどありやしない。一遍起つた事は何時《いつ》迄も続くのさ。たゞ色々な形に変るから他《ひと》にも自分にも解らなくなる丈の事さ」》(百二)。

では、何が片付かないのか。それが現存する養父母のことでないのは確かである。彼らはまたやってくるかもしれない。しかし、それは高が知れている。たとえば、健三は子供の頃に、池で魚を釣ろうとしたときのことを思い出す。《——すぐ糸を引く気味の悪いものに脅かされた。彼を水の底に引っ張り込まなければ已《や》まない其強い力が二の腕迄伝つた時、彼は恐ろしくなつて、すぐ竿《さを》を放り出した。そうして翌日《あくるひ》静かに水面に浮いてゐる一尺余りの緋鯉を見出《みいだ》した。彼は独り怖がつた》(三十八)。彼が怖がったのは、一尺余りの緋鯉そのものではない。彼を水底に引きずり込もうとした「気味の悪い」「強い力」である。それが緋鯉にすぎないとわかっても、あの「気味の悪いもの」は消えない。

「健三が遠い所から帰つて来て——」という文章で『道草』ははじまる。そして、彼は「帽子を被《かぶ》らない男」に出会う。まもなく「遠い所」がロンドンで、「帽子を被らない男」が元養父の島田であることが明らかにされる。しかし、健三が「帽子を被らない男」の出現から喚起された不安は、現実に島田が訪れた時に、あるいはその関係が事務的に「片付いた」時にも消えない。妻にそれを共有してくれることを期待できるはずがない。いわば、健三は「独り怖がつた」のである。つまり、『道草』は、一方で、金銭をめぐる縁戚のトラブルや夫婦の齟齬を淡々と描きながら、他方で、片付けようのない一つの問題を書いている。実は、漱石の長篇小説はすべて、現実上の倫理的な問題と、それとは対応しない主人公の内的な問題が交錯しあっていて、それらが唐突に分裂してしまうようになっている。たとえば、主人公は、『門』では独りで参禅し、『行人』では狂気に直面し、『こゝろ』では自殺してしまう。

健三は、「一遍起つた事」がくりかえされること、「たゞ色々な形に変るから他にも自分にも解らなくなる丈の事さ」ということを語る。それは漱石の作品群にかんしてもいえる。『道草』も基本的に同じである。ただ、『道草』が他と異なるのは、その問題に直接的に迫ろうとしていることである。「一遍起つた事」とは、漱石が幼くして養子に出され、養父母を実の親と思って育ったという過去である。

夫婦は何かに付けて彼等の恩恵を健三に意識させやうとした。それで或時は「御父ッさんが」といふ声を大きくした。或時はまた「御母さんが」といふ言葉に力を入れた。御父ッさんと御母さんを離れたたゞの菓子を食つたり、たゞの着物を着たりする事は、自然健三には禁じられてゐた。（四十一）

この養父母らは特別に性の悪い連中だったわけではない。彼らは、健三の親であるという確信をもてないため、ことあるごとに、自分たちが親だということを子供に念を押さざるをえなかったのだ。しかし、それを聞かされている子供は、理解できないにもかかわらず、そこから別のメッセージを受けとる。「御父ッさんが」や「御母さんが」ということを強調すればするほど、そうではないということを告げているのである。漱石は、『硝子戸の中』で、八、九歳ぐらいまで実の両親を祖父母と思いこんでいたということを書いているから、これらの養父母を実の両親と思っていたはずである。しかし、同時に、彼はそうでないことを無意識に気づいていたといえる。重要なのは、その時期に、漱石の自己形成がなされたということである。

コミュニケーションはつねに複数のレベルでなされる。たとえば、ひとが「馬鹿だねえ」といっても、微笑しながら言っているならば、それは誉《ほ》め言葉である。逆に、ひとが憎んでいるのに愛情深い態度をとる場合、表情は冷たい。このように、言葉と表情、あるいは言葉そのものがまったく反対のメッセージを伝える場合がある。特に親がそのような態度をとりつづけると、子供は二つの対立するメッセージを同時に受け取り、どちらが本当かを決定できない。グレゴリー・ベートソンはこれを「ダブル・バインド」と呼んでいる。ベートソンは、精神分裂病になりやすい環境として、そうした親の両義的な態度を指摘している。その結果、子供は、メタ・コミュニカティヴな能力、すなわち文字どおりの言明と、それが別に意味することとを区別する能力を失うことになる。分裂病者の場合、相手が何かをいうとき、それが真に何を意味しているかわからないし、

「隠された意味」に過度にこだわり、それにだまされないように決意する。病気の最終的な段階は、一切応答しないことである。ベートソンは、分裂病になる人は、親との関係でそういうダブル・バインドの状態を強いられたひとが多いと言っている。もちろん、そうであれば分裂病になるということではないし、また漱石が分裂病だというのでもない。しかし、漱石には固有の「病」があり、それはこのようなダブル・バインドと関係がある。

漱石は、『道草』で、ここから生じる問題を、他の作品のように虚構を通してではなく、自らの幼年期に遡行することによって対象化しようとした。この時点で、漱石は、彼の固有の「病」から癒《い》えたわけではないが、それが何によるかをはっきり見すえていたということができる。《「己の責任ぢやない。必竟こんな気違じみた真似《まね》を己にさせるものは誰だ。其奴《そいっ》が悪いんだ」》(五十七)。しかし、「其奴」は養父母でも実父でもない。健三はすでに、彼を生み出した過去の世界を受け入れなければならないことを知っている。

［一九九九年一月記］

講演その他

漱石の多様性

講演——『こゝろ』をめぐって

1

漱石という作家は、初期の『吾輩は猫である』や『坊っちゃん』、また『漾虚集』や『草枕』から『明暗』にいたる小説、さらに俳句や漢詩を書いていますね。つまり、多種多様な文体やジャンルに及んでいるのです。こういう作家は日本だけでなく、外国にもいないと思います。この多様性がどうしてありえたのでしょうか。これは大きな謎です。漱石の研究をしている人は、たとえば漱石のテクストをめぐる謎を漱石自身の実生活、なかでも恋愛体験に見出したりしますが、そんなことは「謎」と呼ぶに値しません。この言語的多様性は、たんに多芸であるとか文才があるとかいうことではすませられないものです。これはやはり「歴史」的な問題とかかわっています。どんなに文才があっても、漱石のようなことは二度とできないでしょう。

漱石の作品は、ふつう『猫』や『草枕』のような初期の作品から『明暗』にいたるところの発展、あるいは深化として読まれています。たしかに『猫』や『草枕』などの初期作品は近代小説とは異質です。しかし、この「初期」という言葉を、すでに「文学論」などを書いてきた四十歳ちかい作家、しかもわずか十二年間の活動で死んでしまった作家について用いていいかどうかは疑問ですね。漱石がこの間に、根本的に意見を変更したはずはないからです。したがって、漱石を作品の線的な発展において、あるいは『明暗』を頂点とするような近代小説中心の視点において見るのは、まちがっていると思います。肝心なのは、漱石の言語的多様性がいかにして可能だったのかという謎なのです。

一ついいうることは、漱石が、十九世紀半ばフランスで確立された「文学」——これが彼の同時代の文壇を形成させたのですが——そのような「文学」以前のもの、つまり十八世紀英文学を研究していたことです。もう一つは、大岡昇平氏が指摘していることですが、漱石が書きはじめたころには「文」というジャンルがあったということ、そして漱石はたとえば『倫敦塔』を短篇小説としてではなく「文」として書いたということです。むろん子規の提唱した写生文も「文」です。そもそも「文」がジャンルとしてあったが故に、写生文も意味を持ちえたのです。それは必ずしもリアリズムにつながるものではないし、その萌芽にすぎないのでもない。漱石の「文」は、その後では短篇小説として読まれてしまいますが、小説ではありませんね。すでに西洋の小説をよく知っていた漱石ですから、そのことを自覚していたはずです。

それなら、彼が「文」にこだわったことには、どういう意味があるでしょうか。たぶん「文」から漱石の小説が生れ、多種多様な作品が生れてきたのです。漱石は小説を書き出したのではない。『猫』は「文」なのです。そして、それを書いているうちに突如として漱石の創作活動が開始され、十年ほどのうちに、あのような膨大な作品群を書き残したのです。「文」は、あらゆる可能性を含む〝零度〟としてあったといえます。「文」とは、バルト風にいえばエクリチュールといいかえられるでしょう。僕の考えでは、漱石は「文」に、近代小説が排除しそのことによって自己純化していったものの可能性を見ていたのです。

ところでノースロップ・フライは、フィクション（ノンフィクションも含む）を四ジャンルに分けて考察しています。フィクションとは彼の定義でいえば、散文で書かれたものすべてを含みます。第一に小説ですね。これについてはわれわれはよく知っていますから、他の三つについて述べることにしますが、とりあえず小説とは、むしろ三つのジャンルでないものとしてある、といってもいいのです。それでは他の三つのうちのまず一つは、「ロマンス」です。それを「物語」と呼んでもかまいません。ロマンスでは、主人公はふつうのありふれた人物ではない。美男美女であり、英雄であり、超人的な能力を持っていたりします。そこから見ると、近代小説とは平凡な人間が主人公となるものだといってもいいほどです。また、ロマンスはある構造を持っています。それは、折口信夫がいう「貴種流離譚」のようなものだと考えてもいいでしょう。それはまた平板な世界ではなく、他界あるいは異界が存在するような位相構造を持った世界です。

そのつぎに「告白」です。告白は近代のルソーなどに始まるのではなく、たとえばアウグスティヌスの『告白録』のような伝統を持っています。注意すべきことは、これがむしろ知的なものだということです。日本にもそういう伝統がありますね。たとえば新井白石の『折たく柴の記』のようなものです。つぎにフライが「アナトミー」と呼ぶものです。これは、百科全書的なもの、ペダンティックなもの、サタイアなどを含みます。西洋文学でいうと、ラブレーとかスウィフト、あるいはローレンス・スターンのようなものです。漱石が研究したスウィフトおよび十八世紀英文学は、小説というよりはこのジャンルのものです。

ところで、注目すべきなのは、漱石がこれらのジャンルをすべて書いたということです。『漾虚集』は文字どおりロマンスであり、『猫』はサタイア、あるいはペダンティックなアナトミーといってもいい。『坊つちやん』はピカレスク(悪漢小説)。『草枕』も、漱石自身が意図していたように、「小説」ではありません。きょう話してみたい『こゝろ』という作品は、どうでしょうか。僕の考えでは、これは「告白」です。それは、告白的であるという意味ではありません。その意味でなら、『道草』のほうが告白的でしょう。『こゝろ』に書かれた先生の手紙には、こうあります。《私を生んだ私の過去は、人間の経験の一部分として、私より外に誰も語り得るものはないのですから、それを偽りなく書き残して置く私の努力は、人間を知る上に於て、貴方にとつても、外の人にとつても、徒労ではなからうと思ひます。》《私は私の過去を善悪ともに他《ひと》の参考に供する積です。然し妻だけはたつた一人の例外だと承知して下さい。》

これは、アウグスティヌスやルソーといった「告白」から見ると、むしろ型通りのものであることがわかります。「告白」には知的な省察があります。それは自伝的小説といったものとは違う。『こゝろ』のような作品は、むしろ、こういう近代小説以前の形式をとることによって可能になったのです。さらにいうと、『こゝろ』は、後半の先生の手紙が中心ですが、こういう形式はかなり古風なものです。十八世紀の英文学では手紙形式が多かったのですが、それはまだ近代小説の語りの形式が確立していなかったからです。いったんそれができると、手紙形式はとても古風に見えますね。だから日本の文壇では、『こゝろ』は評価されていません。先にあげた諸作品も評価されませんね。一般にはそれらのほうが読まれるし人気もあるのですが、まさにそのために軽蔑されてきたのです。それらは『明暗』のような小説にいたる以前の初期作品として位置づけられてきました。しかし、漱石のすごさは、これらのジャンルをすべて書いてしまったということにあるのです。

さて、フライはこのようにフィクションのジャンルを並列しましたが、これらは実は対等なものではないのです。十九世紀以後においては、この中で「近代小説」が支配的です。他のジャンルはあるものの、周縁に置かれてしまう。しかし「小説」は支配的ではありながらも、他のジャンルを常に必要としているのです。それは、ちょうど産業資本主義以後において、すべての生産が資本主義化されるのではなく、自営農業のような生産形態が存続すること、むしろ資本主義的生産は資本主義化しえないものを不可欠なものとして前提する、ということと似ています。

現在の日本でいうと、流行っているのは物語とアナトミーですね。それは近代小説の理念が疑われてきたことと関係があります。しかし、それらが近代小説にとって替わることはありません。いかに物語やアナトミーが回復されても、それは近代小説の「中」でそうされるのであって、そのことによって近代小説は活性化され生き延びていくのです。すでに、漱石においてそうでした。あらゆるジャンルを書き分けた漱石は、にもかかわらず、すでに近代小説の世界に属していたのであり、そうであるが故に、そこから排除されたものを回復しようとしたのです。

『こゝろ』は有名な作品であり、とくに話の筋について説明するまでもないと思いますが、とりあえず簡単にふり返ってみます。

2

まず前半では、「私」という学生が先生に鎌倉の海岸で会って、それから何となくその先生に惹かれて近づいていくのですが、どうしても先生に何かわからない部分がある。それが何であるのかわからないままに、「私」の父親が病気になって、それで帰郷している間に先生が死ぬ。後半(下)は、先生から「私」にあてた遺書という形をとっています。先生は学生のころ叔父に裏切られて、親からの財産を取られてしまった。そのことで人間そのものへの猜疑心をもち、一種の神経衰弱になっていたのですが、たまたま下宿した所に奥さんとお嬢さんがおり、その人たちとつき合っているうちに治ってきた。そのお嬢さんを先生は好ましく思っていたけれども、それはまだ恋愛感情ではなかったのです。

先生には、Kという友人がいました。先生はこのKを畏敬していた。しかし他方で、滑稽だとも思っていました。先生には、Kが経済的に困っているのを助けてやりたいという気持もあり、Kの神経衰弱をやわらげてやりたいという気持もありましたが、その一方で、自分には及びもつかないこの禁欲的な理想主義者を崩壊させてしまいたいという気持もあったのです。《彼を人間らしくする第一の手段として、まづ異性の傍に彼を坐らせる方法を講じ》て、Kを自分の下宿に連れこんだのです。これは友情であると同時に悪意ですね。先生は、いわばKを誘惑しようとしたのです。

ところが、Kが同居するにつれて、だんだんおかしくなってきます。Kは「お嬢さんのことを好きだ」とうち明けるのですが、それ以前に、Kがいるが故に、つまりKを嫉妬することで、先生はお嬢さんに対する愛を意識しはじめていました。先生は、Kから「お嬢さんを愛している」ということを先に聞かされてしまうのですが、その時に、「いや、自分こそ前から彼女が好きなんだ……」と言えばいいのだけれども、どうしても言えません。この言いそびれ、つまり「遅れ」があとで重大な事態をまねくのですが、考えてみると、「遅れ」は最初からあったのです。たとえば、先生がお嬢さんを愛するようになったのは、Kが下宿に来てからなのです。Kがお嬢さんを愛しているかもしれないような事態の中で、はじめて先生は愛を意識したのですから、Kより「先に」お嬢さんを愛していたというのは虚構ですね。先生の「遅れ」には、たんに言いそびれたというのではすまないようなものがあります。より本質的にいえば、この「遅れ」は、他者との関係においてある人間の、ある不可避的な条件なのですが、それについてはあとで述べます。

さて、Kにうち明けられたあと、先生はある日、病気をよそおって部屋にいて、奥さんに「お嬢さんをください」ということを言うわけですね。もちろん、それでOKなのですが、それをまたKには話せない。ところが奥さんのほうは、Kの気持をまるで知りませんから、Kにそのことを話してしまいます。その結果、Kが自殺するわけです。先生は、その罪悪感をずっと持ちながらも、そのことを、結婚した〝お嬢さん〟つまり自分の奥さんにはどうしても言えない。告白も、この若い「私」である学生にだけなすのであって、奥さんには死後も絶対に秘密にしてくれということを言い残しています。

ちょうど明治天皇が死んだ時、先生が奥さんに「自分たちは明治の人間で、時勢遅れになってしまった」と言うと、奥さんが突然なにを思ったのか「では殉死でもしたら」と言います。先生は、この「殉死」という、当時ほとんど死語であった言葉に心を打たれます。そして「自分が殉死するならば、明治の精神に殉死する積だ」と答えます。ところが、その一カ月後に、乃木大将がまさに殉死したわけです。それが決断のきっかけとなって、先生は実際に自殺を考え、自殺する前の十日ほどの間に遺書として告白を書いた。以上が『こゝろ』の粗筋といったものです。

では、ここで先ほどいいかけた「遅れ」の問題について触れたいと思います。先生自身は、この「遅れ」を自分の卑劣さと思い、またそれ故の罪責感を抱いています。しかし、本当にそうなのでしょうか。これは、あくまでも正直で、心が清ければ、避けられるものなのでしょうか。あるいは、先生が明晰に自分の意識、あるいは欲望を自覚していたなら、こういうことが避けられたでしょうか。どうもそうではない。たとえば、先生がお嬢さんを愛するようになったのは、Kが同居するようになってからです。というより、Kがお嬢さんを愛するようになってからです。どんなに内省しても、自分の心の中にお嬢さんへの愛を発見できないでしょう。それはまだ存在しないからです。Kが介在することによって、はじめて恋愛が成立したのです。するとと、愛を意識した時は、すでにKを犠牲にしなければならない立場にあったのです。たんに三角関係における苦悩なのではありません。「愛」そのものが、三角関係によって形成されたのですから。

たとえば、子供の部屋の隅に要らなくなったオモチャが転がっているとします。そこに他の子供が来て、それを見つけて欲しがるとする。すると、子供は急にそれにこだわり、「ダメ、それは僕のだ」ということがありますね。ふだん放ってあって何とも思わなかったものが、他の子供がそれを欲しがったとたんに、それぐらい大事なものはないかのようにこだわりはじめるのです。そして、他の子供があきらめて去れば、彼もまたそれに対する関心を失うのです。この子供はたんに意地悪なんだろうか。あとでふり返ってみると、自分が悪いことをしたと思うかもしれません。しかし、その時には、子供にとって嘘偽りはなかったはずです。本当にそのオモチャが大事に思えたのです。しか

しまいますね。

しその後、そのオモチャに関心をなくした以上、嘘をついて意地悪をしたことになって

『こゝろ』における先生の心の動きは、これとそれほど違ったものではありません。つまり、先生は一度も自分の心を偽ったことはないのです。しかも、それでいて、彼は嘘をつきKを裏切ったことになるのです。どの段階でも、先生としては嘘はないし、無自覚でもない。しかも彼は、結果的にはKを騙すことになってしまっていたのです。彼は父親が死んだあと、叔父に騙され財産を横取りされた。それで人間不信になり神経衰弱になったとき、下宿先のお嬢さんたちに接して、そこから立直ったということになっていますね。だから彼は、人を騙すことを極度に嫌っていたはずです。その彼が、親友を裏切ったのです。なぜ、そんなことになったのでしょうか。

先生は、人間は突然変わるのだと、学生の「私」に興奮して叫びます。「人間は金の問題になってくると突然変わるのだ、俺はその変わるところを見たのだ」というわけです。しかし、それは疑わしいと思います。たとえば、先生にとって叔父が突然変わったように見えたとしても、他の人が見たら、たぶんそんなに驚きはしなかったでしょう。よく知っている者であれば、あいつならそういうことをやりかねない、と思うかもしれませんね。問題は、叔父のようなことをけっしてしまい、人を裏切るようなことをけっしてしまいと、骨身にしみて思っていた先生のような人が、まさに「突然変わる」とい

うことにあるのです。「金の問題」であろうが「女の問題」であろうが、肝心なことはそういう対象ではありません。他の問題でも、人間は「突然変わる」ことがありうるでしょう。注意すべきは、この「変化」が、当人が意識できないようなものであるということ、あるいは、意識しても手遅れであるようなものだということです。それでは、どうしてそうなのでしょうか。

3

これを、すこし哲学的に考えてみます。ヘーゲルは、欲望とは他人の欲望だといっています。つまり、欲望とは他人の承認を得たいという欲望である、ということですね。ここで、欲求と欲望を区別します。たとえば、腹がへって何か食べたいというのは欲求であり、いいレストランや上等のものを食べたいというのは、すでに他人の欲望になっています。性欲も生理的に欲求としてあるでしょう。しかし、美人にしか性欲をおぼえないという場合、それは欲望ですね。そもそも「美人」の基準などは客観的にあるのではなく、文化や民族によって違うし、歴史的にも違います。「美人」とは、他人がそうみなしているもののことです。すると、美人を獲得することは、他人にとって価値であるものを獲得することですから、結局その欲望は、他人に承認されたいという欲望にほかならないわけです。だからといって、自分の気持を変えることは難しいでしょう。実際には、純粋な欲求などは稀です。ある極限的な状況で、食物であれば何でもいい、水であれば何でもいいと思うことはありうるでしょうが、そうでなければ、基本的にわれわれは欲望の中にあるのであり、いいかえれば、すでにそこに他者が介在しているのです。

私たちは、模倣的であってはいけない、オリジナルでなきゃいけない、自発的でなきゃいけないなどと言います。しかし、われわれが何かを目指すときには、誰かがいつもモデルとしてあるわけです。それは、われわれの欲望が他人に媒介されているということと同じです。自発性・主体性というけれども、自己や主体というものがすでに他者との関係を繰りこむことによって形成されている、といってもよいでしょう。

ルネ・ジラールはヘーゲルの考えを使って、欲望や模倣、さらに三角関係と第三者排除を考察しました。日本では、作田啓一氏がそれを応用して夏目漱石などを論じております。『個人主義の運命——近代小説と社会学』(岩波新書)という本を読んでみてください。作田氏は、『こゝろ』における先生と「私」の関係、先生とKとの関係に関して明快な分析をしています。これまで心理学者が「同性愛的」といってきたところを、モデル—ライヴァル理論で解釈しなおしたのです。たとえば、その本の中で、こう作田氏は述べています。

《Kを連れてきた理由は、苦学生の彼の生活を少しでも楽にしてやろうという友情からだ、と「先生」はその遺書で語っています。しかしこの説明だけでは何かよくわからないところが残ります。私の解釈では、「先生」は、たとえ策略のいけにえになったとしても、お嬢さんが結婚に値する女性であることを、尊敬するKに保証してもらいたかったのです。そしてまた同時に、このような女性を妻とすることをKに誇りたかったのです。》《Kは「先生」にとって判断を仰ぐ手本《モデル》でした。Kがこの娘を好ましく思うことで、先生の対象選択が初めて正当化されるのですから。しかしまたKは「先生の」ライヴァルともなりうるでしょう。Kが彼女を好ましく思うようになれば、「先生」と彼女を争うことになるのですから。》

お嬢さんに対する先生の恋愛には、たしかにこの第三者のKが必要だったのであり、しかも、この第三者は排除されなければならないのです。たぶん、かりにそうでないように見えたとしても、恋愛は潜在的に三角関係をはらんでいると思います。かりに第三者が具体的な個人でなく、世間といった漠然としたものでも同様でしょう。たとえば、スターと結婚したがる男や女は、多くの他人の欲望の対象を所有したいのです。それは当の相手ではなく、他者を欲望しているのだといってもいい。これも三角関係ですね。

さらに、先生のKに対する友情にも、アンビヴァレントなものがあります。先生はKを尊敬しています。しかし、彼はKをモデルにしながら、Kのように徹底的にやれないと感じている。だから彼は、Kを一方で引きずり降ろしたい、堕落させたいと考えているのです。Kを「人間らしく」するというのは、そういうことです。これはべつに深読みではありません。他のところで、先生が彼を尊敬してやまない若い「私」に、こう言うのです。《兎に角あまり私を信用しては不可《いけ》ませんよ。今に後悔するから。さうして自分が欺むかれた返報に、残酷な復讐をするやうになるものだから。》《かつては其人の膝の前に跪づいたといふ記憶が、今度は其人の頭の上に足を載せさせやうとするのです。私は未来の侮辱を受けないために、今の尊敬を斥ぞけたいと思ふのです。》いいかえると、モデルとした者への関係は、やがてモデルを上回るようになった時にも、またモデルにけっして及びそうもないとわかった時にも、尊敬から憎悪に変わります。

しかし、僕が考えたいのは、先に述べた「遅れ」という問題です。われわれにとって直接的(無媒介的)であると見えるわれわれの意識・欲望が、すでに他者によって媒介されたものであること、それもいわば「遅れ」です。そのつどそのつど、明晰に内省して疑いないと思ったとしても、それはすでに媒介されたものなのであり、その意味で「現在」はいつも「遅れ」ているのです。『こゝろ』というタイトルは皮肉なものでして、これはけっして「心」の中を覗こうとしているのではないのです。いや、覗いたとしてもそこに何もないということ、われわれが何かをやってしまうのは「心」からではなくて、他者との関係によってである、ということがいわれているのです。したがって、そここにはどう考えても埋まらない空虚があります。われわれはこれを、心理分析によって明らかにできるかもしれません。しかし、それによっては片づかないような「遅れ」が、どうしてもあります。

それは「歴史」にかかわるものです。事実、『こゝろ』がよく読まれてきたのは、たんに恋愛や三角関係のことが書かれているだけでなく、歴史的な問題が書かれているからです。たとえば『こゝろ』には、《すると夏の暑い盛りに明治天皇が崩御になりました。其時私は明治の精神が天皇に始まつて天皇に終つたやうな気がしました。最も強く明治の影響を受けた私どもが、其後に生き残つてゐるのは必竟時勢遅れだといふ感じが烈しく私の胸を打ちました》とあります。この「時勢遅れ」は、たんに年をとって時代遅れになったということではなくて、実は、ある「遅れ」に関係しているのです。

ここで先生のいう「明治」とは、「明治の精神」とは、何でしょうか。これをたんに一つの時代と考えてはなりません。僕は先に、Kのことを禁欲的な理想主義者だといいました。『こゝろ』では、次のように書かれています。《仏教の教義で養はれた彼は、衣食住について兎角の贅沢をいふのを恰も不道徳のやうに考へてゐました。なまじい昔の高僧だとか聖徒《セーント》だとかの伝を読んだ彼には、動《やゝ》ともすると精神と肉体とを切り離したがる癖がありました。肉を鞭撻すれば霊の光輝が増すやうに感ずる場合さへあつたのかも知れません。》このようにいうと、Kはたんに昔よくいたようなタイプの求道的な青年のように見えますね。しかし、Kのような極端なタイプは、ある時期に固有のものだというべきです。それは仏教であれキリスト教であれ、それ以前のもの、あるいはそれ以後のものとは異質です。たとえば、明治十年代末に北村透谷はキリスト教に向かい、西田幾多郎は禅に向かった。それらはKと同じく極端なものでした(Kは聖書も読んでいました)。

彼らがそのような内面の絶対性に閉じこもったのは、明治十年代末に明治維新にあった可能性が閉ざされ、他方で、制度的には近代国家の体制が確立されていった過程があったからです。つまり、彼らはそれぞれ政治的な闘いに敗れ、それに対し、内面あるいは精神の優位をかかげて世俗的なものを拒否することで対抗しようとしたのです。しかし、透谷は自殺し、西田は帝国大学の選科という屈辱的な場所に戻っていきました。Kが自殺したのも、先生があとで気づいたように、たんに失恋や友人に裏切られたということではなかった。異性に惹かれるということ自体において、Kはあの精神主義的な抵抗の挫折を感じていたのですから。

4

たぶん、同じようなことが漱石自身にもあったはずです。彼はべつに政治的な運動にコミットしていませんが、明治十年代に明治維新の延長として革命が深化されねばならないということを感じていたでしょう。彼は、明治十年代に「漢文学」に一生を懸けてもいいと思ったが英文学をやることになり、しかも英文学に裏切られたような気がしたという意味のことを、『文学論』の序に書いている。そこでの「漢文学」とは、江戸時代のものではなく、したがって古くさいものでもなく、明治十年代の学生が持っていたような気風や思想と結びついていたはずです。一方、英文学のほうは帝国大学という制度の中にあるもので、それをやれば出世ができるというようなものでした。事実、漱石はその中で抜群に優秀だったのです。しかし彼は、そこから逃れたいという衝動をつねに感じていました。帝国大学をやめて、当時いかがわしいと世間に思われていた小説家に転じたのもそのためです。

こうしてみると、「自分が殉死するならば、明治の精神に殉死する積だ」という「明治の精神」が、いわゆる明治の時代思潮というようなものと無縁であることがわかりますね。「明治の精神」とは、いわば〝明治十年代〟にありえた多様な可能性のことです。たとえば、先生が乃木将軍の遺書に心を打たれるのは、乃木将軍のような考え方なんかではなくて、彼が明治十年の西南戦争で軍旗を奪われ、それ以来「申し訳のために死なう〳〵と思つて、つい今日迄生きてゐた」というようなことです。実は〝明治十年代〟の人びとにとって、西南戦争は「第二の明治維新」であり、明治維新の理念を追求するものとみなされたのです。西郷隆盛はそのシンボルとなり、のちの「昭和維新」においてもそうでした。漱石自身、「明治の元勲」なるものを罵倒してやまなかったのに、他方で「明治の志士のように」小説にとり組みたいと語っています。

すると、漱石が「明治の精神」と呼ぶものは、明治二十年代において整備され確立されていく近代国家体制の中で排除されていった多様な「可能性」そのものだった、といっていいのではないでしょうか。つまり僕がいおうとする「歴史」とは、今や隠蔽され忘却されてしまったもののことです。この可能性とは、別の観点からいえば、最初に述べたように、文学のさまざまな可能性でもあります。十九世紀西洋の近代小説だけが文学なのではない。そこに向かうのが発展なのではない。たぶん漱石は近代の「小説」中心主義に、あるいはそれがはらむ抑圧性に、抵抗しつづけたのです。僕らはそれを、たんに趣味や気質の問題として見てはならないと思います。またそれを、東洋的なものや江戸的なものへの郷愁と見るべきでもありません。事実は、その逆なのですから。

『こゝろ』という悲劇的作品において、漱石は過去を強烈に喚起することで、そこから離別しようとしたのかもしれません。マルクスも、悲劇とは過去から陽気に訣別するための手段だといっています。事実、『こゝろ』を書いたあと、漱石は『道草』を書き、当時の文壇の自然主義者から評価されます。はじめて小説らしい小説を書いたといわれたのです。そしてさらに、彼は『明暗』を書き、その途中で死にました。

　この『明暗』は、もっとも本格的な近代小説として今日にいたるまで評価されています。これは皮肉なことですね。漱石は午前中に『明暗』を執筆し、午後は「漢詩」を書いていたといわれていますが、たぶん『明暗』は彼にとって望ましいものではなかったのです。しかし、自分が生き延びた以上、その方向に徹底していくほかないと思っていたのでしょう。僕らは漱石の作品を、『明暗』を絶頂とする一つの線上において見てはならないのです。そのような歴史において隠蔽されるもの、それが僕のいった「歴史」にほかなりません。

淋しい「昭和の精神」

桶谷秀昭の『夏目漱石論』を読んでいて、私は不思議な印象を受けた。それは漱石の年代順に並べられた各論を、桶谷氏が実際は逆向きに、つまり『道草』『明暗』から遡行的に書いているというところからきている。いわば桶谷氏は、漱石が「成熟」していったのとは逆向きに「成熟」していったようにみえるのだが、私が思ったのはむしろ漱石にはそういう読み方を許すものがあるということだった。漱石に関して、技術的あるいは認識的な「成熟」を、今日のわれわれの規範をもとに想定することはあやまっている。桶谷氏が「手探り」の思考によって、おそらくは偶然に(氏の意企に反してさえ)開示してみせたのは、漱石の文学のこういう特異性だったかもしれない。

桶谷氏は書いている。

『虞美人草』のおもしろさは、意外なことには、これが「勧善懲悪」のあの古くさいイデーに支えられた世界にほかならぬからであった。そして、そういう世界の中で生きる人物たちの「性格」(キャラクター)が、単純な強い線で描かれているからであった。

漱石は「性格」がたしかに存在するような世界に生きていた。だが、同時に彼は「性格」の喪失、いいかえればサルトルのいう「自由の刑」に処せられて自己自身の中に何の確たる根拠ももちえない世界にも生きていた。われわれに欠けているのは、まさにこの両義性なのである。漱石が後者を知らなかったなら、彼は江戸文学の系譜(とくに漢詩)、あるいは十九世紀イギリスのリアリズムの中で自足しえただろう。前者を知らなければ、彼は『行人』を書くかわりに『異邦人』のような作品を書いただろう。つまり、そのとき彼は「実存主義」とかその種の整序された観念の中で、やはり別の意味で自足しえただろう。

彼はそのいずれにも自足しえなかった。それなら漱石にとって「成熟」とは何を意味するのか。ただこのような分裂をラセン状に深化させていくしかなかったのだ。漱石の長篇小説の構成的破綻はここからくる。だが、この破綻は不可避的なものである。なぜなら、漱石における分裂はたんに彼の個性が生みだしたものではなかったから。それは個性的なものでありながら、たんに彼が生みだしたものではなく、したがって彼がひとりで壊すことも解決することもできず、また壊れたときにはどんな個人的な能力をもってしても再建しえないような一回的な何ものかだった。

桶谷氏は、「わたしのモチーフは、一言でいえば、存在恐怖者漱石と日本の近代の文明の変質過程の交叉する場所に、漱石を描くことであった」(「あとがき」)と書いている。たとえば、明治思想史・文学史のたぐいを読めば、「日本の近代の文明の変質過程」が書かれている。しかし、私はそんなものを断じて認めない。それはちょうどエリザベス王朝時代の社会を調べてシェークスピアを解釈するようなものだ。実際はシェークスピアを通して、「その時代」の本質に触れられるのである。

この「交叉する場所」を照らしだすことは困難だが、漱石を読むときわれわれは必ずこの曖昧な場所にひきよせられる。少くともそこにひきよせられたことのない漱石論は、私にとって何の意味もない。交叉するのは漱石とその時代ではない。「交叉する場所」は、漱石の両義性が交叉する場所であり、同時に「その時代」の両義性が交叉する場所である。

江藤淳の『漱石とその時代』のモチーフもまたそこにあったといえる。漱石が生きていた「世界」は壊れつつあった。だが、漱石にはそれが何であるのか対象的には視えていなかっただろう。それは明瞭に対象化し得ないものであり、それだからこそ彼の内部を蝕むものであり二度と取りかえしえないものだったのである。かつて江藤氏が「朱子学的世界像」の崩壊といったとき、私はその概念は歯切れがよすぎると思った。しかし、

『漱石とその時代』では、漱石の生きていた「世界」があるなまなましい感触としてよみがえってくるのを感じないわけにはいかなかった。このことは何を意味するだろうか。

ところで、漱石の「交叉する場所」がほぼ明瞭な輪郭をもってあらわれるのは、『こゝろ』においてである。桶谷氏は、「淋しい「明治の精神」」という章において、『こゝろ』のKと先生の惨劇を、ロンドン留学以前と以後の二人の漱石の間の劇と見て、Kの死とともに自ら埋葬したはずの前半生の記憶が現在の先生に侵入し恐しい力でおびやかしはじめたのだ、といっている。この見解は新鮮である。しかし私が考えていたのは、これとさほど異ったものではない。『こゝろ』を書くとき、漱石は喪われたものが何かはよくわかっていた。それははっきりとした観念ではなく、生を根拠づける視えないフォルムのようなものだ。それは俗にいう「明治の精神」ともちがっている。

乃木将軍は「性格」をもち「運命」や「悲劇」といったものが生きている近代以前の人間である。三島由紀夫の武士道と異るのはこの点であって、三島は「性格」を演じてみせたがその底には空無しかなかったのだ。乃木における「運命」は、三島において自己の生を完結させようとする自意識の形態でしかありえない。漱石が立っていたのは、すでに乃木将軍のようにはありえず、しかも白樺派のヒューマニストが小林秀雄に至るまでは関知しなかった自意識の地獄を知っている両義性の場所である。『こゝろ』の先生の「罪」は、友人をだましたことだけではなく「性格」をもつことができない人間の

「罪」である。「不可思議な私」とは、「性格」をもちしかもそれをもたない漱石の両義性そのものだった。

　われわれにとって、「性格」とは任意に選ぶことができ、任意に選ぶことができるという理由によってたんなる主観性にすぎない。科学的な世界観というものにはもはや主観性以外には何もないのだ。漱石の中で死んだのは「世界観」ではなく、むしろ意識化(対象化)すれば消えてしまうような「世界」にほかならなかった。どうしてそれを、手前勝手な思想史や社会史の規範でとらえられよう。

　桶谷秀昭は「淋しい「明治の精神」」の中で次のようにいっている。

> いったい、明治とか大正とか昭和とかの時代区分にどんな客観的な意味があるかとせせら笑うインターナショナリズムの観点からすれば、昭和の終焉はそう長い先ではない、というわたしの予感などは、とるにたらぬ妄想にすぎまい。わたしも自分の予感にどんな客観性をも強調しようとは思わない。「昭和の精神」というようなものが、かならずしもみつけださなければならぬものだとも思っていない。
>
> 　ただ、現在、わたしたちがどんな未来を指向しようとも、そしてその未来のために過去と現在を否定しようとも、すくなくとも、ほろぼし、忘れ去るべき過去の正体が何であるかを、胸の底から思い知る契機すら消失してしまったとしたら、とい

う戦慄に似た思いを禁じえない。（傍点引用者）

桶谷秀昭や江藤淳にはまだ濃密にあり、そして私には微かにしかないものがある。それは「胸の底から思い知る契機」、つまり手がかりである。たとえば、江藤氏は何をもって「明治という時代」に近づいたのか。幼年期の家庭にあった、古い家具のような臭い、死者がそのまま生きている漠とした雰囲気の記憶を手がかりとして、である。こういう手がかりなくして、われわれは「歴史」に触れることはできない。そして、それ以外に「明治の精神」とか「昭和の精神」というようなものもありえない。ありうるのは似ても似つかぬ観念にすぎない。われわれは実質をみうしなって、観念をとりかえしている、復古的観念を。

桶谷氏は、「告白すればわたしはもともと救世済民の志をもつ文学が好きである。そしておのれの想像力のみを誇るためみたいな文学が好きでない。一つの問いを自分に問うてみる。人は自分のために生きるのか、他者のために生きるのか、と。わたしは後者であると答える」（『凝視と彷徨』「あとがき」）と書いたことがある。私はこういうことばを漏らす桶谷氏に共感をおぼえる。なぜなら、氏は右のようにいうとき「好み」をいっているのであり、そしてその「好み」がもはや通じないことを知っているからだ。のみならず、氏は「他者のために生きる」ことなどできない、というより自分のためにも他者のためにも人は生きることはできないということを知っているからだ。

「他者のために生きる」とは、氏が経験した戦争イデオロギーともその左翼版の戦後イデオロギーとも無縁である。それはそういう倒錯した自己欺瞞的なイデオロギーにおおわれた中で微かに残存していた何かだ。つまり、「性格」があり生の根拠をしっかりとつかむことのできた時代の感触である。あるいは、そんな時代はかつてどこにもなかったかもしれない。だが、感触が人をいつわることはありえない。桶谷氏が低い声でいう「昭和の精神」は、どんな観念でもありはしない。それは感触であり、したがって他者に伝えることも強いることもできないのである。だが、漱石は『こゝろ』を書くとき、どれほどこの感触を伝えたがっていただろうか。それ以外の「明治の精神」など、私は唾棄するまでだ。

『こゝろ』の先生がのぞきこんだ「慄《ぞっ》とする」孤独の中で、おそらく漱石は「他者のために生きる」という思いを何のシニシズムも倒錯もなく、むしろ懐かしい記憶のようによみがえらせたはずである。桶谷氏が、「世間という彼我の関係の外に置き去りになった孤独な人間のあいだにのみ愛があるという作者の夢」と書くとき、明らかに氏自身の「夢」を語っている。私はこういう「夢」と無縁な批評など信じない。

〔桶谷秀昭著『夏目漱石論』書評〕

漱石とカント

私は『文学論』における漱石の試みをカントの「批判」と比べてみる必要があると思っている。漱石はたまにカントを引用するが、直接に読んだ形跡もないし、カントの影響を受けたとも思えない。しかし、だからこそ、彼の仕事はカントと比べられるべきなのである。もし彼がカントを読んでいたら、カント以後に形成された美学の影響下から出られなかっただろう。カントを読まなかった漱石は、そうとは気づかずに、十八世紀にヨーロッパの端(ケーニヒスベルク)にいたカントと同じ立場に立っていたのである。

美的判断は普遍的でなければならないとカントは言っている。ところが、これほど困難な事柄はない。文学芸術においては、誰もが普遍性を主張するが、誰もそれを証明できないからだ。他の領域においてもそのことは原理的に妥当するだろうが、文学芸術においてほどそれが露骨に見える場所はない。カントの「批判」は『純粋理性批判』に始まるが、本質的には、それは、普遍性が要求されながらそれが不可能であるような「批評」の問題に発しているといってよい。

カントは「共通感覚」をそのアポリアを解決する仮説として提起している。しかし、共通感覚は時間的・空間的に局所的なものであって、普遍的ではありえない。普遍性は共通感覚を越えるものとして要求されるはずである。そのような認識は、自分たちのローカルな趣味が普遍的であると思いこんでいる人々からはけっして来ない。あるいは、趣味の根拠を根本的に問うような者はけっしてそこからは出てこない。それは外部から来るのである。カント自身がそのような人であった。

イギリスに育った吉田健一は漱石の『文学論』を野暮の極みと嘲笑しているが、その吉田程度の趣味を嘲笑するような者はイギリスやフランスにはざらにいたはずである。だが、それは彼らが普遍的であることをなんら意味しない。実は、カントの『判断力批判』もそのような者たちに嘲笑されてきている。しかし、芸術に関する画期的な理論的考察は、趣味をもたない(共有しない)カントによってなされたのである。ただ、カントの仕事は芸術を「科学」と別個の領域においた(ように見える)ために、爾来芸術についての科学的考察をさまたげるもとともなった。つまりロマン派以後の西洋の芸術論は、観念論になるか、あるいは理論を軽蔑する趣味的立場に帰着したのである。誰も芸術に関してカントのように野暮な問いから始める者はいなかった。

漱石は二十世紀の初めのロンドンでそれを開始する。ロシアからフォルマリストがあらわれる少し前である。後者の場合、ヨーロッパの辺境ロシアにあって、趣味を自明の前提にすることができなかった人たちが文芸の「科学」を始め、それが今日に及ぶ文学理論の先駆けとなった。だが、漱石の仕事はまったく(日本においても)無視されている。人々は、漱石自身が『文学論』に関して述べた自虐的な感想を真に受けすぎたのである。漱石は日本の古典文学・漢文学に関してたとえば吉田健一の百倍ぐらいの活きた教養をもっていただろう。だが、そのような人であるからこそ、彼は英文学に対する趣味判断の能力を欠いていると考えざるをえなかったのである。

同時に、漱石はこうした趣味がローカルな共通感覚でしかないのではないかと考える。西洋の、しかもある歴史的なものが普遍的と見なされているだけではないのか、と。だからといって、東洋の文学が普遍的なのでもない。さらに、漱石は文化的相対主義を斥ける。彼は、普遍性は、素材でなく素材と素材の「関係」形式にあると考える(『文学評論』)。ここから、文学が「科学」として考察される道が開かれる。

カントの前には経験論と合理論の対立があった。彼はそのいずれにもつかない。それらが「形而上学」でしかありえないことをアンチノミー(二律背反)によって示すのが「批判」である。同じことが漱石の「科学」についてもいえる。彼の前には、ロマン主義と自然主義の対立があった。あるいは、別の観点からいえば、芸術派と生活派(政治派・道徳派もふくむ)の対立があった。漱石はそれらを歴史的にではなく、形式的に見る。つまり、認識的なFと情緒的なfの度合いの差異として見るのである。

われわれが何事かを経験するとき、あるいは何かの文章を読むとき、それを知・情・意の領域で受けとっている。純粋に認識的なものはない。たとえば、数学の証明といえども、たんに厳密であるだけでなく「エレガント」であることが好まれている。逆に、どんな情緒的なものにも一定の認識がふくまれている。それらを完全に分離することはできない。漱石はそれらをF(認識的要素)とf(情緒的要素)の混合として見ようとしたのである。芸術はfを実現するものだが、それはたんにFを排除するものではない。漱石は、このFとfを、たんに個人的なレベルにおいてでなく、集団的・歴史的なレベルでも考察する。たとえば、ロマン主義が情緒的fの度合いを強めるとすれば、自然主義は認識的Fを強める。漱石は、そうした傾向性が交互に生じるという「法則」を見いだしている。

このようにFとfですべてを見ようとする漱石は、科学・道徳・芸術を領域的に区別したカントと違っているように見える。しかし、カントの「批判」は、それらが客観的な領域として分たれているのではなく、それぞれがある態度変更(超越論的な還元)によって出現するということにこそある。たとえば、美的判断は「関心」を括弧に入れることによって可能であり、科学的認識は道徳や感情を括弧に入れることによって可能である。同じ物がそのことによって芸術的対象となったり科学的対象となったりする。たとえば、裸体に対して、医者も芸術家も性的な「関心」を括弧に入れなければならない。

『文学論』では漱石は裸体画についてこう述べている。《裸体画の鑑賞も亦一種の道徳分子除去に外ならず。……泰西の厳重なる社会に成長したる民衆が一旦画館に足をふみ入るゝ瞬間に於て全く此道徳情緒を除き得るは習慣の結果とは云へ誠に不思議の現象なりと云はざるべからず》。しかし、漱石が「除去」と呼ぶのは右に述べたような括弧入れである。漱石は文学芸術の根拠を、道徳や科学的真理に対立するものとしてでなく、それらを意識的に括弧に入れる能力——これは歴史的に形成される「習慣」である——に見いだしている。この意味で、漱石の「科学」はまさにカント的批判の反復なのである。

岩波現代文庫版あとがき

文学批評から離れて二〇年ほどの時がたっている。しかし、今ふり返ってみても、夏目漱石論は私にとって、最初で且つ最も核心的な仕事であったと思う。特に一九六九年に群像新人賞を受賞した「意識と自然――漱石試論」には、一〇代から二〇代にかけて考えていたことが凝縮されている。以後、私はそれをさまざまなかたちで論じてきたような気がする。『日本近代文学の起源』(講談社、一九八〇年/岩波現代文庫、二〇〇八年)はまさに漱石から始まる論であったし、『探究Ⅰ・Ⅱ』(講談社学術文庫、一九九二・一九九四年)のような哲学的な仕事も「漱石試論」で書いた問題を別の観点から論じたものだ。

その意味で、『漱石論集成』は事実上、私の「批評集成」であるといってよい。そして、それがこのたび、漱石と縁の深い岩波書店の現代文庫に収録されることをうれしく思っている。それが現在、読者にどんな意味を持つのかは、想像もつかないが。

本書の刊行に際して、これまで夏目漱石論を出すにあたってお世話になった編集者の渡辺勝夫、山田賢治、西田裕一の三氏に、あらためて御礼を申し上げたい。さらに、本書を企画してくださった中西沢子氏に感謝する。

二〇一七年八月

柄谷行人

初出一覧

漱石試論 I

意識と自然　『群像』一九六九年六月号（『定本 柄谷行人文学論集』岩波書店、二〇一六年一月）
内側から見た生　『季刊藝術』一九七一年夏号
階級について　『文体』一九七七年秋創刊号
文学について　『國文學』一九七八年五月号

漱石試論 II

漱石とジャンル　『群像』一九九〇年一月号
漱石と「文」　『群像』一九九〇年五月号

漱石試論 III

詩と死――子規から漱石へ　『群像』臨時増刊号、一九九二年五月
漱石の作品世界　『漱石をよむ』岩波セミナーブックス48、一九九四年七月

作品解説

『門』　「新潮文庫」解説、一九七八年四月記

『草枕』　「新潮文庫」解説、一九八一年九月記
『それから』　「新潮文庫」解説、一九八五年七月記
『三四郎』　「新潮文庫」解説、一九八五年八月記
『明暗』　「新潮文庫」解説、一九八五年一一月記
『虞美人草』　「新潮文庫」解説、一九八九年四月記
『彼岸過迄』　「新潮文庫」解説、一九九〇年二月記
『道草』　「新潮文庫」解説、一九九九年一月記

講演その他

漱石の多様性　川口市立前川図書館主催による講演(一九八五年二月二七日)
淋しい「昭和の精神」　『日本読書新聞』一九七二年六月五日号
漱石とカント　『漱石全集』(岩波書店)第16巻月報、一九九五年四月

本書は、一九九二年九月、第三文明社から刊行された『漱石論集成』にいくつか論文を増補して二〇〇一年八月、平凡社ライブラリーとして刊行された『増補　漱石論集成』を再編した新版である。新版刊行に際し、「風景の発見」(『定本　日本近代文学の起源』岩波現代文庫、二〇〇八年)、「講演その他」の一部、「断片」を割愛し、「漱石のアレゴリー」を岩波市民セミナーでの講演録「漱石の作品世界」(『漱石をよむ』岩波書店、一九九四年)に替えた。底本には、「意識と自然」は『定本　柄谷行人文学論集』(岩波書店、二〇一六年)を使用したが、それ以外は平凡社ライブラリー版を使用した。

新版 漱石論集成

2017年11月16日　第1刷発行
2023年12月15日　第2刷発行

著　者　柄谷行人《からたにこうじん》

発行者　坂本政謙

発行所　株式会社 岩波書店
〒101-8002 東京都千代田区一ツ橋 2-5-5
案内 03-5210-4000　営業部 03-5210-4111
https://www.iwanami.co.jp/

印刷・精興社　製本・中永製本

ISBN 978-4-00-600370-8　　Printed in Japan

岩波現代文庫創刊二〇年に際して

二一世紀が始まってからすでに二〇年が経とうとしています。この間のグローバル化の急激な進行は世界のあり方を大きく変えました。世界規模で経済や情報の結びつきが強まるとともに、国境を越えた人の移動は日常の光景となり、今やどこに住んでいても、私たちの暮らしは世界中の様々な出来事と無関係ではいられません。しかし、グローバル化の中で否応なくもたらされる「他者」との出会いや交流は、新たな文化や価値観だけではなく、摩擦や衝突、そしてしばしば憎悪までをも生み出しています。グローバル化にともなう副作用は、その恩恵を遥かにこえていると言わざるを得ません。

今私たちに求められているのは、国内、国外にかかわらず、異なる歴史や経験、文化を持つ「他者」と向き合い、よりよい関係を結び直してゆくための想像力、構想力ではないでしょうか。

新世紀の到来を目前にした二〇〇〇年一月に創刊された岩波現代文庫は、この二〇年を通して、哲学や歴史、経済、自然科学から、小説やエッセイ、ルポルタージュにいたるまで幅広いジャンルの書目を刊行してきました。一〇〇〇点を超える書目には、人類が直面してきた様々な課題と、試行錯誤の営みが刻まれています。読書を通した過去の「他者」との出会いから得られる知識や経験は、私たちがよりよい社会を作り上げてゆくために大きな示唆を与えてくれるはずです。

一冊の本が世界を変える大きな力を持つことを信じ、岩波現代文庫はこれからもさらなるラインナップの充実をめざしてゆきます。

（二〇二〇年一月）

G399
テレビ的教養
―一億総博知化への系譜―
佐藤卓己

「一億総白痴化」が危惧された時代から約半世紀。放送教育運動の軌跡を通して、〈教養のメディア〉としてのテレビ史を活写する。〈解説〉藤竹 暁

G400
ベンヤミン
―破壊・収集・記憶―
三島憲一

二〇世紀前半の激動の時代に生き、現代思想に大きな足跡を残したベンヤミン。その思想と生涯に、破壊と追憶という視点から迫る。

G401
新版 天使の記号学
―小さな中世哲学入門―
山内志朗

世界は〈存在〉という最普遍者から成る生地の上に性的欲望という図柄を織り込む。〈存在〉のエロティシズムに迫る中世哲学入門。〈解説〉北野圭介

G402
落語の種あかし
中込重明

博覧強記の著者は膨大な資料を読み解き、落語成立の過程を探り当てる。落語を愛した著者面目躍如の種あかし。〈解説〉延広真治

G403
はじめての政治哲学
デイヴィッド・ミラー
山岡龍一
森 達也 訳

哲人の言葉でなく、普通の人々の意見・情報を手掛かりに政治哲学を論じる。最新のものまでカバーした充実の文献リストを付す。〈解説〉山岡龍一

G404
象徴天皇という物語
赤坂憲雄

この曖昧な制度は、どう思想化されてきたのか。天皇制論の新たな地平を切り拓いた論考が、新稿を加えて、平成の終わりに蘇る。

G405
5分でたのしむ数学50話
エアハルト・ベーレンツ
鈴木直訳

5分間だけちょっと数学について考えてみませんか。新聞に連載された好評コラムの中から選りすぐりの50話を収録。〈解説〉円城塔

G406
デモクラシーか 資本主義か
―危機のなかのヨーロッパ―
J・ハーバーマス
三島憲一編訳

現代屈指の知識人であるハーバーマスが、最近十年のヨーロッパの危機的状況について発表した政治的エッセイやインタビューを集成。現代文庫オリジナル版。

G407
中国戦線従軍記
―歴史家の体験した戦場―
藤原彰

一九歳で少尉に任官し、敗戦までの四年間、最前線で指揮をとった経験をベースに戦後の戦争史研究を牽引した著者が生涯の最後に残した「従軍記」。〈解説〉吉田裕

G408
ボンヘッファー
―反ナチ抵抗者の生涯と思想―
宮田光雄

反ナチ抵抗運動の一員としてヒトラー暗殺計画に加わり、ドイツ敗戦直前に処刑された若きキリスト教神学者の生と思想を現代に問う。

G409
普遍の再生
—リベラリズムの現代世界論—
井上達夫

平和・人権などの普遍的原理は、米国の自国中心主義や欧州の排他的ナショナリズムにより、いまや危機に瀕している。ラディカルなリベラリズムの立場から普遍再生の道を説く。

G410
人権としての教育
堀尾輝久

『人権としての教育』(一九九一年)に「『国民の教育権と教育の自由』論再考」と「憲法と新・旧教育基本法」を追補。その理論の新しさを提示する。〈解説〉世取山洋介

G411
増補版 民衆の教育経験
—戦前・戦中の子どもたち—
大門正克

子どもが教育を受容してゆく過程を、国民国家による統合と、民衆による捉え返しとの間の反復関係(教育経験)として捉え直す。
〈解説〉安田常雄・沢山美果子

G412
「鎖国」を見直す
荒野泰典

江戸時代の日本は「鎖国」ではなく「四つの口」で世界につながり、開かれていた——「海禁・華夷秩序」論のエッセンスをまとめる。

G413
哲学の起源
柄谷行人

アテネの直接民主制は、古代イオニアのイソノミア(無支配)再建の企てであった。社会構成体の歴史を刷新する野心的試み。

G414
『キング』の時代
―国民大衆雑誌の公共性―
佐藤卓己

伝説的雑誌『キング』――この国民大衆誌を分析し、「雑誌王」と「講談社文化」が果たした役割を解き明かした雄編がついに文庫化。〈解説〉與那覇 潤

G415
近代家族の成立と終焉 新版
上野千鶴子

ファミリィ・アイデンティティの視点から家族の現実を浮き彫りにし、家族が家族であるための条件を追究した名著、待望の文庫化。「戦後批評の正嫡 江藤淳」他を新たに収録。

G416
兵士たちの戦後史
―戦後日本社会を支えた人びと―
吉田 裕

戦友会に集う者、黙して往時を語らない者……戦後日本の政治文化を支えた人びとの意識のありようを「兵士たちの戦後」の中にさぐる。〈解説〉大串潤児

G417
貨幣システムの世界史
黒田明伸

貨幣の価値は一定であるという我々の常識に反する、貨幣の価値が多元的であるという事例は、歴史上、事欠かない。謎に満ちた貨幣現象を根本から問い直す。

G418
公正としての正義 再説
ジョン・ロールズ
エリン・ケリー編
田中成明
亀本 洋訳
平井亮輔

『正義論』で有名な著者が自らの理論的到達点を、批判にも応えつつ簡潔に示した好著。文庫版には「訳者解説」を付す。

2023. 11

G419
新編 つぶやきの政治思想
李 静和
秘められた悲しみにまなざしを向け、声にならないつぶやきに耳を澄ます。記憶と忘却、証言と沈黙、ともに生きることをめぐるエッセイ集。鵜飼哲・金石範・崎山多美の応答も。

G420-421
ロールズ 政治哲学史講義(I・II)
ジョン・ロールズ
サミュエル・フリーマン編
齋藤純一ほか訳
ロールズがハーバードで行ってきた「近代政治哲学」講座の講義録。リベラリズムの伝統をつくった八人の理論家について論じる。

G422
企業中心社会を超えて
―現代日本を〈ジェンダー〉で読む―
大沢真理
長時間労働、過労死、福祉の貧困……。大企業中心の社会が作り出す歪みと痛みをジェンダーの視点から捉え直した先駆的著作。

G423
増補 「戦争経験」の戦後史
―語られた体験／証言／記憶―
成田龍一
社会状況に応じて変容してゆく戦争についての語り。その変遷を通して、戦後日本社会の特質を浮き彫りにする。〈解説〉平野啓一郎

G424
定本 酒呑童子の誕生
―もうひとつの日本文化―
髙橋昌明
酒呑童子は都に疫病をはやらすケガレた疫鬼だった――緻密な考証と大胆な推論によって物語の成り立ちを解き明かす。〈解説〉永井路子

G425
岡本太郎の見た日本
赤坂憲雄

東北、沖縄、そして韓国へ。旅する太郎が見出した日本とは。その道行きを鮮やかに読み解き、思想家としての本質に迫る。

G426
政治と複数性
―民主的な公共性にむけて―
齋藤純一

「余計者」を見棄てようとする脱‐実在化の暴力に抗し、一人ひとりの現われを保障する。開かれた社会統合の可能性を探究する書。

G427
増補 エル・チチョンの怒り
―メキシコ近代とインディオの村―
清水透

メキシコ南端のインディオの村に生きる人びとにとって、国家とは、近代とは何だったのか。近現代メキシコの激動をマヤの末裔たちの視点に寄り添いながら描き出す。

G428
哲おじさんと学くん
―世の中では隠されているいちばん大切なことについて―
永井均

自分は今、なぜこの世に存在しているのか？友だちや先生にわかってもらえない学くんの疑問に哲おじさんが答え、哲学的議論へと発展していく、対話形式の哲学入門。

G429
マインド・タイム
―脳と意識の時間―
ベンジャミン・リベット
下條信輔
安納令奈 訳

実験に裏づけられた驚愕の発見を提示し、脳と心や意識をめぐる深い洞察を展開する。脳神経科学の歴史に残る研究をまとめた一冊。〈解説〉下條信輔

岩波現代文庫[学術]

G430
被差別部落認識の歴史
—異化と同化の間—
黒川みどり
差別する側、差別を受ける側の双方は部落差別をどのように認識してきたのか——明治から現代に至る軌跡をたどった初めての通史。

G431
文化としての科学/技術
村上陽一郎
近現代に大きく変貌した科学/技術。その質的な変遷を科学史の泰斗がわかりやすく解説、望ましい科学研究や教育のあり方を提言する。

G432
方法としての史学史
—歴史論集1—
成田龍一
歴史学は「なにを」「いかに」論じてきたのか。史学史的な視点から、歴史学のアイデンティティを確認し、可能性を問い直す。現代文庫オリジナル版。〈解説〉戸邉秀明

G433
〈戦後知〉を歴史化する
—歴史論集2—
成田龍一
〈戦後知〉を体現する文学・思想の読解を通じて、歴史学を専門知の閉域から解き放つ試み。現代文庫オリジナル版。〈解説〉戸邉秀明

G434
危機の時代の歴史学のために
—歴史論集3—
成田龍一
時代の危機に立ち向かいながら、自己変革を続ける歴史学。その社会との関係を改めて問い直す「歴史批評」を集成する。〈解説〉戸邉秀明

岩波現代文庫[学術]

G435
宗教と科学の接点
河合隼雄
「たましい」「死」「意識」など、近代科学から取り残されてきた、人間が生きていくために大切な問題を心理療法の視点から考察する。〈解説〉河合俊雄

G436
増補 軍隊と地域
—郷土部隊と民衆意識のゆくえ—
荒川章二
一八八〇年代から敗戦までの静岡を舞台に、矛盾を孕みつつ地域に根づいていった軍が、民衆生活を破壊するに至る過程を描き出す。

G437
歴史が後ずさりするとき
—熱い戦争とメディア—
ウンベルト・エーコ
リッカルド・アマディ訳
歴史があたかも進歩をやめて後ずさりしはじめたかに見える二十一世紀初めの政治・社会の現実を鋭く批判した稀代の知識人の発言集。

G438
増補 女が学者になるとき
—インドネシア研究奮闘記—
倉沢愛子
インドネシア研究の第一人者として知られる著者の原点とも言える日々を綴った半生記。「補章 女は学者をやめられない」を収録。

G439
完本 中国再考
—領域・民族・文化—
葛兆光
辻康吾監訳
永田小絵訳
「中国」とは一体何か？ 複雑な歴史がもたらした国家アイデンティティの特殊性と基本構造を考察し、現代の国際問題を考えるための視座を提供する。

2023.11

G440
私が進化生物学者になった理由
長谷川眞理子

ドリトル先生の大好きな少女がいかにして進化生物学者になったのか。通説の誤りに気づき、独自の道を切り拓いた人生の歩みを語る。巻末に参考文献一覧付き。

G441
愛について
―アイデンティティと欲望の政治学―
竹村和子

物語を攪乱し、語りえぬものに声を与える。精緻な理論でフェミニズム批評をリードしつづけた著者の代表作、待望の文庫化。〈解説〉新田啓子

G442
宝塚
―変容を続ける「日本モダニズム」―
川崎賢子

百年の歴史を誇る宝塚歌劇団。その魅力を掘り下げ、宝塚の新世紀を展望する。底本を大幅に増補・改訂した宝塚論の決定版。

G443
新版 ナショナリズムの狭間から
―「慰安婦」問題とフェミニズムの課題―
山下英愛

性差別的な社会構造における女性人権問題として、現代の性暴力被害につづく側面を持つ「慰安婦」問題理解の手がかりとなる一冊。

G444
夢・神話・物語と日本人
―エラノス会議講演録―
河合隼雄
河合俊雄訳

河合隼雄が、日本の夢・神話・物語などをもとに日本人の心性を解き明かした講演の記録。著者の代表作に結実する思想のエッセンスが凝縮した一冊。〈解説〉河合俊雄

G445-446
ねじ曲げられた桜（上・下）
―美意識と軍国主義―
大貫恵美子

桜の意味の変遷と学徒特攻隊員の日記分析を通して、日本国家と国民の間に起きた「相互誤認」を証明する。〈解説〉佐藤卓己

G447
正義への責任
アイリス・マリオン・ヤング
岡野八代
池田直子 訳

自助努力が強要される政治の下で、人びとが正義を求めてつながり合う可能性を問う。ヌスバウムによる序文も収録。〈解説〉土屋和代

G448-449
ヨーロッパ覇権以前（上・下）
―もうひとつの世界システム―
J.L.アブー＝ルゴド
佐藤次高ほか訳

近代成立のはるか前、ユーラシア世界は既に一つのシステムをつくりあげていた。豊かな筆致で描き出されるグローバル・ヒストリー。

G450
政治思想史と理論のあいだ
―「他者」をめぐる対話―
小野紀明

政治思想史と政治的規範理論、融合し相克する二者を「他者」を軸に架橋させ、理論の全体像に迫る、政治哲学の画期的な解説書。

G451
平等と効率の福祉革命
―新しい女性の役割―
G.エスピン＝アンデルセン
大沢真理監訳

キャリアを追求する女性と、性別分業に留まる女性との間で広がる格差。福祉国家論の第一人者による、二極化の転換に向けた提言。

G452
草の根のファシズム
―日本民衆の戦争体験―
吉見義明

戦争を引き起こしたファシズムは民衆が支えていた――従来の戦争観を大きく転換させた名著、待望の文庫化。〈解説〉加藤陽子

G453
日本仏教の社会倫理
―正法を生きる―
島薗進

日本仏教に本来豊かに備わっていた、サッダルマ(正法)を世に現す生き方の系譜を再発見し、新しい日本仏教史像を提示する。

G454
万民の法
ジョン・ロールズ
中山竜一訳

「公正としての正義」の構想を世界に広げ、平和と正義に満ちた国際社会はいかにして実現可能かを追究したロールズ最晩年の主著。

G455
原子・原子核・原子力
―わたしが講義で伝えたかったこと―
山本義隆

原子・原子核について基礎から学び、原子力への理解を深めるための物理入門。予備校での講演に基づきやさしく解説。

G456
ヴァイマル憲法とヒトラー
―戦後民主主義からファシズムへ―
池田浩士

史上最も「民主的」なヴァイマル憲法下で、ヒトラーが合法的に政権を獲得し得たのはなぜなのか。書き下ろしの「後章」を付す。

岩波現代文庫［学術］

G457
現代《いま》を生きる日本史
須田努
清水克行

縄文時代から現代までを、ユニークな題材と最新研究を踏まえた平明な叙述で鮮やかに描く。大学の教養科目の講義から生まれた斬新な日本通史。

G458
小国
—歴史にみる理念と現実—
百瀬宏

大国中心の権力政治を、小国はどのように生き抜いてきたのか。近代以降の小国の実態と変容を辿った出色の国際関係史。

G459
〈共生〉から考える
—倫理学集中講義—
川本隆史

「共生」という言葉に込められたモチーフを現代社会の様々な問題群から考える。やわらかな語り口の講義形式で、倫理学の教科書としても最適。「精選ブックガイド」を付す。

G460
〈個〉の誕生
—キリスト教教理をつくった人びと—
坂口ふみ

「かけがえのなさ」を指し示す新たな存在論が古代末から中世初期の東地中海世界の激動のうちで形成された次第を、哲学・宗教・歴史を横断して描き出す。〈解説〉山本芳久

G461
満蒙開拓団
—国策の虜囚—
加藤聖文

満洲事変を契機とする農業移民は、陸軍主導の強力な国策となり、今なお続く悲劇をもたらした。計画から終局までを辿る初の通史。

G462
排除の現象学
赤坂憲雄

いじめ、ホームレス殺害、宗教集団への批判――八十年代の事件の数々から、異人が見出され生贄とされる、共同体の暴力を読み解く。時を超えて現代社会に切実に響く、傑作評論。

G463
越境する民
近代大阪の朝鮮人史
杉原達

暮しの中で朝鮮人と出会った日本人の外国人認識はどのように形成されたのか。その後の研究に大きな影響を与えた「地域からの世界史」。

G464
越境を生きる
ベネディクト・アンダーソン回想録
ベネディクト・アンダーソン
加藤剛訳

『想像の共同体』の著者が、自身の研究と人生を振り返り、学問的・文化的枠組にとらわれず自由に生き、学ぶことの大切さを説く。

G465
我々はどのような生き物なのか
―言語と政治をめぐる二講演―
ノーム・チョムスキー
福井直樹
辻子美保子編訳

政治活動家チョムスキーの土台に科学者としての人間観があることを初めて明確に示した二〇一四年来日時の講演とインタビュー。

G466
ヴァーチャル日本語 役割語の謎
金水敏

現実には存在しなくても、いかにもそれらしく感じる言葉づかい「役割語」。誰がいつ作ったのか。なぜみんなが知っているのか。何のためにあるのか。〈解説〉田中ゆかり

岩波現代文庫[学術]

G467
コレモ日本語アルカ？
―異人のことばが生まれるとき―
金水 敏

ピジンとして生まれた〈アルヨことば〉は役割語となり、それがまとう中国人イメージを変容させつつ生き延びてきた。〈解説〉内田慶市

G468
東北学／忘れられた東北
赤坂憲雄

驚きと喜びに満ちた野辺歩きから、「いくつもの東北」が姿を現し、日本文化像の転換を迫る。「東北学」という方法のマニフェストともなった著作の、増補決定版。

G469
増補 昭和天皇の戦争
―「昭和天皇実録」に残されたこと・消されたこと―
山田 朗

平和主義者とされる昭和天皇が全軍を統帥する大元帥であったことを「実録」を読み解きながら明らかにする。〈解説〉古川隆久

G470
帝国の構造
―中心・周辺・亜周辺―
柄谷行人

『世界史の構造』では十分に展開できなかった「帝国」の問題を、独自の「交換様式」の観点から解き明かす、柄谷国家論の集大成。佐藤優氏との対談を併載。

2023. 11